DE REPENTE HÉTERO

Calum McSwiggan

DE REPENTE HÉTERO

São Paulo
2024

Straight expectations
Copyright © 2023 Calum McSwiggan

© 2024 by Universo dos Livros

Todos os direitos reservados e protegidos pela Lei 9.610 de 19/02/1998.
Nenhuma parte deste livro, sem autorização prévia por escrito da editora,
poderá ser reproduzida ou transmitida, sejam quais forem os meios empregados:
eletrônicos, mecânicos, fotográficos, gravação ou quaisquer outros.

Diretor editorial
Luis Matos

Gerente editorial
Marcia Batista

Produção editorial
Letícia Nakamura
Raquel F. Abranches

Tradução
Marcia Men

Preparação
Marina Constantino

Revisão
Paula Craveiro
Rafael Bisoffi

Arte
Renato Klisman

Ilustração de capa
Kevin Wada

Design da capa original
Liam Donnelly

Dados Internacionais de Catalogação na Publicação (CIP)
Angélica Ilacqua CRB-8/7057

M148d	
	McSwiggan, Calum
	De repente hétero / Calum McSwiggan ; tradução de Marcia Men.
	–– São Paulo : Hoo, 2024.
	288 p.
	ISBN 978-85-93911-51-4
	Título original: *Straight expectations*
	1. Ficção infantojuvenil inglesa 2. Homossexualidade I. Título II. Men, Marcia
24-0426	CDD 028.5

Universo dos Livros Editora Ltda. — selo Hoo
Avenida Ordem e Progresso, 157 — 8º andar — Conj. 803
CEP 01141-030 — Barra Funda — São Paulo/SP
Telefone: (11) 3392-3336
www.universodoslivros.com.br
e-mail: editor@universodoslivros.com.br

*Para qualquer pessoa que já tenha desejado
apagar de si aquilo que a diferencia.*

CAPÍTULO UM

— **D**esejar a paz mundial é uma ideia péssima — digo, jogando o controle do Playstation na cama de Dean enquanto nossos avatares de *Fortnite* fazem uma dança da vitória. — Porque ela duraria por quanto tempo? Um dia, talvez, antes que a humanidade encontrasse outra coisa pela qual brigar? O certo seria desejar o fim da causa do conflito. Como desejar o fim da... masculinidade tóxica, talvez?

— Ah, vá, Max! — ri Dean. — É isso que você pediria a um gênio? Nada de dinheiro infinito ou... garotos, mas o fim da *masculinidade tóxica*?

— Está me dizendo que o mundo não viraria um lugar melhor assim? — digo sorrindo, enquanto me aconchego nos travesseiros de cores extravagantes. — Não haveria mais preconceito, nem conflitos — argumento. — E os garotos poderiam pintar as unhas sem pensar que isso os faz serem gays. Aliás, você fez um trabalho ótimo — elogio, conferindo minhas unhas cintilantes contra a luz da janela e admirando o brilho sedoso que reflete as luzes da Brimsby Road.

Dean vem pintando minhas unhas com maestria desde o dia em que saí do armário para ele. Sempre me diz que preciso aprender a fazer isso sozinho, mas não importa quanto eu pratique, não tenho coordenação motora nem paciência para fazer direito.

— Acho que é um dos seus melhores trabalhos. Espera só até o sr. Johnson colocar os olhos nelas.

— Não. — Ele ri novamente. — *"Maxwell Baker, o que diabos é isso nas suas unhas?"* — Ele imita o professor de educação física com perfeição.

— Por favor, sr. Johnson — imploro com olhinhos de filhote —, é só um pouco de esmalte.

— Ele vai enlouquecer, com certeza. Garantia de surto total. — Dean abre um sorriso radiante.

— Pois que surte — desdenho, bem quando a mãe de Dean abre a porta trazendo duas canecas fumegantes de chocolate quente com marshmallows e cobertura de chantili.

— Prontinho. — Ela coloca as canecas sobre a mesa, enquanto recolhe um par de meias sujas de Dean, deixando escapar a desaprovação com um estalo de língua.

— Obrigado, Marcy — agradeço, encarando Dean para lembrá-lo de agradecer também.

— É mesmo, obrigado, mãe. — Ele exagera na doçura.

— Como foi a reunião? — pergunto, e ela encolhe os ombros.

— O de sempre — responde. — Vão pedir permissão para o planejamento *de novo*. Eles não aceitam um não como resposta, esses homens brancos. — Então se volta para Dean. — Não prestam para nada, nenhum deles. Especialmente seu pai. Sem ofensas, Max.

— Ofensa nenhuma. — Levanto-me e pego uma das canecas. — São idiotas se acham que vão ganhar de você.

— Bem, podem desperdiçar a energia deles tentando quanto queiram — conclui Marcy com um sorriso sarcástico no rosto.

Faz cinco anos que uma construtora vem tentando derrubar as casas da Brimsby Road para erguer imóveis mais chiques no lugar. Marcy já os impediu três vezes, organizando a comunidade para salvar o lugar onde muitos deles nasceram. É impressionante como ela arruma tempo, sendo uma mãe solo que trabalha fora e tudo mais. Ela é uma força da natureza: ninguém mexe com a mãe do Dean.

— De qualquer forma, veremos — prossegue. — Estamos tentando soterrá-los com a papelada, mas vou me acorrentar aos tratores se for preciso.

— Não vá ser presa, mãe — comenta Dean com um sorriso brincalhão.

— Bem, não seria a primeira vez... — resmunga e, então, logo muda de assunto. — Está cheirando a adolescentes aqui dentro.

Minha fragrância favorita, penso, mas não digo nada em voz alta. Algumas coisas não precisam ser ditas na frente dos pais, não importa quanto eles sejam legais.

— Acende uma dessas velas perfumadas, por favor? — pede, atravessando o quarto para abrir a janela.

— Caramba, mãe! O Max nem fede tanto assim — brinca Dean, e ela balança a cabeça dando uma risadinha.

Eu me cheiro discretamente, mas juro que estou fresco como um campo de margaridas.

— Sexy — acrescenta Dean. Fui pego no flagra com o nariz enterrado no sovaco.

— Tudo bem, agora comportem-se — diz Marcy, virando para sair do quarto. — E chega de cortar roupa boa.

— Mas estávamos melhorando as peças! — protesto.

— Sim, tenho certeza de que era isso que você *achava* que estava fazendo — ela retruca com um sorriso definitivamente maldoso, fechando a porta ao sair.

— Acho que minha mãe está te zoando, Max! — Dean cai na risada.

— Ela sempre foi cruel — comento. — Agora sei a quem você puxou.

— O que quer que eu diga? — Dean dá de ombros e pega duas velas do gaveteiro. — *Cupcake de unicórnio* ou *Sonhos de pistache mentolado*?

— Cupcake — digo, o que, sinceramente, era a escolha óbvia.

— Cupcake, então. — Ele assente e começa a revirar a gaveta de cuecas. — Ah... — Para de súbito. — Bem, *isto* definitivamente não são fósforos.

— Oi? — indago, tentando ver o que ele tem nas mãos.

— Quer? — Mostra um pacote com três camisinhas.

— Ai, por Deus — resmungo. — Nem brinca. Não acredito que isso ainda está aí! Você sabe que elas têm prazo de validade, né?

— Três de agosto — fala Dean, espremendo os olhos para ler a embalagem. — Venceu não faz nem um ano! Talvez ainda estejam boas?

— Jogue isso fora! — protesto, exagerando uma reação horrorizada. — Você precisa prestar mais atenção nas aulas de educação sexual.

— Estou brincando — diz. — Mas não posso jogá-las fora. Lembranças e tal. — Ele as deixa cair de volta na gaveta e a fecha.

As camisinhas apareceram três anos atrás, durante o verão em que fiquei aqui na casa de Dean, logo depois que meus pais se separaram. Marcy caprichou na comida durante minha estadia — frango assado especial, cabrito ao molho curry e vários outros pratos caribenhos que eu nunca havia experimentado. Acho que foi o jeito dela de tentar juntar os meus cacos. Ela disse que me considerava da família, e estava falando sério, já que tinha certeza de que eu e Dean estávamos namorando escondido. Apesar de ter dito a ela várias vezes que éramos apenas amigos, ela simplesmente dava uma piscadela e disparava "se você diz". Então, uma noite, encontramos *aquilo* depois que subimos, e Dean ficou horrorizado. As camisinhas foram a forma da Marcy demostrar apoio sem perguntar e ser invasiva, mas vou levar para sempre a forma como Dean engasgou quando abriu a gaveta. Foi a primeira vez que ri de verdade naquele verão, e gargalhei até perder o fôlego.

Mas quem se deu mal no fim fui eu, porque me tornei o tópico de uma discussão familiar muito constrangedora, na qual Dean teve que explicar, de uma vez por todas, que não estivera, de fato, de rala e rola lá em cima comigo esse tempo todo. Ainda não tenho certeza se ela se convenceu.

— Outra partida? — proponho, pegando o controle.

— Nem, três *Victory Royale* são mais que suficientes — responde.

— Não podemos continuar derrotando tanto os garotos hétero. O ego deles já é frágil demais.

— Masculinidade tóxica — constato, com uma levantada de ombros que quer dizer "eu não falei?". — É disso que estou falando. Este tem que ser o pedido.

— Eu não acredito, Max. — insiste Dean, enfim encontrando os fósforos e acendendo a vela rosa-clara. A chama ilumina sua pele negra perfeita e as lindas maçãs do rosto dele. Hoje ele está usando uma camada de maquiagem sutil, apenas o suficiente para acentuar suas características mais femininas. — Eu te conheço o bastante para saber que você não seria tão altruísta. Você gastaria o pedido em alguma coisa estúpida que voltaria para te morder na bunda.

— O que você está tentando dizer? — respondo indignado, endireitando-me.

— Mesmo se estivesse perdido em uma ilha deserta, você não desejaria comida, abrigo ou água. Desperdiçaria seu último pedido em uma única coisa idiota. E o nome dele é Oliver Cheng.

Eu gostaria de poder negar, mas Dean está cem por cento certo. É exatamente assim que eu gastaria meu único e derradeiro pedido: com Oliver. Na verdade, desejaria mais mil pedidos e, ainda assim, usaria todos com ele. Ele faz o tipo garoto comum, mas elevado à perfeição, e alugou um tríplex nas minhas fantasias desde que veio para a nossa escola, um ano atrás. Eu e Dean éramos os únicos garotos abertamente queer da turma antes disso, e então BUM! Oliver Cheng. Com seu cabelo negro bagunçado apontando em todos os ângulos, covinhas marcando as bochechas perfeitas e olhos castanho-escuros que parecem diminuir os corredores da escola. Já tive muitos *crushes* desde que entrei na Woodside Academy, mas o que sinto em relação a ele não se compara.

— Só queria que ele notasse que eu existo — digo, algo que já repeti mais ou menos quatro mil vezes só nesta semana. — Só um "oi" já seria legal.

— Sério, Max? Isso de novo? — comenta Dean, irritado. — Você literalmente nunca se esforça para falar com ele. Porque simplesmente não se comporta como um rapazinho crescido e o chama para sair? Sério, qual é a pior coisa que pode acontecer?

— Humilhação completa e total! — resmungo, cobrindo o rosto com um travesseiro. — Prefiro viver com esperanças do que encarar essa rejeição. Além do mais, um cara como eu não pode simplesmente convidar um cara como Oliver Cheng para sair. Ele é um dez com louvor. Um onze, na verdade. Eu mal chego a nota seis.

Dean arranca o travesseiro de cima de mim e me bate com ele.

— Não se atreva — ele ordena, severo, balançando o travesseiro ameaçadoramente em minha direção. — Você não é um seis. Nem um sete, nem um oito e nem um nove. Você é um *dez*, Maxine. E se caras como Oliver Cheng não enxergam isso, o problema é deles, não seu. Entendeu?

— Entendi — assinto, rindo de nervoso.

Dean abaixa sua arma.

— Um seis? — zomba, passando a mão pela cabeça impecavelmente raspada. — Francamente, Maxine, teremos que trabalhar essa autoconfiança aí.

O Dean sempre foi assim. Meu fã número um desde o primeiro dia; mesmo com nossas briguinhas regulares, ele sempre me apoiou. Nós nos tornamos amigos no ensino fundamental. Os outros garotos pareciam saber que eu era gay antes mesmo de mim, e isso meio que me transformou em um alvo. Mas o Dean sempre se assumiu com orgulho. Um garoto chamado Thomas Mulbridge ficou semanas implicando comigo até que Dean se intrometeu para me defender. Thomas nunca mais ousou voltar a implicar comigo depois disso. Eu só me assumi para Dean anos depois, mas acho que ele já sabia, mesmo naquela época. Pessoas queer costumam encontrar umas às outras, e não sei o que seria de mim se Dean não tivesse me encontrado.

— Vai lá, então — digo por fim. — Sua vez. Se não for garotos ou a paz mundial, o que *você* pediria para nosso fabuloso gênio?

— Hum — murmura Dean, andando pelo quarto de um lado para o outro enquanto pensa. Ele está vestindo uma blusa amarela curta de capuz e calça larga cinza, e, de algum jeito, mesmo assim transborda estilo.

— Bem — prossegue —, acho que eu pediria por mais alguns anos aqui e agora. Que o último ano do ensino médio durasse um pouco mais, sabe?

— O quê? — Estou boquiaberto. — Você tem um único pedidozinho limitado e vai desperdiçá-lo em... deixa-me checar minhas anotações... ah, sim, mais aulas?

Ele já está rindo, mas eu não paro.

— Não a habilidade de criar vestidos fabulosos em um estalar de dedos? Não o papel principal em um espetáculo do West End? Mas, sim, *mais aulas*? Sério, Dean? Literalmente qualquer coisa seria melhor que isso. Você está banido de fazer desejos! Seu cartão de desejos acaba de ser revogado.

— Tá legal, mas me escuta! — ele pede, caindo na cama ao meu lado.

— Não. Não mesmo — recuso, imitando Emily Blunt em *O diabo veste Prada*.

— O que Chris diz literalmente toda vez que eu vou na sua casa?

— Que deveríamos "aproveitar ao máximo esta época, porque estes são os melhores anos da vida" — respondo, pesando na zombaria. — E você sabe por que ele diz isso, Dean? Porque ele é hétero! E pode ser verdade que a melhor fase dos héteros é no ensino médio. Não sei se você já reparou, no entanto, que nós *não somos* heterossexuais!

— Não?! — Ele leva a mão à boca, chocado.

— Não — digo com firmeza. — Não somos, não. E não creio que você está tratando o namorado da minha mãe como uma fonte de sabedoria. O cara nem consegue amarrar os próprios cadarços direito.

— Eu não acho que isso seja verdade, Max — ri Dean.

— Bem, tanto faz. — Dou de ombros. — Você tem que escolher um desejo melhor. Nós não podemos ficar encalhados aqui para sempre. Eu tenho que sair desta cidade e beijar alguns garotos!

— Meu Deus, você só pensa *nisso*? — pergunta Dean. — Apesar do que você pensa, Max, na vida existem mais coisas do que garotos e beijos.

— Existem, é? — Sorrio, e ele me empurra, brincalhão.

— Não estou dizendo que quero ter dezessete anos para sempre — argumenta. — É só que as coisas estão ótimas agora, e eu não quero estragar isso.

— Ah, qual é?! — contraponho. — Você pode desejar *qualquer coisa*! E vai desperdiçar nisso mesmo? Em troca de mais alguns anos aqui com este que vos fala?

— Nem tudo gira em torno de você, Max — dispara revirando os olhos. — Mas quero dizer… é. É o último ano. É isso. Não teremos a chance de repetir tudo.

Acho que ele tem certa razão. Ainda não sei o que quero fazer quando sair da escola, então um tempinho extra para pensar a respeito disso não faria mal. Para o Dean é fácil: ele nasceu para os palcos. Saiu do útero praticamente dando piruetas. Mas eu? Às vezes, sinto que perdi meu lugar na fila dos talentos.

— Talvez você esteja certo — concedi finalmente. — Suponho que exista algo de bom no modo como dominamos Woodside: irritando o sr. Johnson, usando os corredores como uma passarela particular. Isso é algo de que sentirei saudade, sem dúvida.

— Esse é o espírito! — Dean sorri.

— Mas pode acreditar que, se eu encontrasse uma lâmpada mágica amanhã, ainda desejaria passar uma sexta-feira à noite na casa de Oliver Cheng.

— Passar uma sexta-feira à noite? — comenta. — Quantos anos você tem, nove? Bom, acho que vale tudo pra deixá-lo só de cuecas, né?

— Na verdade, estaríamos de pijamas que combinam.

— Pijamas que combinam? — repete Dean, completamente descrente. — Você é um tonto, Max.

— Isso pode ser verdade, mas eu sou o seu tonto, e nada vai mudar isso. — Pego o controle. — Bora, mais uma vez. Vamos fazer esses garotos hétero suarem para tentar vencer.

CAPÍTULO DOIS

Sempre encontro Dean do lado de fora do departamento de teatro nas tardes de quarta-feira, mas o ensaio deve ter se estendido, porque o elenco ainda está lá dentro. Este ano vão apresentar *A pequena loja dos horrores*, e posso ouvir uma voz feminina alcançando todas as notas de "Somewhere That's Green". A música fala sobre almejar algo melhor, e ela realmente canta com sentimento.

Espio desajeitado pela porta até que a sra. Ashford nota e acena para eu entrar. Ela tem cabelos ruivos arrepiados e rugas profundas de riso. Apesar de às vezes ser estressadinha, sempre foi minha professora favorita. Não faço aulas de teatro desde o ano passado, porque não consigo atuar por nada deste mundo, mas, apesar disso, ela sempre manteve uma política de portas abertas para nós, garotos queer. Precisa de conselho? Uma mudança de nome? Camisinhas? A sra. A te dá uma ajuda.

— Ela é boa, né? — cochicha a sra. A, ajeitando-se à mesa para abrir espaço para mim ao seu lado. Ela não tira os olhos da cantora nem por um momento.

É Poppy Palmer, ou Pepê, como é conhecida pela maioria; ela está interpretando Audrey, a protagonista. Na verdade, ela é perfeita para o papel, porque ambas são incompreendidas além da conta. Poppy ganhou fama de ter pegado praticamente todos os garotos do time de futebol. As pessoas tendem a julgar um pouco esse comportamento, mas, se ela fosse um menino, só teria admiradores; por isso digo que ela está certa. Tem mais é que pegar todos eles mesmo. Até pensei em me aproximar dela e pedir umas dicas para conseguir chamar a atenção de Oliver. Ele é o único jogador de futebol com quem ela nunca ficou.

Pepê termina a música e recebe uma salva de palmas. Dean está sentado na fileira da frente, aplaudindo mais alto que todos com as mãos estalando acima da cabeça. Solto um pequeno assobio para acompanhar, o que faz Poppy corar.

— Muito bem, srta. Palmer — elogia a sra. A, à medida que todos começam a se acalmar. — Você mandou muito bem nessas notas agudas, e acertou em cheio no sotaque.

— Obrigada, sra. A, mas...?

— Mas quero que você nos faça crer de verdade na inocência de Audrey — explica a professora. — Ela é jovem e inocente, e imagina para si um futuro que talvez nunca alcance. Quando ela canta sobre querer uma "tela enorme de doze polegadas", quero que você realmente exagere nessa parte. Para ela, é algo com que pode apenas sonhar. É isso que quero ver.

— Entendi — concorda Poppy. — Vou trabalhar nisso. Doze polegadas equivale a que tamanho, afinal?

— Como se ela não soubesse! — zomba um dos garotos, dando risadinhas.

— Você com certeza não sabe — retruca Poppy sem nem pestanejar, e todos os colegas do garoto dão risada.

— É o comprimento de uma régua. Trinta centímetros — explica a sra. A. — É uma TV pequena para os padrões atuais, mas este é o ponto. Os sonhos dela não são grandes, mas lhe parecem inalcançáveis. Vamos trabalhar nisso, você consegue.

— Está bem, obrigada, professora — diz Poppy antes de recolher a mochila enquanto todos os estudantes começam a se levantar e sair da sala. — Vejo você mais tarde, Max — acrescenta quando para por um instante à porta, chamando a minha atenção.

— Ah, hã.. tá? — hesito. Ela me dá um sorrisinho e desaparece.

Sempre existiu esse clima estranho entre a gente. Dean acha que ela gosta de mim, mas Dean não sabe do que está falando.

— Antes de você ir — a sra. A me chama quando a sala fica vazia —, os figurinos das meninas do *doo-wop*. — Gesticula para três manequins no canto, caracterizados com vestidos azuis plissados de bolinhas. — O que acha?

Uma vez estabelecido que *Max não consegue atuar de jeito nenhum*, a sra. A me encarregou dos figurinos e ainda pede minha opinião, mesmo que eu não faça mais as aulas. Ela não precisa dos meus conselhos, mas fico feliz em oferecê-los, de qualquer maneira. É bom me sentir incluído.

— Estão ótimos, mas precisam de acessórios — constato, pesquisando uma imagem do elenco original no celular. — Aqui, olha. O ápice do glamour dos anos 1970. Luvas, laços, fitas, tudo a que se tem direito. Pese a mão na maquiagem também. Elas precisam estar tão fabulosas que pareçam totalmente deslocadas na área pobre da cidade.

— Você presta mesmo atenção aos detalhes, não é? — A sra. A sorri ao me observar.

— O que a senhora quer dizer com isso, professora?

— Tape os olhos — ela pede, e eu obedeço. É outro dos momentos de ensinamento da sra. A. — De que cor são os meus sapatos?

— Vermelhos, professora — respondo, sem nem ter que pensar.

— E minha pulseira?

— É amarela, professora, mas não combina com a blusa e....

— Tudo bem, tudo bem, eu não pedi os comentários — interrompe ela com um resmungo.

— Desculpe, professora. — Eu rio. — Posso destapar os olhos agora? Espio por entre os dedos.

— Pode — ela autoriza. — Certo, cai fora daqui. Obrigada pela dica sobre o figurino. Verei o que podemos conseguir no bazar de caridade.

— O que a senhora faria sem mim? — digo indo atrás de Dean.

— Fique à vontade para me creditar no programa da peça como consultor de figurino, tá?

Posso ouvi-la rindo enquanto nos afastamos.

— Acho que será a melhor apresentação de todas — Dean declara enquanto nos dirigimos para a sala de recreação da turma do último ano. — A apresentação perfeita para um encerramento. Vou sentir saudade, sabe?

— *Não* vai, não — retruco com uma bufada. — Você vai se esquecer de Woodside mais rápido do que consegue pronunciar *Kristin Chenoweth*.

— Talvez — rebate, mas não soa muito convencido.

Não sei porque ele está tão preocupado. O futuro de Dean já está traçado: ele vai sair do curso de artes cênicas direto para o West End. Todos enxergam isso, menos ele.

— Enquanto isso, eu ainda não sei o que vou fazer quando sair daqui — lamento.

— Do que você está falando? Você vai tirar seu ano sabático! Faz ideia de como tem sorte? Se mamãe pudesse me bancar, eu iria com você, Max.

— Sim, eu sei, mas...

— Mas nada! Sol de verdade! Garotos europeus! Bares gay em países onde você terá idade suficiente para beber!

— Mas e depois? — questiono, mas Dean dá de ombros.

— Você vai descobrir. Pelo menos não precisa se preocupar com testes. Tudo certo ainda para passar as falas comigo hoje à noite?

— Tudo, acho — digo, talvez um pouco desanimado demais. Os últimos testes de Dean para a escola de artes cênicas serão daqui a algumas semanas, e entre ensaiar para eles e a *A pequena loja dos horrores*, sinto que tudo o que fazemos é repassar diálogos. Está começando a parecer que sou eu quem vai fazer os testes. — Podíamos jogar algumas partidas de *Fortnite* antes, talvez?

— Podemos, mas temos reunião do Clube Queer daqui a, tipo, cinco minutos — pontua.

— Aaaaah — gemo. — Esqueci completamente... nós temos mesmo que ir?

Dean me lança um olhar irritado.

— Sim, Maxine, nós temos que ir.

— O Oliver vai estar lá, pelo menos?

— Não vou nem me dar ao trabalho de responder...

— Legal, mas ele vai?

— Eu juro por Deus... — fala Dean, rindo enquanto entramos na sala de recreação. — Você precisa se entender com aquele garoto ou superar isso.

Há um burburinho no ar quando chegamos. Há apenas uma dúzia de pessoas, mas a energia é contagiante. Dean fundou o Clube Queer no primeiro ano do ensino médio, e é aqui que as reuniões acontecem desde então. Os estudantes mais novos adoram porque normalmente não têm permissão de entrar nesta sala, e — temos que dar o braço a torcer para Woodside — ela é bem bacana *mesmo*. Tem uma pequena cozinha para fazer lanches e bebidas, montanhas de pufes e sofás confortáveis com cobertores para quando chega o frio do inverno. Quase tivemos os cobertores confiscados, depois que Rachel Kwan e Simon Pike foram pegos depois das aulas colocando as mãos onde não deviam.

Dou uma olhada rápida pela sala para verificar quem está por aqui. Tem alguns garotos mais jovens do fim do fundamental e do começo do ensino médio, junto com Gabi e Shannia, a dupla inseparável do segundo ano.

Shannia tem todas as cores do arco-íris no cabelo. Já as mechas onduladas de Gabi passam do ombro e terminam num *ombré* fechado bem bonito. Shannia está vestida da cabeça aos pés de patchwork jeans com um Adidas do Orgulho Trans azul e rosa, mostrando seu apoio à parceira. Gabi usa um macacão vermelho vivo com um par de sapatos boneca vintage lustroso da mesma cor. Mas o que mais gosto do visual delas é o par de mochilas brancas, ambas cobertas com dezenas de broches coloridos do Orgulho. É muito fofo como se orgulham do relacionamento delas e de quem são.

Elas nos dão um pequeno aceno enquanto ajudam os mais novos a pendurar bandeirinhas de arco-íris no teto. É bom saber que deixaremos este grupo em boas mãos quando formos embora.

— Não estou atrasada, né? — pergunta nossa amiga Alicia, entrando correndo na sala logo atrás de nós. — Fiquei presa na oficina.

Ela veste um macacão com estampa de camuflagem, salpicado com manchas de tinta, e uma bandana do mesmo padrão segura para trás suas tranças *box braids*, presas com ajuda de um lápis. Alicia não é LGBT+, mas é membra honorária do grupo, e nunca perdeu uma única reunião.

Acho que ela veio direto do trabalho de construção do cenário de *A pequena loja*, porque está carregando um monte de materiais de arte. Alicia é uma artista *incrível* e insiste em ajudar o pessoal do teatro em todas as apresentações, projetando e construindo o cenário inteiro. Ano passado, ela transformou o auditório em sala de tribunal dos Estados Unidos para a peça *Legalmente loira*, forrando as paredes com recortes de jornais que relatavam casos de pessoas inocentes injustamente condenadas. A mãe dela é estadunidense e advogada, então dá para ver de onde ela tirou a inspiração. Uma vez que todas as superfícies foram recobertas, ela usou tinta azul e vermelha para pintar as estrelas e listras.

— Você não precisava ter vindo, sério — diz Dean, tirando a lata de tinta surrada que está quase caindo debaixo do braço dela. — Sei como você é ocupada...

— Eu não sou tão ocupada assim, Dean. É você que está tendo que lidar com testes, Clube Queer e a apresentação da peça. Eu tenho apenas alguns projetos pequeninos.

— Vocês dois são ridículos — resmungo, contendo muito mal um revirar de olhos. Tenho um total de zero atividades extracurriculares, e ouvi-los discutir sobre quem é o mais ocupado é meu passatempo menos preferido. — Vamos lá, bora começar?

Desabo em um dos sofás e dou tapinhas no assento ao meu lado. Alicia guarda o resto dos suprimentos e junta-se a mim, enquanto Dean encaminha-se para a frente da sala. Em pé e de costas para a lareira, ele pigarreia, todo sério, mas antes que consiga falar, a porta se abre. Quando me viro, vejo que todas as minhas preces foram atendidas.

Oliver Cheng está parado à entrada. Veste uma blusa preta de capuz e um boné da mesma cor, e eu adoro a forma como mechas do cabelo dele escapam espetadas pelas laterais. Ele dá um sorrisinho tímido, e, apesar de eu tentar parecer calmo e controlado, juro que a temperatura na sala chegou a dobrar, porque de repente minha boca está seca, minhas mãos estão suadas e esqueci como respirar.

— Inspira e expira, inspira e expira — provoca Alicia, porque aparentemente estou *dando na cara*.

Mas o momento é logo arruinado, porque bem atrás de Oliver está a última pessoa que quero ver na vida: Thomas Mulbridge. Por algum motivo, ele e Oliver se tornaram amigos pouco depois de Oliver chegar em Woodside. Agora eles são quase inseparáveis. É a prova concreta de que o universo me odeia.

— Oi, Oliver — cumprimenta Dean. — Que bacana você se juntar a nós, Thomas.

— Apenas como aliado — responde Thomas com um grande sorriso estúpido, e meus olhos se reviram tanto que fico com enxaqueca.

— Claro, porque Deus o livre alguém achar que ele não é hétero — cochicho para Alicia.

— Ele provavelmente só está sendo solidário com o amigo — teoriza ela, dando de ombros.

Alicia não detesta Thomas como eu. Ouviu as histórias, mas não fez os primeiros anos do ensino fundamental na mesma escola que eu e Dean frequentamos, então não viu como ele era. E nem o Oliver, por sinal; de jeito nenhum ele seria amigo de Thomas se soubesse. Uma vez homofóbico, sempre homofóbico, e agora ele está aqui, na reunião do nosso clube.

— Pensei que hoje poderíamos conversar sobre o currículo de história — começa Dean. — Quem mais está cansado de ouvir sobre Francisco Ferdinando e Henrique VII? Eu sei que a sra. A nos ensina tudo sobre as grandes figuras queer da história, mas é como se os outros professores tivessem medo até de dizer a palavra gay.

Dean prossegue falando sobre a necessidade de que mais história LGBT+ seja incorporada nas aulas, mas não estou escutando. Como posso prestar atenção com o homem dos meus sonhos e o meu inimigo jurado logo atrás de mim? De verdade, não entendo o que Oliver vê nele, afinal. Tudo o que têm em comum é que ambos estão no time de futebol.

— Por que Oliver nunca anda com ninguém além do Thomas? — cochicho para Alicia. — Digo, sobre o que eles conversam?

— Hein? — indaga ela, virando de relance na direção deles. — Acho que ele é apenas tímido, Max.

Que ideia *ridícula*. Gostosões como Oliver nunca são tímidos.

Fico remoendo a injustiça da situação enquanto Dean segue com a sessão, começando uma atividade em que temos de falar um pouco sobre uma pessoa LGBT+ que admiramos. A maioria das pessoas escolhem celebridades, mas um dos garotos mais novos escolhe Imraan, o bibliotecário da escola, o que acho uma gracinha. Especialmente porque depois dele foi a vez do Thomas, que disse Ian McKellen, "porque ele mandou bem como Gandalf". Mas que baita panaca.

Por outro lado, a resposta de todos os outros representa muito sobre quem eles são e ao que aspiram. Oliver menciona o jogador de futebol Joshua Cavallo, por "ser corajoso o bastante para se assumir no mundo do esporte"; Dean escolhe Layton Williams, porque "ninguém é mais fabuloso que ele no palco"; Alicia fala sobre a artista visual Mickalene Thomas, porque ela "não tem medo de deixar sua identidade brilhar em tudo o que cria". É tudo realmente muito inspirador até eu perceber que não tenho ideia de quem escolher. Afinal, quem eu admiro?

— Max? — pergunta Dean e, merda, já é a minha vez, mas me dá um branco. Não consigo pensar em uma única pessoa LGBT+, e de repente sinto os olhos de Oliver em mim, o que me deixa ainda mais travado.

— Eu nunca pensei sobre isso de verdade — respondo. — Quero dizer ... é....

Dean levanta a sobrancelha, aparentemente ponderando se livraria minha barra nessa. Percebo que ele está secretamente irritado, e eu não posso culpá-lo muito por isso. Até o Thomas deu uma resposta melhor que a minha.

— Bem... — começo, bem na hora que a porta da sala de recreação se abre outra vez.

Graças a Deus, penso, até que me viro e vejo que quem entrou foi o sr. Johnson. Primeiro Thomas, agora Johnson. Quem vai ser o próximo? A Igreja Batista de Westboro e suas crenças fundamentalistas?

— Veio se juntar a nós, treinador? — provoca Thomas, mas nem ele parece gostar da presença. O sr. Johnson é o professor menos popular de Woodside.

— Quem é o responsável por aquilo? — O sr. Johnson aponta para a lata de tinta amassada sobre a mesa ao lado da porta, e então noto o rastro de tinta pelo corredor afora...

— Porra, fui eu, desculpa — lamenta Alicia. — Desculpa! Eu quis dizer... *zorra*?

— Zorra mesmo — resmunga Johnson. — Você deixou uma trilha daqui até o auditório.

— Desculpe, professor — diz Alicia. — Vou limpar. Mas pode esperar até o fim do encontro?

— Claro — ele responde sarcasticamente. — Vou pedir à tinta que não seque até que o seu clubinho acabe. — Ele olha para as bandeiras de arco-íris e faz uma carranca. — Não sabia que você era LGBT, Alicia.

— Bom, não sou, mas...

— Então não vejo motivo para estar aqui para começo de conversa. Meus corredores, entretanto, necessitam de sua atenção imediata.

— Sim, senhor — ela assente, desanimada, enquanto o sr. Johnson se vira para sair.

— Ah, vamos lá, sr. Johnson, não seja babaca. — Desafio sua autoridade, fazendo-o estacar.

Alguns dos garotos mais novos prendem o ar. Eu sei que não deveria enfrentá-lo, mas não posso evitar.

A mandíbula do sr. Johnson trava por um momento, mas então ele força um sorriso de lábios fechados.

— Só por isso, você pode ir ajudá-la. E, logo em seguida, os dois vão para a detenção. Mais alguma coisa?

— Max tem o direito de estar aqui — interrompe Dean. — Ambos têm.

— Ah, então você também se juntará a eles, sr. Jackson? Fico muito feliz em ouvir isso — diz. — Apenas se certifiquem de fazer o trabalho direito. Quero aquele chão *brilhando*.

— Ele é literalmente o líder do grupo, treinador — Oliver se manifesta, e por um momento penso que ele vai ser mandado para a detenção. Mas é óbvio que o sr. Johnson nunca faria isso com um de seus preciosos jogadores de futebol. Thomas e Oliver aparentemente têm imunidade.

— Acho que esta sessão chegou ao fim então, não é mesmo? — declara o sr. Johnson todo presunçoso, então se volta para os mais jovens. — O que significa que é melhor vocês irem embora, uma vez que não têm mais permissão de estar aqui em cima.

— Deixe-os fora disso! — exclama Dean, elevando a voz por conta da raiva.

O sr. Johnson apenas sorri.

— Você realmente acha que manda neste lugar, não é, sr. Jackson? Espero mesmo que você tenha um plano para depois que terminar a escola. Acho que vai descobrir que o mundo real é um lugar bem diferente para pessoas como você.

— O que isso significa?

— Peixe grande — começa o sr. Johnson, encarando Dean. — Lago muito pequeno.

Dean fica paralisado, sem palavras.

— Vocês têm dois minutos para acabar com isso antes que eu comece a distribuir mais detenções — grita o sr. Johnson, olhando para todos como se estivesse fazendo uma nota mental de quem estava na sala. — Ah, e garotos? — acrescenta, olhando para Thomas e Oliver. — Talvez antes do próximo jogo vocês devam pintar as unhas como Max e Dean? Tenho certeza de que os adversários *adorariam* isso.

— Isso foi uma ameaça? — Alicia se levanta de um salto, sem conseguir se controlar mais.

— Definitivamente não sei o que você quer dizer com isso — o sr. Johnson responde. — Estou apenas encorajando meus jogadores a serem eles mesmos. A propósito, adorei o cabelo novo.

A porta bate com um estrondo atrás dele.

A sala fica em silêncio por um momento, nossa raiva coletiva suspensa no ar.

— Lamento muito — diz Oliver. — Isso foi totalmente inapropriado.

— Sim, normalmente ele não é assim tão ruim — acrescenta Thomas, mas é *claro* que ele pensa isso. Em campo, o sr. Johnson com certeza é cheio de "toca aqui" e discursos motivacionais.

— Vou conversar com ele — Oliver anuncia, saindo. Thomas vai logo atrás.

— Não vamos sair — declara Gabi. Todos os outros acenam, concordando.

— Aprecio o apoio — Dean agradece. — Mas deveriam ir. Não tem motivo para todos vocês serem punidos também. Honestamente, não vale a pena se estressar com ele.

— Bom, e se todos nós ajudássemos, então? — propõe Shannia. — Quero dizer, a limpar os corredores. Simplesmente levamos o encontro lá para fora.

— Na verdade… — pondera Alicia. — Não é uma má ideia.

Um sorriso aparece nos lábios dela. Ela vai até sua mochila e remexe lá dentro, tirando um pote com glitter iridescente.

— Ele disse que queria o chão *brilhando*…

— Ai, meu Deus, você não faria isso — digo, rindo.

Alicia dá de ombros.

— Vai vendo — provoca, abrindo a tampa e soprando uma nuvem de brilho na direção do corredor. — Vamos fazer disso uma obra de arte.

CAPÍTULO TRÊS

— **A**inda não consigo acreditar que vocês jogaram glitter na escola toda! — Mamãe está escorada no balcão da cozinha, rindo.

— Só fizemos o que nos mandaram fazer — respondo, com um sorriso inocente.

Fico feliz por ela estar do meu lado nessa. O pai da Alicia também reagiu de forma tranquila ao que fizemos, mas Marcy colocou Dean de castigo por uma semana além da detenção que recebemos do sr. Johnson. Acho que ela não quer que ele pegue gosto por arranjar problemas com figuras de autoridade, e eu entendo; às vezes, esqueço o tanto de coisa que me é perdoada só porque sou branco. Mas é uma atitude meio irônica vindo dela. Acho que a diferença é que ela sabe o risco que está correndo quando não abaixa a cabeça e diz não.

— Você deve ter herdado essa rebeldia de mim — diz mamãe, pegando uma taça de vinho do armário. — Certamente não é do seu pai.

— Ah, não seja má, mamãe — peço, empoleirado em um dos banquinhos. — Meu pai não é sempre um santinho. Ele consegue ser rebelde quando quer.

— Uma vez, ele voltou ao supermercado só por ter esquecido de pagar pela sacolinha plástica — conta. — Mas, *claro*, ele é um rebelde, sim.

— E você acha que este aqui é diferente? — indago, acenando em direção ao namorado da minha mãe, Chris.

— Ei! Sou praticamente um Han Solo. — Ele vira para minha mãe. — E acho que isso faz de você a princesa Leia — acrescenta e a beija gentilmente.

— Tá, nojento isso — reclamo, mas eles me ignoram, e mamãe vai abrir a garrafa de vinho. — Mas vinho, já? Não são nem seis horas.

— Quem é o santinho agora? — diz ela alegremente. — Além disso, é noite de encontro.

— Não tenho certeza se uma noite no teatro da Woodside Academy pode ser classificada como encontro — falo com um sorriso sarcástico. — Não é algo que grita romance, não é mesmo? Isso é que são padrões baixos.

— Padrões baixos? — Chris ri. — Você só pode estar brincando. Com Dean no elenco? Vai ser como assistir a uma apresentação no West End.

— Nisso você está certo — admito, mas... só para deixar registrado... Chris nunca foi de fato a uma apresentação no West End.

O primeiro e único musical a que ele assistiu foi a produção de *Legalmente loira* do ano passado, e ele não parou de falar a respeito da peça por semanas. O gênero da personagem principal foi trocado, com Dean interpretando o extravagante e nada discreto Eli Woods. E essa escolha, aliada a algumas mudanças muito inteligentes nas letras das músicas feitas pela sra. A, transformou o espetáculo em uma reflexão sobre a forma como pessoas negras e queer sofrem com injustiças perante a lei. Não foi nada menos que brilhante. Mas ela bateu o pé ao pedido de Dean, que queria mudar o título para *Legalmente negro*. Aparentemente isso era *ir longe demais*.

— Mas, afinal, como anda a pilha de tijolos, Chris? — pergunto. Chris ri.

— Eu já te disse, eu trabalho com construção.

— Então você *não* empilha tijolos?

— Sim, às vezes...

— Então você faz pilhas de tijolo.

— Nessa ele te pegou — brinca mamãe. — Mas tudo bem. Eu acho meio sexy. Meu peguete parrudo empilhador de tijolos.

— Eu não sou um empilhador de tijolos! — protesta Chris

— Mas tudo bem para você ser peguete? — questiono, e ele revira os olhos.

Eu adoro encher o saco dele por causa da idade. Chris é cinco anos mais novo que a mamãe, o que é meio estranho, porque papai é cinco anos mais velho. Mamãe diz que idade é apenas um número, mas existe uma diferença de dez anos entre os dois, e é *muito* difícil não notar.

— Então, Max — minha mãe continua. — Estava pensando em talvez visitarmos seu pai neste fim de semana, que tal? E nós quatro podíamos fazer alguma coisa juntos.

— Ele gosta de futebol, certo? — acrescenta Chris. — Tem um jogão no domingo, e eu conheço um cara que pode conseguir uns ingressos baratos para todos nós...

— *Futebol?* — indago, incrédulo. — Desculpa, você me conhece? E você *conhece um cara*? Isso soa suspeito pra caramba.

— Eu falei que ele não toparia — diz mamãe, convencida.

— É, sem chance — confirmo. — Mas claro, podemos fazer *alguma coisa*. Você está linda, aliás — acrescento, admirando a roupa dela. Está usando um macaquinho azul-claro, ajustado com um cinto branco, e rasteirinhas brancas que combinam. É soltinho na medida certa, e ela deixou os dois primeiros botões abertos.

— Bom, preciso estar arrumada para o Dean, não é? — diz ela, balançando os cabelos loiros, que caem soltos na altura do ombro, os gentis olhos azuis contrastando com os brincos de madrepérola. Todos dizem que sou a cara da minha mãe, e eu sempre considerei isso um elogio. Ela é uma gata, não há como negar.

— Aham. — Chris pigarreia ruidosamente gesticulando para a própria roupa.

— Eu não sei o que você quer que eu diga. Calça jeans e uma camisa branca lisa? Digo, acho que você não está mal...

— O atrevimento! — protesta ele. — Achei que eu estava bem na moda, na real.

— Você está, docinho — afirma mamãe, esticando-se para abrir um botão da camisa dele. — Ignore o Max. Ele só está provocando.

— Pelo menos você passou a camisa — observo, tentando pegar a garrafa de vinho, mas mamãe a pega e a tira do alcance bem na hora.

— Só um pouquinho? — peço, abrindo-lhe um sorriso angelical. Ela pensa por um momento, aparentemente calculando se tem energia para encarar uma briga, e então suspira e pega uma taça para mim.

— Só uma — diz com firmeza. — Você ainda não tem dezoito anos, Max.

— Obrigado, mãe — agradeço, sorrindo, e encho a taça até a borda. — Você não vai tomar, Chris?

— Tô dirigindo, né, colega? — ele ressalta, e eis aquela palavra de novo. *Colega.* Soa como unhas de acrílico arranhando o quadro-negro e ainda assim é uma constante no vocabulário de Chris.

Às vezes, é difícil gostar dele. Digo, ele não é má pessoa nem nada, mas ele e mamãe começaram a namorar quando ela ainda não estava separada legalmente do papai, e isso pareceu ser o último prego no caixão em que se enterrou o relacionamento deles. De vez em quando fico pensando se eles não teriam se acertado se não fosse pelo Chris.

— Que horas vamos sair? — pergunto.

— Daqui uns cinco minutos — Chris responde, olhando para o relógio.

— Beleza, vou pegar minha blusa — aviso.

— Não ouse derramar isso — grita mamãe atrás de mim, mas já estou subindo dois degraus da escada de cada vez com o vinho perigando vazar da taça.

Meu quarto é uma obra de arte, modéstia à parte. Decorei as paredes com todos os galãs da Netflix que se possam imaginar. Todos cuidadosamente recortados de revistas destinadas a garotas adolescentes. Meu favorito é o K. J. Apa sem camisa, que colei atrás da porta desde que tive minha fase de *Riverdale*. Fiquei *tão obcecado que até tentei tingir* o cabelo num tom ruivo acobreado deslumbrante como o de Archie Andrews. Obviamente deu errado, e por algumas semanas acabei andando por aí parecendo uma tangerina com excesso de confiança até, finalmente, admitir a derrota e deixar Dean me descolorir de volta para o loiro. "Francamente, Maxine. No futuro, todas as mudanças de cabelo precisam passar por mim antes. Você sabe o que a maioria dos garotos gays daria para ter os cabelos loiros naturalmente?"

Em minha mesa, há uma foto de nós dois, do lado de um computador velho que quase não funciona. É uma foto oficial da escola e deve ter uns dez anos. Dean e eu estamos sentados na frente bem no centro, braços envolvendo um ao outro, falando xis para a câmera. Deve ter sido tirada logo depois de Dean dizer poucas e boas para Thomas, porque, olhando com atenção, dá para vê-lo carrancudo e mal-humorado ao fundo.

Faço uma careta ao tomar um gole de vinho. Na verdade, não gosto muito do sabor, mas minha mãe costuma não me deixar beber, então bebo mesmo assim antes de abrir o guarda-roupa para pegar uma jaqueta estilo colegial norte-americano de um vermelho escuro brilhante. É uma das minhas peças favoritas; achei na seção feminina e é um pouquinho justa demais, mas tem mangas creme macias e um zíper rosê brilhante que combina perfeitamente com as minhas unhas. Combino a jaqueta com tênis vermelho cor de sangue e calças justas creme que realçam minha bunda. Afinal, Oliver provavelmente vai estar por lá esta noite.

Fico em frente ao espelho de corpo inteiro, repensando cada pequeno detalhe, torcendo os cachos rebeldes da minha franja e depois borrifando-os até o limite. Ainda está faltando algo, então arregaço as mangas e completo o visual com a pulseira da amizade nas cores do arco-íris, a qual Dean me deu anos atrás. Eu quase nunca a uso porque ela destoa de praticamente tudo o que tenho, mas a ocasião pede, então faço isso só por ele.

— Você está pronto, Max? — Minha mãe me chama assim que tiro uma *selfie* rápida na frente do espelho.

— Estou indo! — respondo, postando rapidamente o "Look do dia" em meu Instagram. Tomo um gole do vinho e desço as escadas com pressa. Estão me esperando ao lado da porta.

— Agora lembrem-se: comportem-se bem. Nada de conversar com os meus amigos. Nada de fofoca com os professores. E, definitivamente, nada de demonstrações públicas de afeto. Não me humilhem.

— Ah, vai, Max — minha mãe protesta, rindo, e tenta encostar carinhosamente na minha cabeça, mas eu afasto a mão dela com reflexos relâmpago antes que ela estrague o meu cabelo. — Nós não queremos te humilhar.

— Não, é sempre sem querer, não é?

— Aquele seu *crush* vai estar lá? — Chris sorri, maldoso. Eu sei que ele está tentando me provocar. Ele adora me provocar sobre o Oliver, quase tanto quanto eu gosto de provocá-lo sobre a idade que tem.

— Acho que sim — respondo. — Mas se você falar com ele, se você olhar na direção dele, eu vou acabar com algo que você ama.

— Grosso! Tipo o quê?

— Sei lá… Esportes?

— Você vai acabar com… os esportes?

Levanto a sobrancelha como quem diz *não me provoque.*

— Bom, já que vocês dois não conseguem fazer a TV funcionar sem o meu suporte técnico pessoal, vou mudar a senha da TV por assinatura logo antes da próxima partida de críquete. Que tal?

— Na verdade, isso seria um favor — mamãe comenta.

Fico feliz que ela concorde comigo nessa. Se vai mesmo assistir a um esporte, pelo menos escolha um interessante!

— Anotado — diz Chris. — Não falar com o namorado de Max sob nenhuma circunstância. — Ele abre a porta de casa.

— Ele não é meu namorado — declaro, revirando os olhos.

Mas, Deus do céu, como eu queria que fosse.

É sempre estranho estar na escola à noite. Como se você não devesse estar lá, quase como se estivesse quebrando as regras. Dispenso mamãe e Chris quase imediatamente, e não demoro muito para encontrar Alicia. O enorme sorriso dela atravessa a escuridão, e ela praticamente atira o par de copos com café gelado que está segurando em cima de mim enquanto vem correndo me abraçar. Ela está usando um vestido de seda branca, com pulseiras vermelho sangue adornando cada punho. Fico contente que ela tenha concordado em combinar nossos trajes. Ela realmente entendeu a proposta.

— Ahhhh. Estou tão empolgada! — diz, deixando escapar um gritinho.

— O ponto alto do ano letivo, certo?

— Certo. — Oferece-me um sorrindo radiante. — Aqui — acrescenta, entregando-me um dos cafés.

— *Totó?* — leio o nome no copo, e ela gira o dela para me mostrar o nome "Dorothy". É uma brincadeira que Dean e eu começamos a fazer no verão do ano passado, e acho que pegou, porque agora ela também está fazendo.

O pai de Alicia aparece atrás dela. Ele é um homem enorme que trabalha meio período como *personal trainer*. A mãe da Alicia sempre trabalha até tarde, então ele toma conta das coisas em casa. A princípio, ele é bastante intimidante; no entanto, por baixo dos músculos definidos e da mandíbula excepcionalmente forte, vive um grandalhão de coração mole.

— Como é que você está, Maximillian? — ele pergunta com seu sotaque suave do Zimbábue. Ele me pega com uma de suas mãos enormes e me puxa para um abraço. Posso sentir os músculos dele se enrijecendo enquanto me deixa sem ar com seu aperto sólido de titã.

— Estou bem, obrigado, senhor Williams — arfo. — Como vai?

— Estarei muito bem se você me chamar apenas de Darius, Max. Quantas vezes tenho que te dizer? — Ele ri. — Como os garotos estão te tratando afinal? Nada menos do que como um príncipe, espero. Alguém com quem eu precise ter uma conversa?

DE REPENTE HÉTERO

— Sem problemas com garotos no momento. — Meu Deus, bem que eu queria ter problema com garotos. — Mas aviso se precisar dos seus... serviços.

— Avise mesmo. — Ele dá risadinhas. — Então, do que se trata essa apresentação, afinal? — Fica intrigado com o programa, tentando entendê-lo.

— Eu já falei mil vezes para você — diz Alicia, revirando os olhos.

— Bom, me relembre. Não consigo lembrar de *tudo*.

— É sobre uma planta alienígena assassina que concede desejos — ela explica, checando as unhas cor de sangue. — Sabe, em troca de ser alimentada com carne humana.

— *Ceeerto* — concorda Darius, parecendo um pouco perplexo.

— É uma das minhas peças favoritas — acrescento com um sorriso. Darius ri.

— É claro que é. Bem — diz, batendo as mãos. — Tenho certeza de que será ótimo. E mal posso esperar para ver esse seu cenário, Alicia. Se ficou que nem o do ano passado...

— Por falar nisso — comento —, sua mãe não vem, Alicia?

— Ela está a caminho — diz Darius. — Não perderia por nada. Alicia sorri.

— Então, devíamos ir. — Ela confere as horas no telefone. — Prometemos ir falar oi para o Dean nos bastidores antes da apresentação. Vemos você lá dentro?

— Tá bom — responde Darius. — Diz para ele que mandei boa sorte.

— Você deveria mandar um "merda"; caso contrário dá azar.

— Eu deveria dizer *o quê*?

— Esquece. — Alicia ri. — Vem, Max. — Agarra meu braço e me arrasta para longe.

Por mais que ela o ame, está sempre aterrorizada de que a próxima palavra a sair da boca do pai dela será algo que vai envergonhá-la. E eu me identifico totalmente com isso. Às vezes, acho que os adultos conspiram para tornar a vida dos próprios filhos o mais insuportável possível.

É sempre um caos nos bastidores antes da apresentação, e esta noite não é diferente. A sra. A está agitada, gritando com vários alunos enquanto tenta fazer com que todos estejam prontos. Sua esposa, Fiona, também está aqui. Se eu conheço um *power couple*, são elas. Fiona trabalha como fotógrafa de casamentos, mas sempre vem ajudar na noite do espetáculo. Ela tira fotos incríveis com sua câmera sofisticada, capturando de verdade a magia do palco, e tira algumas fotos dos bastidores também. Ela diz que vamos agradecê-la pelas lembranças quando formos mais velhos. Na realidade, sabemos que o motivo principal pelo qual ela vem é para acalmar a sra. A quando as coisas ficam muito frenéticas.

— Aí está minha cenógrafa superestrela! — A sra. A irradia alegria, notando a chegada de Alicia enquanto abrimos caminho para o meio da sala. — Sinceramente, como vou me virar sem você no ano que vem? Nem os profissionais conseguem fazer o que você faz!

Alicia ri.

— Posso incluir isso nas minhas candidaturas para escolas de belas-artes? Talvez um dia a senhora possa me contratar. Se tiver sorte, talvez eu até faça um desconto.

— Se não for um desconto de cem por cento, não tenho certeza de que poderemos te pagar — diz a sra. A. — De qualquer forma, você estará ocupada demais para a velha Woodside de guerra.

— Nunca, professora — Alicia protesta. — Precinho camarada sempre.

— Vou cobrar, hein? — ela diz com uma piscadela. — De qualquer forma, o cenário está montado, eu verifiquei tudo; temos tudo sob controle.

— Bom saber — comenta Alicia. — Mas, na verdade, viemos apenas para dizer oi para o Dean.

— Ele está aqui atrás, por aqui. — A sra. A gesticula vagamente para trás dela. — Mas as cortinas abrem em quinze. Ele é a menor das minhas preocupações agora.

Ela sai para ajudar uma das meninas do *doo-wop* a amarrar o laço enquanto Fiona lê itens de uma lista.

— Aqui, deixe-me ajudar. — Intervenho para ajeitar o laço cor de safira.

— Obrigada, Max — a sra. A agradece. — Você já viu o programa?

— Hein? — digo, pegando um de uma penteadeira entulhada.

— Segunda página — ela indica conforme o abro.

Lá, bem no fim, está *Max Baker – Consultor de figurino.*

Caio na gargalhada.

— Meu Deus, professora, eu não estava falando sério!

— Eu sei — ela diz. — Mas pensei que poderia ser útil para o processo de inscrição em universidades. Uma atividade extracurricular no currículo para te destacar.

— Eu já me destaco, professora. — Estufo o peito de ar enquanto dou uma voltinha. — Só que não vou para a universidade. Vou fazer aquele lance de ano sabático.

— Bem, para o ano seguinte, então. — Ela dá de ombros.

Olho o meu nome e de repente fico um pouco triste. Não sei por quê, talvez pareça um pouco mais do que o merecido? Como se eu fosse um garotinho que tivesse recebido um presente no aniversário do irmão só para não se sentir excluído. Às vezes, é difícil estar na sombra de Dean e Alicia. Eles são os dois alunos mais talentosos da escola, e eu meio que apenas... existo. *Consultor de figurino*. É legal, mas não é exatamente verdade.

— Você poderia dar uma mãozinha ao Thomas, por favor? — a sra. A pede, interrompendo meus pensamentos. — Ele está tendo um probleminha com o figurino. — Acena na direção dele, todo enrolado com a gravata borboleta.

— Preciso mesmo? — resmungo.

Ela não me diz nada, só me dá um daqueles olhares.

— Tudo bem — digo, revirando os olhos da forma mais exagerada que consigo. — Mas faço isso só por sua causa, professora!

— Você é uma estrela, Max — ela sussurra, já voltando a atenção a outro lugar.

— Enquanto você faz isso, vou só checar as luzes de novo, rapidinho — avisa Alicia. — E daí vamos encontrar o Dean, né?

— Tudo bem, mas não demore — respondo, e estou falando muito sério. A última coisa que quero é ficar conversando com o Thomas por muito tempo.

— Precisa de ajuda? — ofereço, tentando não soar totalmente antipático.

— Por favor — diz ele, com os dedos enroscados na gravata borboleta.

De perto, é difícil acreditar que já me senti intimidado por ele. Ele é bastante baixo, de pele pálida e olhos azuis, cabelo castanho-claro que ele não sabe arrumar direito e algumas sardas perdidas em cada bochecha. É ele que vai interpretar o Seymour e, por mais que eu não goste de admitir, está uma graça de óculos de aros grossos, camisa meio desarrumada e suspensórios prontos para serem puxados.

— Sinto muito pelo que aconteceu na outra semana — lamenta enquanto arrumo a gravata dele. — Com o sr. Johnson? No clube gay? Aquilo não foi legal.

— É Clube Queer. — Franzo o cenho. — E se você não achou legal, deveria ter dito alguma coisa — pontuo. — É isso que significa ser um aliado, Thomas. Apoiar, mesmo quando não é fácil.

— Eu sei — diz. Ele parece muito pouco à vontade. — Fui com o Oliver conversar com ele depois de tudo, mas é difícil, sabe? Ele já me colocou no banco essa temporada. Se eu começar a irritá-lo, não vou jogar nunca.

— Algumas coisas são mais importantes do que futebol — retruco.

Ele não fala mais nada, parecendo sem palavras. Provavelmente não consegue imaginar *nada* que seja mais importante do que futebol. Mas eu estou de bom humor, então deixo essa passar e mudo de assunto.

— Está nervoso?

Ele faz uma careta.

— Um pouco. Nunca tive um papel principal antes. As pessoas ficam dizendo que eu deveria simplesmente imaginar que todos na plateia estão nus, mas não sei como isso pode ajudar. Quer dizer, pode imaginar como seria difícil lembrar as suas falas se de repente todas as garotas bonitas estivessem com os peitos de fora?

— Eu sou gay, Thomas… — digo revirando os olhos. Como se ele precisasse ser lembrado disso.

— Sim, bem… — ele responde sem jeito, procurando por palavras. — Para você, seria caras gostosos com os pintos de fora ou coisa do tipo.

— *Caras gostosos com o pinto de fora…?* — repito, incrédulo. — Eu já estive no vestiário masculino e posso garantir que não é nada para ficar nervoso.

— Ah, esquece — diz ele. — Eu só estou nervoso, só isso.

— Vai dar tudo certo — encorajo. — Apenas relaxe, é só uma apresentação da escola. Não é como se todo o seu futuro dependesse disso ou nada do tipo.

— É, acho que tem razão — concorda Thomas. — Mas como você está? Já conseguiu arranjar um namorado?

Uma tentativa fraca de se redimir.

— Não tem muita oferta de caras gays por aqui — digo, dando de ombros.

— O quê? Tem um monte. E o Dean? Ou o Oliver?

— Isso são dois — digo. — Não um monte. Além disso, Dean é meu amigo há, tipo, dez anos. Seria esquisito.

— E o Oliver, então?

Paro de mexer na gravata de Thomas por um segundo e tento não olhar nos olhos dele. A última coisa que preciso é que ele descubra minha queda pelo seu melhor amigo.

— Sabe — digo, tirando a gravata e a deixando de lado. — Acho que você fica melhor sem ela, na verdade.

Pergunto-me se deveria informar esta mudança de figurino de último minuto para a sra. A, mas então me lembro de suas palavras encorajadoras e lembro que ela confia em mim.

— Não existem regras quando o assunto são acessórios — continuo. — "Antes de sair de casa, olhe-se no espelho e tire um item". Sabe quem disse isso?

— Não. — Thomas se apruma e vira obedientemente para se olhar num dos espelhos.

— Coco Chanel.

— É uma drag queen?

Pessoas hétero... francamente, viu.

— Deixa pra lá, só fique com o colarinho aberto — peço, abrindo o primeiro botão.

— Tá certo. Obrigado, Max.

— Não tem de quê — respondo, acenando com a cabeça. — Agora eu preciso encontrar o Dean. Você o viu?

— Vi sim, ele está lá nos fundos — indica. — Vocês dois estão *sempre* juntos. Tem certeza de que não deveriam ficar juntos?

— Isso é homofóbico — declaro enquanto viro nos calcanhares. — Merda pra você, Thomas — digo, pensando um pouco no sentido literal mesmo.

Encontro Alicia checando e rechecando as luzes de forma obsessiva e tenho que, literalmente, arrastá-la para longe delas para que possamos ir falar com o Dean. Nós o encontramos ao fundo do camarim, cercado por pessoas frenéticas vestindo os figurinos, se aquecendo e repassando as falas de última hora. Ele ainda não está vestido como o personagem. Está apenas sentado em frente a uma das grandes penteadeiras, passando cola nas sobrancelhas com calma e cuidado enquanto se prepara para fazer uma maquiagem completa ao estilo drag. Dean já está com as unhas pintadas, um esmeralda cintilante, e seu figurino está pendurado a seu lado, um emaranhado de tecidos verdejantes.

— Mais fãs? — Dean sorri quando nos vislumbra pelo espelho. — Desculpem, autógrafos só depois do show!

Alicia se inclina para trocar beijos no ar com ele enquanto eu vou direto conferir o figurino, levantando-o para poder olhar melhor.

— Segura essas mãozinhas imundas, Maxine! — ordena Dean, afastando minha mão com um tapa. — Você vai arruinar a surpresa.

— Desculpa — digo, rindo. — Pensei que você já estaria pronto.

— Eu tenho muito tempo ainda. Só apareço no final do primeiro ato.

— Qual será a reviravolta deste ano, então? — pergunto.

Sei que ambos têm trabalhado nisso juntos, mas mantiveram tudo em segredo, até mesmo de mim.

— Bem — Dean começa —, você já sabe que interpretarei a vilã, Audrey II. Mas vou interpretá-la como drag, por que você sabe sobre o que esta peça fala, na verdade? — Faz uma pausa dramática. — A obsessão da sociedade de esmagar qualquer um que seja diferente. Pessoas negras. Pessoas queer. Qualquer um que dê um pequeno passo sequer para fora do molde cis-branco-hétero.

— E como fazer o público chegar a essa conclusão? — Não estou convencido.

— Bem, todas essas pessoas "normais" e insossas querem vir dar uma olhada na fabulosa planta exótica. — Ele gesticula para o próprio corpo. — Mas assim que ela mostra que tem vontade própria... aí passam a querer derrubá-la e matá-la! É como todos aqueles heterossexuais que *adoram* assistir a *RuPaul's Drag Race*, mas na verdade não se importam com as pessoas queer; eles nos veem apenas como algo para ser cobiçado. Assim que queremos falar sobre preconceito ou nossos direitos, de repente, somos barulhentos demais.

— É um belo argumento — admito. — Mas a planta não é bem uma vítima, Dean. Digo, ela literalmente tenta dominar o mundo!

— O que é exatamente o que eu estou tentando fazer — retruca. — Talvez o mundo ficaria melhor com um pouco mais de *vegetação*.

— Falou como uma verdadeira vilã — Alicia ressalta, sorrindo.

— O que posso dizer? Sou um ator de método — responde Dean dando de ombros.

— Bem, e falando em vilões... — digo, empoleirado na beira da penteadeira. — Sabia que Mulbridge acha que deveríamos ser um casal?

— Hum, acho que não — Dean faz biquinho e olha para mim de cima a baixo. — Se Thomas tivesse metade de um neurônio, estaria te ajudando a ficar com o Oliver, não te despachando pro meu lado.

— Ai! O que aconteceu com aquilo de eu ser um dez?

— Você é um dez, Maxine, mas eu sou um doze, e esses números não combinam. Além do mais — acrescenta —, dois passivos não fazem um ativo.

— Como é que é? — Dou uma risada um pouco desajeitada. — Eu nunca disse que sou...

Dean sorri.

— Você não precisa dizer, docinho.

— Bom — irrompe Alice batendo palmas —, por mais que eu adore ouvir vocês discutindo detalhes íntimos da vida sexual fictícia de cada um, é melhor irmos arranjar lugares antes que os melhores estejam todos ocupados.

— Certo — Dean concorda. — O que me lembra... — Ele abre a gaveta da penteadeira. — Aqui — diz, entregando-nos um par de lança-confetes verde-limão. — Tentem sentar em algum lugar no meio da plateia e preparem-se para usar isso.

— Por quê? O que você está planejando? — pergunto, olhando de um para o outro. Alicia finge fechar seus lábios com um zíper, claramente guardando segredo.

— Você vai ver — Dean sussurra, agora ocupando-se de sua maquiagem. — Apenas esperem pela deixa...

O auditório está cheio, e há um zumbido de vozes animadas conforme crianças e pais começam a ocupar seus lugares. Os corredores estão tão lotados que não vejo uma pessoa vindo em minha direção até já termos colidido.

— Ai, Jesus, sinto muito — desculpo-me, recuperando o equilíbrio e então tornando a perdê-lo quando levanto o olhar e fito diretamente os perfeitos olhos castanhos de Oliver Cheng.

— Não se preocupe — ele fala com um sorriso, as bochechas formando covinhas. Ele vira-se de lado e passa encolhido ao meu lado — Oi, Alicia!

— Oi, Oliver — responde ela, como se não fosse nada. Como se fosse completamente normal dizer "olá" para Oliver Cheng.

É assim que a Alicia é: amiga de absolutamente todo mundo. Ela é, sem discussão, a garota mais popular na escola e, por algum motivo, ainda assim escolhe passar metade do seu tempo comigo e com Dean.

— Ele é tão perfeito — comento enquanto o observo se sentar numa cadeira na primeira fila.

— Sério? Você nunca tinha comentado — provoca Alice, mas eu mal olho para ela.

Não consigo tirar os olhos dele, literalmente. Ele está vestindo uma blusa de capuz azul-bebê com calça jeans branca justa e um par novo de tênis de lona da mesma cor. Harmonia: nota dez.

Alicia suspira.

— Deus, eles escolheram literalmente os piores lugares da casa — reclama, chamando a minha atenção de volta para a sala. A mãe dela chegou e agora está sentada com a minha mãe, Chris, Marcy e Darius. — Por que raios eles estão na antepenúltima fila?

— Porque eles são pais e não sabem das coisas — explico, dando a eles um aceno discreto. "Nós vamos sentar aqui", comunico apenas movendo a boca e puxo Alicia em direção a um par de cadeiras na fila do meio, como Dean instruiu. Sento na primeira cadeira, ao lado do corredor, e Alicia fica ao meu lado.

— Bela vista — digo, acenando na direção de Oliver.

— Eu *vou* te bater — ameaça Alicia. — Não passei semanas trabalhando no cenário para você passar a apresentação toda olhando para a nuca dele.

— Eu posso olhar para o cenário *também*. Vou dividir a minha atenção meio a meio.

Alicia cumpre a promessa e me dá uma pancada no braço.

A voz da sra. A ecoa repentinamente pelo auditório pedindo para que as pessoas se sentem. As luzes se apagam e a plateia fica em silêncio. O silêncio perdura por um instante e, então, com os inconfundíveis primeiros acordes de "Little Shop of Horrors", as cortinas se abrem, revelando uma obra de arte.

É o horizonte de Manhattan envolto em videiras sinuosas, tão maravilhosamente disposto que levo um momento para assimilar todo o brilhantismo da obra de Alicia. Não é apenas um horizonte qualquer: é um feito inteiramente de moda reciclada. Caixas de sapato antigas envoltas em jeans foram empilhadas para criar arranha-céus, com luzinhas cintilando através de delicadas janelas de renda e grafites de batom riscados nas paredes. As videiras que consomem a paisagem urbana parecem ter sido arrancadas de uma coleção de espartilhos esmeralda; uma jaqueta de couro preto está pendurada na frente de tudo, bem no centro, e exibe "Pequena Loja dos Horrores" bordado em cursiva vermelho-sangue nas costas; uma pequena floricultura repleta de plantas fica logo abaixo, com saltos altos e sapatos de plataforma servindo como vasos de plantas. Cadarços sustentam a Ponte do Brooklyn sobre um rio de vestidos de baile plissados, e um salto agulha apontando para o alto se destaca como o Empire State Building. É o palco perfeito para uma drag queen. Alicia pode alegar quanto quiser que fez isso pelo "currículo", mas é óbvio que o fez para *ele*.

— Alicia, está incrível — sussurro, absorvendo cada detalhe. — Não consigo imaginar o tempo que levou.

— É o palco que ele merece.

Ela dá de ombros e me lança um sorrisinho enquanto o holofote encontra as meninas do *doo-wop* desfilando para o centro do palco.

O espetáculo começa sem problemas. Há algumas notas desafinadas e os sotaques estadunidenses estão meio confusos, mas, fora isso, está ótimo. As meninas do *doo-wop* estão ótimas; a Pepê interpreta uma

DE REPENTE HÉTERO

Audrey muito simpática; e, embora os vocais e a atuação de Thomas estejam um pouco instáveis, isso na verdade combina com o personagem nerd do Seymour, e ele arranca mais risadas do que qualquer outra pessoa.

Entretanto, nem sinal do Dean. Pelo menos até pouco antes do intervalo, quando enfim ouvimos sua voz pela primeira vez. Ele não diz nada a princípio; há apenas o som de uma risada perturbadora e maligna. Quase inaudível, apenas alta o suficiente para fazer a plateia se mexer desconfortavelmente nas poltronas. Thomas entra na brincadeira, levantando e devolvendo ao lugar as plantas das prateleiras da floricultura conforme busca a origem do som sinistro.

A risada fica um pouco mais alta, como que se divertindo com a confusão de Thomas, e enquanto o holofote foca na plateia, perscrutando os rostos da multidão, ele olha ansiosamente para o público. Tudo fica perfeitamente imóvel por um momento e, então, quando o holofote encontra a porta dupla ao fundo do auditório, Dean as escancara com um chute e sai das sombras, o tempo todo gargalhando de forma maníaca.

Está usando um vestido verde de lantejoulas envolto em cipós de hera que serpenteiam por seus braços e se prendem nos punhos. Seu torso está exposto e pintado de jade, e brincos verdes elaborados balançam de cada orelha. O vestido abraça seu corpo musculoso, flutuando até um par de botas com saltos de quinze centímetros enfeitadas com plumas. Os saltos realçam os lugares ideais de seus contornos, e ele deslumbra sob a luz, sua cauda de seda lhe dando a silhueta de uma *femme fatale*. Seu rosto está totalmente maquiado, uma obra de arte horripilante e contorcida. Ele não está de peruca, e a cabeça raspada combina perfeitamente com o visual, contribuindo para a feminilidade. Ele está absolutamente bafônico. A imagem exata de uma drag queen mutante planta carnívora. Na categoria entradas triunfais, esta é difícil de superar.

Dean solta o primeiro verso da música, preenchendo sem dificuldade o auditório com sua voz enquanto percorre o corredor. No palco, Thomas parece prestes a ter um ataque cardíaco. A plateia está adorando, os olhos fixos em cada movimento de Dean. Ele para do meu lado e estende sedutoramente a mão para me acariciar no rosto. Pensando que este deve ser o momento a que ele se referia, rapidamente procuro o lança-confete. Dean segura meu bíceps com uma das mãos com unhas verdes, bem a tempo de me impedir.

— Não exploda tão cedo, meu garoto — improvisa, arrancando uma explosão de risos da plateia, e, com o holofote pairando acima de nós, sinto os olhos de Oliver sobre mim e coro.

Dean retoma a música ao continuar pelo corredor e entra na floricultura, onde o pobre Thomas Mulbridge o aguarda.

Thomas faz o melhor que pode, mas simplesmente não consegue acompanhar Dean. A combinação desigual aumenta a hilaridade, então, de certa forma, funciona, mas eu estaria mentindo se dissesse que não sinto certo prazer em ver Thomas se atrapalhar com a fabulosa presença de Dean. Parece que é o destino, como se um ciclo que começou no ensino fundamental finalmente tivesse se encerrado.

A partir daí, o espetáculo é um sucesso. Dean está transcendente, e seu brilhantismo eleva o elenco, que claramente está se divertindo horrores. Tanto que ninguém parece perceber quando uma das luzinhas do cenário se solta enquanto a plateia aplaude o último bis da música "Don't Feed the Plants".

— Isso não era para acontecer, certo? — sussurro para Alicia enquanto Dean prende a perna no cabo que se soltou, que começa a se enroscar no vestido.

— Definitivamente não — diz Alicia, arregalando os olhos de horror ao ver sua obra-prima começar a oscilar.

Dean não percebeu — ele nasceu para isso, está aproveitando cada momento lá em cima e, à medida que o cabo se enrola cada vez mais, o cenário inteiro desaba ao redor dele. No entanto, Dean permanece de pé, encarando a situação com estilo, e a plateia só aplaude ainda mais.

— Agora? — pergunto a Alicia, ainda sem acreditar no que acabou de acontecer.

— Agora! — ela confirma, e nossos lança-confetes explodem em uma nuvem verde, dando início a um efeito dominó enquanto uma

DE REPENTE HÉTERO

sequência de outros lança-confetes previamente dispostos explodem ao redor da sala.

Alicia e eu somos os primeiros a ficar de pé, gritando o nome de Dean a plenos pulmões, e, à medida que o flash da câmera de Fiona enlouquece, toda a sala se levanta para uma ovação de pé. Dean parece surpreso com a reação e, enquanto ele permanece altivo em meio ao cenário destruído, fazendo reverências graciosas e soprando beijos, percebo que a sala toda está agora aplaudindo e gritando seu nome.

Ele é a estrela da Woodside Academy, e a única pessoa que não sabe disso é ele.

CAPÍTULO QUATRO

— Está com você? — implora Dean, correndo em minha direção enquanto abro meu armário depois da primeira aula. — Por favor, me diz que você lembrou…

É segunda-feira, e ele está usando um short jeans branco diminuto e uma blusa *cropped* com capuz. Ele cortou as mangas e destruiu a barra para dar um visual desgastado que eu adoro.

— Está comigo o quê? — pergunto, e ele aparece abatido instantaneamente. — É claro que está comigo — provoco, destacando a página com a matéria do jornal local. É uma matéria de meia página acompanhada de uma foto bem artística em preto e branco. Tirada por Fiona.

— Eu não consigo olhar — dramatiza, empurrando o recorte de volta. — Você vai ter que ler para mim, Max.

— Tenho que admitir que é um pouco brutal — digo. — Alguém tem que contar para esse cara que ele está resenhando uma produção estudantil, não um show da Broadway.

— Ai, Deus — geme Dean. — É porque eu destruí o cenário, não é?

— Fica frio e ouve. — Pigarreio para dar um toque solene. — "A Woodside Academy tem se tornado conhecida nos últimos tempos por suas abordagens vanguardistas a musicais populares, então as expectativas eram altíssimas para o espetáculo *A pequena loja dos horrores* da noite de sábado, quando, ao se abrirem, as cortinas revelaram um cenário de Manhattan feito totalmente de roupas recicladas..."

— Tá bom — comenta Dean. — Até agora tudo bem.

— "Mas à medida que o espetáculo progredia" — continuo —, "os ânimos da plateia começaram a arrefecer. O show carecia daquele toque comumente visto em Woodside, e comecei a me perguntar se esta produção não faria jus às obras de anos anteriores..."

— Ai, Deus — chia Dean, recostando-se em seu armário. — Tá, pode parar de ler — diz, tentando tirar a resenha das minhas mãos.

— "Até que o clima se transformou com a chegada do *espetacular* Dean Jackson" — continuo, e Dean se sobressalta, recolhendo as mãos enquanto me permite continuar. — "Dando vida nova à apresentação através de sua versão drag da carnívora Audrey II, Jackson teve uma afinação perfeita durante todo o musical e meio que literalmente abalou as estruturas do teatro com seu final grandioso e dramático, derrubando a mais recente cenografia magnífica de Alicia Williams. Uma apresentação cinco estrelas vinda de um garoto destinado a uma carreira nos palcos."

— Ai... meu... Deus! — Dean exclama. — Isso vai direto para minhas inscrições para a faculdade! — Ele arranca o papel das minhas mãos e o relê. — Ufa — deixa escapar, estufando as bochechas. — Por um momento, achei que minha carreira havia acabado mesmo antes de começar.

— Eu não acho que o *Woodside Advertiser* tem prestígio suficiente para acabar com a sua carreira — tranquilizo-o, dando risada.

Mas ele não tira os olhos do artigo, lendo-o uma terceira, quarta e quinta vez, quase que como para se certificar de que o texto era real mesmo.

— Você mostrou para a Alicia?

— Ainda não. Quer fazer as honras? — Aceno na direção dela quando ela aparece vindo da sala de recreação, os braços cheios de materiais artísticos, fazendo seu costumeiro papel de garota popular e parando para dizer oi para todo mundo.

— CENOGRAFIA MAGNÍFICA! — grita Dean, interrompendo-a no meio de uma conversa e a assustando tanto que ela derruba os materiais no chão. Um tubo de glitter se abre fortuitamente e se espalha para todo lado, fazendo o corredor do sr. Johnson brilhar mais uma vez.

— O quê? — indaga, desnorteada, enquanto corro em sua direção para ajudá-la a limpar. — Pornografia magnífica? Onde?

Alguns dos alunos do sétimo ano parecem horrorizados.

— *CENOGRAFIA* MAGNÍFICA! — repete Dean, balançando o artigo na frente dela.

— *Aaaaah* — diz ela, tirando o recorte das mãos dele e ficando mais radiante à medida que lê. — CENOGRAFIA magnífica!

— Você vai para a faculdade de belas-artes, meu bem! — berra Dean, envolvendo-a com os braços.

— Não vamos nos empolgar! — Ela ri, tímida, quando ele a solta. — Mas isso é incrível. Você viu o que o artigo diz sobre você?

— Se eu vi o que ele diz sobre mim? Afinação perfeita. Apresentação cinco estrelas. Final grandioso e dramático. — Dean lambe o dedo indicador e o encosta no corpo, fazendo um som de fervura. — Destinado a uma carreira nos palcos.

Alicia abre um sorriso luminoso.

— Bem, disso nós já sabíamos. Toda escola de artes cênicas vai querer você, Dean. Seriam idiotas se não quisessem.

Ele dispensa o que ela está dizendo com um gesto de mão.

— Eu ainda tenho que passar pelos testes.

— Sim, mas de quantas mais provas você ainda precisa? — indago. — *É claro* que você vai entrar.

— Não dê azar, Max — diz ele. — Você sabe que eles aceitam só algumas poucas pessoas por vez. Não aceitam qualquer um não, sabe?

— Mas você não é *qualquer um*! — pontua Alicia. — Você é Dean Jackson!

— Pfff — ele debocha. — Isso pode significar alguma coisa aqui em Woodside, mas lá fora? — Ele aponta para as portas duplas no final do corredor. — Peixe grande em um lago pequeno.

— Não *creio* que você citou o sr. Johnson. — Alicia franze o cenho, tentando recolher o glitter, mas conseguindo apenas espalhá-lo ainda mais para todo lado. — Você não é um peixe, Dean Jackson, você é... sei lá... qual é a maior coisa do oceano?

— Um polvo gigante? — provoco. — Não, uma cachalote!

— Uma cachalote! — repete Alicia rindo. — Uma bem grande.

— Sim, *lotada* de espermaguete! — acrescento.

— Como é que é? O que você disse? — questiona Alicia, me encarando com olhos semicerrados.

— Espermaguete — repito, já procurando na Wikipédia. — A cabeça das cachalotes é cheia de uma substância misteriosa chamada espermaguete.

— *Não* é o que tá escrito aí! — Alicia tira o telefone das minhas mãos. — *Espermacete* — ela explica. — Não *espermaguete*.

— Tanto faz. — Dou de ombros. — A questão é que Dean está cheio de esperma.

— Isso não poderia ser mais despropositado — diz ela. — Ou falso.

— Tudo bem, por mais útil que seja tudo isso — continua Dean —, não importa que animal cheio de esperma vocês pensem que eu sou. Ainda tenho que arrasar naqueles testes, e o maior de todos é na semana que vem.

— E você vai arrasar! Nem se estresse com isso — diz Alicia. — De qualquer forma, é melhor eu ir antes que o sr. Johnson me coloque de castigo de novo por outro horrendo ato de vandalismo. Vejo vocês no auditório às quatro? Você não esqueceu, né, Max?

— Hã... não — hesito. — Isso é definitivamente algo de que me lembro...

— Ótimo — diz ela. — Porque tenho uma surpresa para você.

— Uma surpresa? — indago, mas Alicia apenas sorri de modo inocente.

— Vejo você às quatro!

Ela dá uma piscadela, dando meia-volta em seus calcanhares e partindo pelo corredor, deixando um rastro incriminador de glitter atrás de si.

> O que você acha?

A mensagem do meu pai faz meu telefone apitar enquanto corto caminho até o auditório pelo campo de futebol. E por cortar caminho quero dizer fazer um trajeto que é duas vezes maior, mas que parece menor, porque assim posso ver Oliver usando o uniforme do time.

Abro a mensagem e vejo uma foto da gravata nova do meu pai. Ela é coberta de pinguins sapateadores, com cores berrantes. Completamente *horrenda*.

Eu minto. Uma gracinha, escrevo, encaminhando sem demora a foto para o Chat do Grupo®.

Estamos dando nota para a coleção de gravatas do meu pai já faz quase um ano. Dean responde rapidamente com uma foto editada de Regina George dizendo que é a "gravata mais feia que ela já viu" e Alicia manda uma da Anne Hathaway usando a gravata em vez das famosas botas da Chanel. É uma foto incrivelmente bem editada: tudo o que ela faz é artístico, e aparentemente isso se aplica a memes espontâneos. Dou corações para ambas as mensagens e então volto para a conversa com meu pai.

> Como foi o treinamento?

Meu pai tem a própria empresa de *fintech*, seja lá o que isso signifique, e recentemente inscreveu toda a equipe em um daqueles retiros de treinamento em diversidade e inclusão. Não posso culpá-lo pelo esforço.

> Ótimo! Você sabia que os gays têm uma bandeira própria?

Ele não pode estar falando sério.

> Como é que é?

Tem uma bandeira gay para os gays! É um arco-íris. Achei que se tivesse alguém que saberia disso seria você!

> É para pessoas LGBT+. Não apenas para gays. Por que você acha que tenho uma dessas pendurada na porta do meu quarto, pai?

Você tem?

Ele envia um *emoticon* de carinha chocada para dar mais efeito.

> Faz só uns cinco anos.

Achei que você só gostava das cores.

> Claro. E os pôsteres de garotos sem camisa são só porque eu admiro MUITO a fotografia ;-) Mas então, a mãe acha que devíamos fazer alguma coisa juntos esse fim de semana. Eu, você, ela e Chris. Você topa?

Eu adoraria! O que tem em mente?

> Vou pensar. Falo com você mais tarde, tá?

Coloco o telefone de volta no bolso e ouço uma comemoração do outro lado do campo de futebol. Acho que nosso time ganhou o jogo, porque eles estão pulando loucamente num daqueles montinhos homoeróticos. Tento encontrar Oliver, mas a única parte reconhecível dele no emaranhado de pernas é um par de cadarços com as cores do arco-íris. Eu gostaria que o resto do time também os usasse. Provavelmente deveria fazer essa sugestão no Clube Queer, mas não vou alimentar expectativas. Há um limite do que se esperar de um time de garotos hétero.

Dean me encontra do lado de fora do auditório caminhando animado e carregando uma bandeja com quatro copos da Starbucks tamanho *venti*, cada um deles com o nome de um membro da turma do Scooby Doo escrito na lateral.

— Toma aqui, Dafne — oferece, entregando-me um dos copos.

— E segura este aqui também — acrescenta, depositando um copo em que está escrito Fred em minha mão livre.

— Obrigado — agradeço, dando um gole em meu café *latte* gelado de baunilha. É o que sempre pedimos, porque gays simplesmente não bebem café quente.

Entramos e descobrimos que o que restou de *A pequena loja* já foi desmontado. As cadeiras foram ordenadamente armazenadas e agora ficou apenas um grande espaço vazio onde será eventualmente a pista de dança. Woodside tem três celebrações anuais: o Baile de Inverno no Natal, o Baile dos Formandos no verão e o Baile dos Monstros no Dia das Bruxas, que será na próxima sexta-feira. A escola está praticamente sem verba, mas, assim como na apresentação, Alicia assume as rédeas e sempre encontra uma forma de tornar a ocasião especial.

— Hum, Alicia? — O chamado de Dean ecoa no espaço. — Onde ela está?

— Estou aqui atrás! — Uma voz abafada vem de trás do palco.

Atravessamos até o camarim. Está irreconhecível em comparação ao caos que estava na noite de sábado. Agora cortinas negras pendem do teto, juntamente com algumas flores coloridas e luzinhas recicladas do cenário da peça. Dá a sensação de que estamos dentro de uma tenda enorme e confortável. O chão está coberto de almofadas gigantes e há um pufe enorme roubado da sala de recreação.

— Isso está fantástico, Alicia — elogio. — Você fez tudo isso em algumas horas?

— Isso não é nada — ela minimiza com um sorriso, pegando a bebida marcada com o nome Salsicha da bandeja de Dean.

— Então, e aí? — pergunto, relaxando em uma das almofadas gigantes, tomando cuidado para não entornar os dois cafés.

— Bom, o Baile dos Monstros pode ser bastante intenso. Imaginei que as pessoas precisariam de um lugar quieto para relaxar e espairecer. Longe da música e da pista de dança.

— Então é uma sala da pegação? — diz Dean.

— Exatamente! — Alicia sorri. — É só nisso que as pessoas estão pensando mesmo... Só não contamos isso para os professores. Eu disse para a sra. A que é uma "gruta mal-assombrada".

— E ela caiu nessa?

Alicia me dá uma olhada de esguelha.

— Ela não é estúpida. Sabe *exatamente* para que essa área vai ser usada, mas vai se fazer de desentendida se alguém perguntar.

— Gruta mal-assombrada é o que é, então — confirmo dando risada. — E aí, quem é o sortudo?

— Absolutamente ninguém — ela esclarece. — Estou fazendo uma desintoxicação de testosterona depois do ano passado. Zach Taylor me fez desistir de garotos definitivamente.

— Mas ele era um *gostoso* — comenta Dean com um suspiro. — Todos aqueles músculos! No fim, valia a dor de cabeça, não?

— Ele foi mais uma enxaqueca — responde Alicia com um gemido. — Fico feliz que ele tenha se formado e ido embora. Estou muito melhor sem a distração.

— Eu não me importaria em ser distraído por *aquilo* — diz Dean.

— E desde quando você está interessado? — respondo.

Dean nunca fala sobre garotos, e agora de repente está atraído por Zach Taylor?

— Desde sempre — diz ele dando de ombros. — Garotos do ensino médio não são a minha. Gosto dos mais velhos. Um pouco mais rústicos.

— Rústicos? — Alicia ri. — Zach Taylor?

— Que seja! Meu universo não gira em torno de garotos, sabe? Não somos todos obcecados, Max.

— Ele está certo — Alicia concorda. — Tenho que pensar na faculdade de belas-artes; garotos podem esperar por um tempinho. Não é como se eles fossem desaparecer...

— Pra você é fácil dizer isso! — protesto. — A fila de garotos atrás de você dobra o quarteirão! O que nós, gays, não daríamos por isso! Me ajuda aqui, Dean.

— Bom, Max tem razão — ele confirma. — Você tem *mesmo* garotos fazendo fila em volta do quarteirão, Alicia. E não posso negar que tenho um pouquinho de inveja disso. Mas existem provavelmente centenas de garotos no seu futuro, Max. Talvez você precise apenas esperar um pouco até achá-los. Então talvez devesse direcionar o foco para outro lugar por um tempo, hã?

— Tipo onde? — questiono. — Vocês dois já têm a carreira toda planejada. No que eu deveria me concentrar?

— Você adora... sapatos? — sugere Dean, dando de ombros.

— Caramba, ok — respondo, dando risada. — Belo jeito de me fazer parecer superficial, Dean. "Os interesses de Max incluem garotos e sapatos." Como a Barbie, antes de a transformarem em uma feminista *lacradora*.

— Mas você gosta mesmo de garotos e sapatos — constata Alicia.

— Garotos *usando* bons sapatos — corrijo-a com um sorriso. — Minha kryptonita.

— Tudo bem — Alicia finalmente cede. — Vou me certificar de checar meus privilégios de hétero. Mas ser assediada por adolescentes tarados não é a ideia de diversão da maior parte das garotas.

— Não?! — provoco. — Isso parece *exatamente* minha ideia de diversão.

— Mas o Dean tem razão — comenta balançando a cabeça. — Há vários garotos gostosos em seu futuro, então nem se preocupe com isso.

— Talvez... — digo, sem convicção. Mas não quero que eles estejam em meu futuro. Quero que eles sejam meu presente. — Mas, afinal, você precisa de nossa ajuda com o quê?

Alicia se estica até o que parece ser uma pilha de pratos de papel. Ela pega um e o torce até ele se abrir no formato de uma lanterna.

— Elas parecem meio "tranqueira" agora, mas espere até vê-las acesas. Já fiz uma porção delas. Dean, você pode me ajudar pendurando estas no auditório, e Max... — Ela faz uma pausa enquanto um sorriso travesso se espalha por seus lábios. — Você pode ficar aqui e fazer o resto junto com o Oliver.

— Espera, como é que é?

— Eu disse que tinha uma surpresa para você, não disse? — Alicia abre um sorriso enorme.

— Alicia, não! Eu não consigo! — digo, um pânico genuíno se instaurando em mim. No ano inteiro que ele esteve em Woodside, eu consegui dizer um total de oito palavras para Oliver. E agora ela espera que eu me junte a ele para uma noite de artesanato? — Eu ajudo a pendurar as lanternas. Dean pode ficar aqui com o Oliver.

— E estragar sua noite romântica? Nem em sonho — ele repudia, exibindo um sorriso malicioso.

— Vocês *dois* planejaram isso, não foi?

— Não sei do que você está falando — responde Dean com um sorrisinho.

Ouvimos uma pancada quando a porta do auditório é aberta.

— Estamos aqui atrás! — grita Alicia, e ouço o som de passos se aproximando.

Alicia abre seu pó compacto e o segura para que eu possa checar meu cabelo rapidamente no espelho. Admito que estou bonitinho, mas não o suficiente para um encontro com Oliver Cheng. Acho que preciso correr para casa e me trocar. É uma corridinha curta de *quarenta e cinco minutos*, mas é tarde demais, porque Alicia já guardou o espelho e agora Oliver está parado na entrada.

— Oi, Alicia — cumprimenta.

Ele deve ter tomado banho depois do jogo de futebol, porque seu cabelo está todo desgrenhado, e ele está vestindo uma calça *skinny* com uma camiseta larga verde com o emblema de algum time na frente. Os Jaguares de Greendale, sejam lá quem sejam.

— Oi, Max. Oi, Dean — acrescenta, acenando para nós dois com um sorriso.

Eu devo estar sonhando. Qual é a chance de Oliver Cheng saber meu nome?

— Obrigada por vir, Ollie — Alicia sorri. *Não*, ela não o chamou de Ollie! — Achei que talvez você pudesse ajudar Max a fazer lanternas de papel.

— Claro! — concorda ele, surpreendentemente entusiasmado. Talvez um pouco demais para ser sincero.

— Ah, Max trouxe um café para você — acrescenta Dean.

Olho para baixo e estou realmente segurando dois cafés. Isso foi uma armação, total e completa.

—Ah… sim — confirmo, entregando a bebida para ele, enquanto me viro a fim de fazer mímica de *eu te odeio* para Dean.

— Poxa, não precisava — Oliver agradece com um sorriso, a mão dele roçando a minha enquanto pega o café. — Fred? — questiona, lendo o nome no copo.

— Velma — Dean revela o que está escrito em seu copo.

— Salsicha — revela Alicia, orgulhosa.

— Então isso quer dizer que você deve ser… — diz Oliver, virando para mim.

— Dafne — resmungo.

— Isso significa que eu devo ter uma quedinha por você, então? — ele pergunta, e eu quase caio morto ali mesmo. — Bem, obrigado, Max — acrescenta com um sorriso que quase me mata uma segunda vez.

— Não, eu que agradeço — respondo por alguma razão, e Dean segura o riso.

— Certo, mãos na massa, garotos — Alicia prossegue, batendo palmas antes que eu possa piorar meu vexame. Não posso acreditar que ela está prestes a me deixar sozinho com Oliver. Eu nem tive tempo de planejar a conversa!

— De quantas você precisa? — pergunta Oliver.

— Não sei. Cem?

Cem? Ela tá zoando, definitivamente.

— E você tem certeza de que não quer que eu te ajude em vez de fazer isso? — imploro.

— Não, preciso especificamente do Dean para isso — ela responde. — Ele tem um olho muito bom para… pendurar lanternas.

Eles não estão nem *tentando disfarçar* o que estão fazendo, e ainda assim Oliver está sorrindo, distraído. Os dois desaparecem antes que eu possa discutir mais, mas aposto que não foram pendurar lanterna nenhuma; aposto que estão apenas sentados do outro lado, tentando ouvir.

— Então, como fazemos isso? — Oliver questiona, pegando uma das lanternas achatadas e a revirando nas mãos.

— Aqui — digo, tentando parar de tremer enquanto pego a lanterna dele e a torço do jeito que Alicia me mostrou. É mais complicado do que pensei, mas ela eventualmente estala e se abre.

— Bonitinha — diz ele, pegando uma pilha delas e indo sentar em uma das almofadas gigantes.

Eu me sento na frente dele com o coração disparado. Ele parece ainda mais bonito de perto.

— Eu não o vejo muito pela escola — ele comenta, dando um gole demorado no café com aqueles lábios carnudos e deliciosos. — Não temos nenhuma aula juntos?

— Acho que não — digo, sabendo perfeitamente que não. — Você se mudou de Londres para cá, né? Deve ter sido ruim.

— Pode parecer que sim, mas na verdade, não — responde ele. — A princípio, eu não queria vir para o interior. Pensei que seria chato e que nada nunca acontecesse. Mas sei lá, não que eu vá admitir para os meus pais, mas agora meio que gosto daqui, sabe?

— Você tem sorte — afirmo. — Sempre quis morar em uma cidade grande. Tudo parece tão mais emocionante. Como é que é lá? Em Londres?

— Você nunca foi para lá?

— Algumas vezes, quando era mais novo. Meus pais me levaram para assistir a alguns musicais antes de se separarem. *O Rei Leão. Billy Elliot. Wicked.* O de sempre. Foi legal, acho, mas não vi muito da cidade.

— Não é tão fantástico como as pessoas fazem parecer. — Oliver dá de ombros. — Não sei se sinto saudade mesmo. Minha melhor amiga ainda mora lá, então acho que sinto mais saudades dela mesmo, sabe? E de um bom *dim sum*! Vocês não têm um bom *dim sum* em Woodside. Mas fora isso... Londres perde o encanto bem depressa. Tem muita coisa acontecendo, mas não é assim tão diferente de morar em qualquer outro lugar.

— Mas ser gay deve ser muito mais fácil por lá.

— Como assim? — pergunta. Ele parece confuso com a afirmação.

— Bom, é que, tipo, é Londres, né? As ruas têm arco-íris pintados!

— As ruas não têm arco-íris pintados, Max — diz ele rindo.

— Têm, sim! Eu vi no Instagram!

— Tem, tipo, uma faixa de pedestre com as cores do arco-íris — explica. — E eu mesmo nunca vi. Mas tem uma livraria voltada para o público gay. Chama Gay's The Word. Dela, eu sinto falta.

— Não sabia que você gostava de ler. — Eu nunca o vi virar uma página sequer.

— Tá brincando? — indaga ele, abandonando a lanterna em que trabalhava para pegar a mochila. Ele a abre e despeja um arco-íris de livros multicoloridos. — Este é o meu favorito — afirma, colocando um dos livros em minhas mãos. — É sobre um garoto gay que vai a um acampamento de férias LGBT+.

— Isso existe? — questiono, virando o livro e lendo a contracapa.

— Nos Estados Unidos, talvez? Eu não sei. Mas imagina se existisse? Tem algo de tão romântico na ideia de um acampamento de férias. Participar de gincanas, ficar acordado até tarde junto da fogueira, nadar no lago... eu iria para um desses num piscar de olhos.

— Idem — concordo, imaginando como seria dar um mergulho com Oliver em um lago grande e bonito, libélulas pairando pertinho da superfície enquanto o pôr do sol se reflete na água. — Igual nos filmes. — Imagino as mãos molhadas dele encontrando meu corpo, eu olhando fundo nos olhos dele, sem querer nada além de beijá-lo...

— Você quer? — ele pergunta então, olhando direto nos meus olhos.

— Oi? — digo, um pouco perturbado. — Se eu... quero?

— O livro — responde ele, trazendo-me de volta à realidade. — Você quer ele emprestado?

— Ah... — Tento disfarçar meu constrangimento. — Na verdade, eu não sou muito de ler. Vou esperar até que façam o filme.

— Assim você me mata, Max — protesta Oliver suspirando. — Que tal um destes, então? — Ele me entrega uma *graphic novel* chamada *Existem coisas que não posso lhe contar*. Dois garotos adolescentes se seguram um no outro na capa. — Tem muitas figuras.

— Você faz parecer que eu tenho dez anos — digo, rindo, tímido. — Isso é um *hentai*? — pergunto, notando o estilo artístico distinto.

— Como é? — Os olhos de Oliver se arregalam um pouco.

— É assim que se chamam, certo?

— Você quer dizer *mangá*? — ele corrige, levantando a sobrancelha.

— Bom, e qual é a diferença?

— *Hentai* é pornô, Max.

— Ai, meu Deus — digo. Devo ter ficado vermelho igual um pimentão.

— Na verdade, acho melhor isso ficar comigo. — Oliver pega o livro de volta. — Não quero que as páginas fiquem grudadas.

— Eu não faria isso! — protesto, mas é provável que ele esteja certo.

— Se você diz... — Ele dá uma piscadela e volta para sua pilha de lanternas.

Eu não sei como responder a isso, então também volto a fazer lanternas.

Trabalhamos em um silêncio amistoso por algum tempo. Ele fica uma gracinha quando está concentrado, a forma como a língua dele desponta só um pouquinho por entre aqueles lábios macios... eu nunca quis tanto beijar alguém.

Sentado ali com ele, é difícil não perceber as diferenças entre nós. Ele é tão atlético e eu... bem, não. Pergunto-me o que ele acha das minhas unhas pintadas e do meu estilo de roupa. Eu sei que dizem que os opostos se atraem, mas às vezes é inevitável sentir que talvez eu esteja repelindo os caras. *Comportamento de macho*, é isso que todos os caras querem, certo? Às vezes, penso que seria melhor se eu simplesmente tentasse me misturar...

Mas então acontece algo que espanta todos esses pensamentos da minha mente. Oliver olha para mim e me pega o encarando, e nossos olhares se encontram por um momento. Então ele inclina a cabeça, curioso.

Ai meu Deus, ele vai me beijar?

Ele estende a mão na direção do meu rosto. Eu não estou imaginando isso, é agora, é real, e meu corpo todo estremece, porque isso está acontecendo de verdade...

— Um cílio — ele fala, recolhendo um cílio solto da minha bochecha e o segurando diante de mim. — Faz um pedido — ele prossegue com um sorrisinho.

— Um pedido? — digo, hesitante. — É, bem...

Não deveria ser assim tão difícil, mas com ele me olhando daquele jeito, com aqueles olhos lindos, não consigo pensar em nada, branco total. O que eu disse que desejaria para o Dean? Passar uma sexta-feira à noite na casa de Oliver Cheng. É idiota, mas no momento é tudo em que consigo pensar, então fecho os olhos por um segundo e assopro gentilmente o cílio de seus dedos.

— O que você pediu? — pergunta, seguindo o cílio com o olhar enquanto ele é levado pelo meu sopro.

— Não posso contar para você — respondo —, senão não vai se realizar. Todo mundo sabe disso.

— Tá bom — diz ele. — Não precisa me contar. Contanto que me prometa que não pediu nada estúpido.

— Não posso prometer isso — afirmo. — Por quê? Qual seria o seu pedido?

— Cem outros pedidos, obviamente — responde ele sorrindo. — E um namorado bem bonito.

— Isso é trapacear — sentencio, rindo. — Você não pode desejar mais desejos. Todo mundo sabe disso também.

— Ok, só o namorado, então.

Ele fica levemente corado, e pela primeira vez me pergunto se ele pode estar interessado mesmo. Sempre pensei nele como alguém fora do meu alcance, mas talvez Dean esteja certo. Talvez ele cogitasse ficar com alguém como eu, no fim das contas.

— Gostei bastante da sua pulseira — ele fala de repente, como se procurasse uma forma de mudar de assunto.

— Ah, isso aqui? — digo, envolvendo-a com a mão. — É uma pulseira da amizade. Dean me deu já faz anos. Sei que é meio infantil, mas gosto de usá-la em ocasiões especiais.

— Qual é a ocasião?

— Ah, sei lá — respondo. — Coloquei para o espetáculo e, bem, depois daquela apresentação sensacional, acho que não quis tirar, entende? — Faço uma pausa. Será que estou falando demais? Definitivamente, estou falando demais. — Sei lá, é bobagem.

— Não — diz ele. — De jeito nenhum. É muito fofo, na verdade.

Continuamos trabalhando no silêncio amistoso, as lanternas acumulando-se à nossa volta. Talvez eu devesse fazer o que Dean e Alicia sempre me incentivaram a fazer e convidá-lo para sair de verdade. Estamos preparando a decoração para o Baile dos Monstros: não seria forçação de barra perguntar se ele gostaria de ir comigo. Seria?

— Sabe, Oliver... — *Eu vou dizer. Vou dizer mesmo.* — Eu estava pensando se talvez... — Hesito, e ele olha para mim com expectativa. É isso, este finalmente é o meu momento. — Estava pensando que seria legal se...

O telefone dele toca. Vibrando ruidosamente em seu bolso, exigindo atenção. Torço para que ele o ignore, mas ele não o faz.

— Desculpa, preciso atender — diz, pegando o telefone do bolso. — A gente volta a esse assunto, tá?

Ele se levanta e atende, afastando-se para que eu não o ouça. Estou suando. Não posso acreditar que quase consegui. Ele não fica mais de um minuto longe.

— Desculpa, Max — diz. — Meus pais querem que eu vá cedo para casa. Eles vão viajar daqui a dois dias, uma segunda lua de mel, e querem repassar as "regras da casa" comigo mais uma vez.

— Regras da casa? — questiono.

— Ah, sabe como é: nada de bebidas, nada de festas, nada de garotos na minha cama...

— Ah, sim, claro. — Engulo em seco. — Tudo bem. É que eu estava prestes a ...

— Prestes a?

— Nada, não esquenta.

— Avisa a Alicia que eu tive que ir? E que vou recompensá-la?

— Claro, não esquenta — asseguro.

— Valeu mesmo, Max — agradece e então sai pela porta, apressado.

CAPÍTULO CINCO

— *Faz um pedido, Max* — Dean imita, fazendo uma voz grave, sexy e ridícula enquanto tira um cílio imaginário do rosto de Alicia.

— *Ah, Oliver!* — grita ela, caindo para trás em sua cama. — *Quero que você me possua bem aqui!*

Os dois riem aos berros.

— Muito engraçado — digo, desgostoso, bem na hora em que Darius bate e abre a porta.

— Ainda estão te atormentando, Max? — pergunta, abrindo a caixa de pizza.

— Incansavelmente — reclamo, salivando por causa do cheiro da calabresa e cebola extra e da camada generosa de molho *barbecue*. Os William sempre tiveram um excelente gosto para comida; entre os tradicionais churrascos de Darius e os jantares de Ação de Graças de Shonda, os pais de Alicia nos mimam demais.

— Bom, deixo você encarregado da pizza. Que tal? Eles vão pedir perdão rapidinho. — Dá uma piscadela e me entrega a caixa. — Eles só estão com ciúmes por não serem tão populares com os garotos como você.

— Tenho coisas melhores com que me preocupar do que garotos, pai — diz Alicia.

— É isso aí! — responde ele. — São um bando de cachorros babões no cio mesmo. Melhor não desperdiçar seu tempo com eles.

— Você deveria ouvir como o Max é obcecado pelo Oliver — comenta Alicia, jogando o cabelo para trás. — Se tem algum cachorro babão no cio, é ele.

Darius levanta a sobrancelha e me lança um olhar desaprovador.

— Espero que não esteja desrespeitando aquele garoto, Maximillian. Ou qualquer outro garoto, aliás.

— Eu não estou, não! — protesto. — Só quero ir a encontros fofos e fazer coisas fofas de namorados. Nada que não passaria no Disney Channel!

— Não foi isso que você disse mais cedo... — Dean fala com um sorriso maldoso.

— Ah, que seja! Não dê ouvidos a ele — digo para Darius. — Ele está com ciúmes porque sou seu favorito.

— Eu não tenho favoritos — declara Darius, erguendo as mãos para o alto. — Apesar de estar esperando você cumprir sua promessa, Dean... — Ele estende as mãos, apresentando as unhas sem esmalte. — Isso pode ser o suficiente para que meus favores pendam para seu lado.

— Só dizer o local e a hora! — Dean sorri. — Só precisamos descobrir a sua cor. Estou pensando em um roxo bem fechado para combinar com este belo físico. Ou talvez algo impetuoso para virar algumas cabeças na academia. — Faz uma pirueta enquanto diz isso, e o ar infla seu *cropped* rosa.

— Ei, não o encoraje — pede Alicia. — Você me mata de vergonha, pai.

— Bom, seu pai vergonhoso estará lá embaixo. Comportem-se.

— Vamos nos esforçar — Dean promete. Darius ri, fechando a porta.

— E aí, *Sexta-feira muito louca*? — pergunto, pegando o controle remoto da TV.

— *De novo*? Isso é realmente necessário? — reclama Alicia. — Não compreendo de jeito nenhum essa obsessão com a Lindsay Lohan. Ela nem é tão boa atriz assim.

— Desculpa, como é que é? — Dean desafia com uma revolta fingida. — Você não assistiu a *Operação cupido*? A forma com que eles fizeram aquele filme com apenas uma Lindsay Lohan é uma proeza cinematográfica brilhante!

— E *Meninas malvadas*! — acrescento. — Não se esqueça de *Meninas malvadas*!

— Exatamente. Não seja homofóbica, Alicia!

— Tá, tudo bem — ela concede rindo. — Mas você tem que pelo menos concordar que o enredo desse filme é todo bagunçado. Digo, um biscoito da sorte mágico? Sério? Não conseguiram pensar em nada melhor?

— É o absurdo disso que o torna brilhante — argumento. — Agora psiu, está começando.

Eu amo festas do pijama na casa da Alicia. O quarto dela fica num enorme sótão reformado, e é como se uma estética do Tumblr tivesse ganhado vida: tijolinhos à vista, varais de luzinhas suspensas das vigas do teto. Ela tem um quadro de inspirações em cima da mesa, cheio de recortes de revistas e retratos de polaroides tirados ao longo dos anos com sua câmera fotográfica vintage chique. Há uma tela em branco sobre um cavalete em um canto e pincéis tomando conta de todas as superfícies. O quarto inteiro é uma obra de arte viva, mas meu detalhe favorito é a aquarela pendurada acima da cama. Uma pintura de nós três recriada a partir de uma foto que tiramos em nossa visita ao lago alguns verões atrás.

— Como você consegue deixar seu Instagram tão bonito? — pergunto, mal prestando atenção ao filme. Estou com uma fatia de pizza em uma mão e o perfil da Alicia aberto no celular na outra. A curadoria é deslumbrante, o *feed* cheio de cores. Uma mistura de seus trabalhos e projetos cenográficos recentes com aparições ocasionais de *selfies* artísticas.

— Com muita dificuldade — responde. — Ninguém admite, mas ouvi rumores de que as melhores escolas de belas-artes pesquisam as redes sociais dos candidatos hoje em dia.

— Não pode ser verdade — comenta Dean, boquiaberto. — Eles não podem estar procurando adolescentes no Instagram. Isso é tão bizarro.

— Bem, não me surpreenderia — Alicia responde. — Sei que você é contra redes sociais e tudo mais, mas provavelmente deveria pensar em criar uma conta. Pelo visto, diretores de elenco agora também olham o número de seguidores dos atores.

— Sim, usam isso como chamariz — Dean admite, revirando os olhos. — Eu prefiro ser escolhido por causa do meu *talento* e não pela quantidade de seguidores.

— Só estou dizendo que mal não faz — constata ela. — Além do mais, você é sexy demais para não estar no Instagram. Os garotos gays iriam te devorar vivo.

— Isso é verdade — Dean sorri, batendo os cílios. — Honestamente, não acho que o Instagram esteja pronto para *isso tudo*.

— Own, que fofo! — Alicia diz, encostando-se em meu ombro e apontando para uma das fotos na tela. Mudei para o perfil de Oliver enquanto eles estavam conversando.

— Você acha? — Tento parecer desinteressado, batendo com o dedo na foto como se eu já não a tivesse visto milhares de vezes.

É uma foto dele numa praia qualquer. Ele está olhando para a câmera com um sorriso besta enquanto posa ao lado de uma tartaruga marinha gigante à beira-mar. O cabelo dele está molhado. Ele não é supermusculoso nem nada, mas é um corpo muito bom de se olhar, e sua bermuda vermelha e comprida se adere à pele, deixando muito pouco para a imaginação. Eu sei que não era nisso que eu deveria estar prestando atenção, era para ser apenas uma foto fofinha com uma tartaruga, mas a julgar pelos comentários, não sou a única pessoa que notou. Tem um monte de garotos londrinos comentando como ele está gostoso.

— Você acha que ele dormiu com algum desses caras? — pergunto, lendo o comentário de um tal de Cole. Ele escreveu "me atropela com um caminhão" e completou com cinco *emoticons* de carinhas babando, três pimentinhas e uma berinjela.

— Isso importa? — indaga Dean. — Quem liga?

— Eu ligo — afirmo. — Melhor dizendo, e se ele for *experiente*? E se ele já ficou com um deles? Eu não posso competir com isso.

Vou para o meu próprio perfil e abro uma das minhas fotos mais recentes, em que estamos eu, Dean e nossas unhas combinando. Tem só oito *likes* e apenas um único comentário: Belas unhas garotos bjoo com amor mãe

— Tipo, e se chegarmos nesse ponto e eu não souber o que fazer?

— Ai, me *pou-pe* — Dean debocha. — Como se você fosse doce e inocente, Max. Eu já vi seu histórico de busca. Além disso, sei que você pratica com os legumes da geladeira.

— Ai, meu Deeeus — exclamo, enfiando a cabeça entre as mãos.

— O quê?! Tipo… um pepino inteiro? — pergunta Alicia. — Ou você, tipo, abre um buraco em uma abóbora? Seja o que for, lembre-me de nunca comer salada na sua casa.

— Eu *não* andei praticando com os legumes da geladeira!

— Eu não estava julgando. O que você e os rabanetes fazem não é da minha conta.

— Olha — Dean fala dando risada —, toda essa conversa é inútil. Você nunca vai descobrir como é ficar com o Oliver se não mandar uma mensagem para o garoto. Pare de arranjar desculpas e se mexa.

— De jeito nenhum — recuso, e os dois suspiram, frustrados.

Já passamos a noite toda falando sobre isso em vão.

— Ah, qual é, Max! — Alicia reclama. — Você não pode evitar isso para sempre!

— Ela tem razão — Dean acrescenta. — Só diz "oi" e pergunta se ele quer sair. Não precisa ser nada demais. É só não dar importância.

Os dois ficam me encarando enquanto *eu* encaro o telefone. Talvez eles tenham razão. Mandar uma mensagem para ele seria muito mais fácil do que falar pessoalmente. Assim não vou me distrair com a beleza dele, como aconteceu mais cedo.

— Tá, tudo bem — concordo, relutante, e começo a formular a mensagem com cuidado.

Levo muitos minutos agonizantes, escrevendo e editando, editando e deletando, jogando o telefone para o outro lado do quarto e dizendo "eu não consigo!", mas, no fim das contas, muito depois dos créditos finais do filme, acho que tenho algo aceitável.

— Aqui — anuncio. — Podem ler antes de eu mandar?

Dean pega meu telefone e pigarreia.

— "Foi bem legal papear com você hoje, muito divertido. Fiquei pensando se você talvez quisesse sair, talvez, ou algo do tipo algum dia desses, talvez? Se não quiser, não esquenta. Carinha sorridente. Beijo. Beijo."

Ele pausa por um momento, e posso dizer que os dois estão tentando não rir.

— É isso? Você levou a noite toda para escrever isso?

— *Muito... divertido?* — Alicia repete, e ambos caem na risada.

— Ajudaram muito, obrigado, pessoal — reclamo. — Muito maduro, honestamente.

— Sabia que você usou a palavra *talvez* três vezes? — Dean pergunta.

— Usei? Espera, deixa eu mudar.

— Tarde demais — ele diz, sorrindo. — Enviado.

— O quê? — engasgo, tentando tomar meu telefone de volta. — Eu não estava pronto!

— Você nunca estaria pronto — adverte Alicia. — E olha só, ele está digitando! — Ela aponta para os três pontos que aparecem na parte de baixo da tela.

— Dean, devolve! — exijo, lutando para tirar o telefone dele.

Observo os pontinhos, esperando pela inevitável rejeição educada. Oliver digita pelo que parece uma eternidade e, então, quando eu achava que não poderia mais suportar, para de súbito. Eu espero pela chegada da mensagem, mas nada acontece. Alicia e Dean param de rir.

— Espera um minuto. Ele está provavelmente pensando no que dizer — Alicia sugere, mas percebo pelo tom que nem mesmo ela acredita nisso. Um minuto se passa, e então outro, e meu coração fica mais apertado a cada um deles.

Alicia tenta abafar o silêncio incômodo colocando outro filme. *Para todos os garotos que já amei*. Normalmente é o meu preferido, uma das comédias românticas que sempre vemos, mas neste momento é uma escolha muito, muito ruim.

— Eu esperava mais dele — Dean lamenta, depois de passada uma hora. — Ele sempre pareceu ser um cara bem decente, mas ler sua mensagem e não responder? Sério, quem faz uma coisa dessas?

— Seja paciente — Alicia contrapõe. — Você acha que Oliver ficaria sentado olhando o telefone, esperando pela resposta de um garoto?

— Não — respondo, ranzinza, ciente de que ela provavelmente está certa.

— Tá aí, então. Você também não deveria fazer isso. Vamos falar sobre alguma outra coisa.

— Sobre como vamos contrabandear bebida para dentro do Baile dos Monstros? — Dean propõe com um sorriso largo.

— Exatamente! — diz ela. — Mas isso é fácil. Vamos esconder o álcool na gruta assombrada antes do início. A sra. A não vai checar, só precisamos garantir que vamos chegar lá mais cedo que todo mundo. Não queremos repetir o erro do ano passado.

— Aliás, de quem foi a ideia de esconder no banheiro masculino? — Dean indaga.

— Tudo culpa do Max!

Ela ri, mas eu não a acompanho. Mal tiro os olhos da tela do celular. Só consigo pensar naquela mensagem *idiota* e em como arruinei oficialmente minhas chances com o Oliver. Havia uma razão para eu nunca o ter convidado para sair e a razão é exatamente *esta*.

— Que é isso, Max? Ele é só um garoto — Alicia comenta, envolvendo-me com o braço.

— Ele não é só um garoto — discordo, irritado, e me desvencilho. — Você não entenderia. Quantos anos você tinha quando deu o seu primeiro beijo? Uns oito? Bom, eu tenho quase dezoito e ainda estou esperando. Meio que já tinha desistido, para ser honesto, mas aí apareceu o Oliver e pensei que talvez poderia finalmente acontecer…

— Puxa... — Alicia diz, e percebo que ela não sabe o que dizer.

— Bom, existem mais coisas na vida além de beijar garotos, Max. Nem é tudo isso que dizem que é.

— É fácil dizer isso quando pode ter quem você quiser. Mas esse não é o meu caso, não é mesmo? Eu vou terminar o ensino médio sem nem mesmo ter sido convidado para um baile, sem nunca ter encontrado bilhetinhos escondidos no meu armário. Nunca vou me encrencar por estar dando uns amassos onde não devia, e nunca vai haver rumores sobre quem eu estou namorando ou não.

Gesticulo para a TV, onde Noah Centineo e Lana Condor estão se pegando na banheira.

— Namoro, romance, talvez até sexo... o ensino médio deveria girar em torno *disso*... mas não tenho a chance de vivenciar nada disso. — Estou olhando para as mãos agora. — Não é justo — reclamo. — Eu odeio ser diferente.

— Que é isso, Max? — Dean questiona. — Você não está falando sério.

— Estou, sim — afirmo. — Eu quero o que os garotos hétero têm. Nem que seja apenas por alguns dias. Sei que você não liga para essas coisas, Dean, mas eu ligo.

— É claro que eu ligo — responde ele. — Mas foi você mesmo que disse que o auge dos gays não é no ensino médio, Max. Temos o resto da vida para isso.

— Claro, e é fácil dizer isso quando toda sua vida está planejada. Vocês dois têm a vida planejada. Escola de artes cênicas. Escola de belas-artes. O que eu tenho?

— Você literalmente vai tirar um ano sabático pago pelos seus pais — Dean ressalta, dando risada. — Eu diria que isso não é nada mal, se quer saber. Além do mais, e se eu não conseguir a bolsa? O que você acha que vai acontecer, então?

— Isso de novo não — Reviro os olhos. — É claro que você vai conseguir uma bolsa.

Dean estala a língua, frustrado.

DE REPENTE HÉTERO

— Você não *tem como saber* disso, Max! Existem *centenas* de garotos atrás dessas bolsas. Você fica agindo como se fosse algo garantido, mas acho que você não está me ouvindo…

— Não, acho que é *você* que não está *me* ouvindo! — retruco.

— Estou tentando dizer como me sinto, e você está fazendo com que tudo gire em torno de você e seus testes estúpidos.

— Eita, nossa — Dean diz se reclinando. — *Meus testes estúpidos?* Nossa, desculpe se eu acho que todo o meu futuro é mais importante do que falar sobre garotos! Eventualmente, todos nós temos que lidar com a rejeição. Você estará bem amanhã. Você já é uma menina crescida, Max.

— Eu não sou uma menina — respondo, amargurado, de olhos baixos, encarando minhas unhas pintadas. — Não é à toa que Oliver não se interessa por mim, vestido desse jeito. Ele está literalmente no time de futebol. Eu vou tirar isso — afirmo, indo até a penteadeira e pegando o removedor de esmalte.

— Não se atreva — Dean ameaça. — Não se atreva a fazer isso, Maxine!

— Meu nome é MAX! — disparo, abrindo a tampa.

— Max, não — Alicia pede, mas já é tarde demais. Sinto o cheiro forte de composto químico nas narinas enquanto retiro a cor das minhas unhas.

— Eu não acredito que você fez isso — Dean comenta depois de uma pausa. — Você é a definição do privilégio branco gay. Entende que nem todos nós podemos apagar nossa identidade quando bem entendemos?

— O Dean está certo — Alicia constata. — Pense em todas as pessoas LGBT+ que lutaram pelo que você tem, Max. Você vai literalmente lavar as mãos para elas? Bem assim? Vai virar as costas para quem você é de verdade?

— Mas talvez *este* não seja quem eu sou! — afirmo. — Já ocorreu a vocês que às vezes eu gostaria apenas de passar despercebido?

— Despercebido? — Dean solta uma fungada de escárnio. — Max, você é uma bandeira do orgulho ambulante!

— Vindo de você, isso é irônico — zombo. — Olha só pra você. Esta é a vida real, Dean. Como alguém pode te levar a sério? Se está tão preocupado com seus preciosos testes, então por que não começa a se vestir apropriadamente?

— Max! — Alicia engasga.

Dean permanece impassível.

— Quer saber? — diz, puxando o capuz para o topo da cabeça de forma defensiva. — Minha mãe tinha razão. Vocês, homens brancos, *são mesmo* todos iguais. Seja como todos os outros! Veja se eu ligo! Eu acreditei que você era diferente, mas acho que era só ilusão.

— E é exatamente isso! Tudo o que você sempre fez foi tentar me fazer parecer com você! Mas eu não sou você, Dean, e nunca serei. Então apenas me deixe viver a minha própria vida.

— Vai lá, então — indica. — A porta da rua é serventia da casa.

— Ótimo! — declaro, me encaminhando para a porta.

— Que é isso, Max… — Alicia tenta me impedir de ir. — Você não está falando nada disso a sério, de verdade. Sei que você está chateado por causa do Oliver, mas ele é apenas um garoto estúpido.

— Ele não é apenas um garoto estúpido! — grito e meus olhos começam a se encher de água. — Mas é claro que *você* não entende. Você é igual a todos eles…

— Max… — Ela parece genuinamente magoada, mas estou com raiva demais para me importar.

— Quer saber? Eu queria poder ter o que você tem, Alicia. Queria ser uma das pessoas *normais*.

— Vê se cresce, Max — adverte Dean. Ele me olha com verdadeiro nojo.

— Quer saber? — digo, agarrando a pulseira da amizade e puxando com toda a força. — Eu queria que nós nem fôssemos amigos.

Olho Dean diretamente nos olhos enquanto digo isto e, quando a pulseira se parte, sinto algo se partir junto com ela dentro de mim.

CAPÍTULO SEIS

— **M**ax!

Há um baque na porta quando me sento de súbito, por reflexo. As cortinas estão fechadas, só há uma réstia de luz penetrando a escuridão. Olho para o despertador e vejo que está piscando 11:11. Merda. Estou duas horas atrasado.

— Oi? — respondo, meio grogue, esfregando o rosto.

Não tem nada pior do que ser acordado de maneira inesperada. Meu corpo parece que foi atropelado por um caminhão, e meus olhos estão tão pesados que é como se tivessem jogado cimento neles.

— Pensei que você tivesse saído há horas! — mamãe grita em resposta. Ela parece zangada de um jeito que não vejo há muito tempo. — Acabei de receber uma ligação da escola dizendo que você não apareceu na aula hoje cedo. Você não pode continuar fazendo isso, Max!

— Perdi a hora — argumento, pegando a camiseta branca jogada de qualquer jeito no encosto da minha cadeira e recolho uma calça jeans do chão.

— Bom, acelera aí — diz ela, e posso ouvi-la tornando a descer as escadas.

Apalpo ao meu redor, procurando o telefone. Normalmente ele fica carregando ao lado da cama, e o cabo está lá, mas o celular não. Às vezes ele cai debaixo da cama, mas também não está lá. E quer saber? Foda-se. Depois de ontem à noite, não sei se quero conversar com alguém neste momento, mesmo. Uma parte de mim se pergunta se Oliver chegou a responder, mas ainda que estivesse com o telefone, não sei se conseguiria me forçar a olhar. Prefiro viver na ignorância do que encarar essa rejeição.

Agarro o primeiro par de tênis que encontro, um Adidas preto e branco que foi empurrado para debaixo da cama. Juro que nunca os vi antes, mas são bonitinhos, então os calço mesmo assim. Pego um vislumbre de mim mesmo no espelho enquanto faço isso. Está escuro, mas claro o suficiente para discernir meu reflexo, e é engraçado porque, nesta roupa, quase parece que eu sou um dos garotos hétero. Só um pouquinho mais estiloso, obviamente.

Consigo chegar à escola em tempo recorde, e estou meio contente por ter perdido as aulas da manhã, porque isso torna mais fácil evitar todo mundo. A última coisa que desejo neste momento é ter que encarar Dean e Alicia, e com certeza não quero ver Oliver depois de me humilhar daquele jeito. Como se para esfregar sal nessa ferida, porém, Rachel Kwan e Simon Pike me encurralam nos degraus da entrada, de mãos dadas e parecendo tão felizes que chega a ser detestável.

— Oi, Max — diz Rachel, acenando. Ela veste uma saia xadrez, plataformas volumosas e uma blusinha reta preta de botões. Caiu muito bem nela. Nunca tinha reparado de fato que ela tinha um corpo tão bacana, mas essa roupa está fazendo *milagres*. — Por onde andou hoje cedo? Alicia te procurou por todo canto.

— Perdi a hora — respondo, com um grunhido exagerado. — Minha mãe está fula comigo. Pelo visto, a escola ligou atrás de mim.

Simon ri.

— Credo! — Ele está com uma daquelas camisetas horríveis de banda com crânios e fogo e algo completamente ilegível rabiscado na frente.

— *The... Distorted Reality?*

— Você conhece? — Ele olha para a camisa, todo orgulhoso.

Dou de ombros.

— Não posso dizer que sim.

Tive uma quedinha pelo Simon uns dois anos atrás, mas olhar para ele agora me faz questionar o que é que eu estava pensando. Não que ele não seja atraente; só está longe de ser o meu tipo. Neste instante, acho genuinamente que me sinto mais atraído por Rachel. Pelo menos ela sabe compor um visual.

— Tudo bem, então. Te vemos no almoço? — sugere Rachel.

— Nós vamos experimentar o novo restaurante de sushi, caso você e Alicia queiram vir também.

— Ah, sei não... Nós meio que brigamos — digo, olhando para meus pés.

— Problemas no paraíso? — indaga Simon, levantando e abaixando as sobrancelhas.

— Hã... É, algo assim...

— Bom, o amor nem sempre é fácil, Max — declara Rachel.

Ai, Deus, ela já sabe sobre o Oliver. Meu estômago se revira. Eu sei que a fofoca se espalha depressa aqui em Woodside, mas não é nem meio-dia!

— Mas sempre vale a pena, não é, Simon? — acrescenta ela.

— Só é — responde ele, e dão um beijo longo, enjoativamente doce e arrastado.

— Bem, não é tão simples assim. Quem contou a vocês, afinal? — pergunto, imaginando os detalhes constrangedores da minha mensagem para Oliver gravados numa captura de tela e enviados para cada pessoa da escola. Oliver não faria isso, com certeza, mas e se ele mostrou minha mensagem para o Thomas? Ele faria isso.

— Oi? — diz Rachel. — Quem nos contou o quê?

— Sobre o Oliver — respondo, mas ela apenas me olha de um jeito esquisito. É claro que ela vai se fazer de inocente. — Ah, esquece. Tenho que ir.

— Tá bom... Vemos você depois? — eles gritam, mas já estou subindo a escada de dois em dois degraus, dirigindo-me para as portas duplas que levam ao corredor principal.

Preparo-me para o impacto ao passar por elas, esperando as encaradas de todos, mas as pessoas mal me notam. O corredor trepida com a vibração usual dos estudantes pegando os livros dos armários e correndo no intervalo entre as aulas, mas algo não parece certo. A sensação é um pouco como entrar na escola no primeiro dia de aula sem conhecer ninguém. Posso ver todos os rostos familiares, mas eles parecem diferentes de um jeito estranho, como se houvesse alguma mudança intangível em cada um que não consigo identificar.

Em Woodside, os meninos do time de futebol sempre ocuparam o palco principal com seus shorts largos e panturrilhas musculosas respingadas de lama, mas agora é quase como se eles tivessem se mesclado ao pano de fundo, como se o paradigma da popularidade tivesse girado no eixo e agora fossem as meninas da aula de teatro que assumissem os holofotes. Eu as observo conversarem à toa junto dos armários, jogando o cabelo para trás e enchendo o ar do aroma de seu perfume. Não sei se são roupas novas ou cortes de cabelo diferentes, mas tem alguma coisa diferente nelas, definitivamente, e não consigo me forçar a desviar os olhos.

— Oi, Max — cumprimenta Pepê, soltando risadinhas, como se tivesse notado minha fixação.

— Ah, hã, oi — retribuo, coçando a nuca. Por que estou corando?

— Você vai na festa na quarta-feira?

— Festa? Não, acho que não. Não fui convidado…

— Não foi convidado pra festa do seu melhor amigo? — Ela ri. — *Ai!*

— Ele vai dar uma festa? — pergunto, confuso.

Dean *nunca* dá festas. Sei que tenho uma tendência de esquecer as coisas, mas sem sombra de dúvida me lembraria disso.

— É, e todo mundo vai — responde ela, mexendo no cabelo. — Tenho certeza de que você vai receber um convite. Te vejo lá?

— Tipo… Claro — confirmo, seguindo pelo corredor. Por que todo mundo está tão esquisito hoje?

Dobro o corredor e vou para a sala de recreação, e é aí que ouço Alicia chamar às minhas costas.

— Aí está você! — Ela corre para me alcançar e me agarra pelo braço. Ela é a última pessoa com quem eu queria trombar, mas suponho que tenho de encará-la eventualmente. Não posso me esconder dela e de Dean para sempre.

— Alicia, oi, então, sobre ontem à noite... — começo a dizer, me virando de frente para ela, mas então perco o ar e tudo o que consigo dizer é: — *Uau.*

Ela alisou o cabelo e está vestindo uma blusinha verde muito fofa que combina com a cor da maquiagem, e uma calça jeans preta justinha. Há um brilho em seus olhos castanho-escuros e seus lábios brilhantes são carnudos e sedutores. Sei que ela sempre foi uma das garotas mais bonitas da escola — seria preciso ser cego para não notar isso —, mas hoje ela não está só bonita, ela está, tipo... gostosa? Tipo, estamos falando aqui de cinco *emojis* de baba escorrendo, três pimentinhas e uma berinjela. Três berinjelas, na verdade. E, ai meu Deus, eu acho que minha berinjela está inchando só de olhar para ela. Eu sei, é meio nojento e esquisito, como admitir que estou gostando do meu primo ou coisa assim, mas, quero dizer... Acho que talvez eu esteja com uma quedinha pela Alicia?!

— Ontem à noite? — ela pergunta, aqueles lábios macios se curvando para cima num sorriso.

E é aí que reparo que ela tem peitos. Dois, na verdade, apontando diretamente para mim. Sei que eu não deveria encarar, mas é meio como voltar à seção de roupa íntima masculina aos nove anos outra vez. Volumes absolutamente por todos os lados, mas você não deve olhar, senão todo mundo vai perceber que você é um pervertido rematado.

— Max? — diz Alicia, e me dou conta de que estou boquiaberto e olhando fixamente.

— Alicia, minha nossa — gaguejo. — Quero dizer... Oi, bom dia, olá.

— Olá, Max — ela retribui com uma risada, me dando uma olhadinha cheia de graça.

Será possível que eu sempre gostei de garotas, mas só agora estou passando pelo meu grande despertar bissexual? Isso acontece, certo? Pencas de gente não se dão conta de sua sexualidade até bem mais tarde na vida. Talvez eu fosse o B em LGBT+ esse tempo todo.

— Estou atrasada para a aula — ela comenta, conferindo o relógio. — Mas estou contente por ter te encontrado. Não recebi meu beijo de bom-dia.

— Oi? — digo, mas antes que eu consiga sequer processar o que está acontecendo, ela coloca as mãos nos meus quadris e se inclina sobre mim.

Isto é um sonho. Tem que ser. É a única explicação. Alarmes soam em minha mente, mas é como se eu estivesse congelado no lugar enquanto ela suspira de leve e tenta pressionar os lábios nos meus.

— Espera, para! — peço, afastando-me pouco antes de ela conseguir me beijar. — Não podemos fazer isso!

Ela ri.

— Com medo de pegar outra detenção? Você é tão santinho, Max. Nem tem nenhum professor por perto.

Ela se aproxima de novo, mas eu me afasto com tudo.

— Detenção? Do que você está falando? Eu...

— Você está diferente — Alicia constata, pensativa, recuando para me observar. — Cabelo novo?

Ela estende o braço e bagunça minha franja enquanto eu fico ali, mudo. As feições dela se suavizam e ela me olha de uma forma que nunca tinha olhado antes.

— O que foi que eu fiz para merecer um namorado tão fofinho e nerd? Você é um esquisitão, Max, mas é o meu esquisitão. Certo, tenho que ir agora — diz ela, me dando um beijo no rosto. — Te vejo mais tarde?

Assinto, incapaz de articular palavras enquanto ela me sopra outro beijo e dá meia-volta.

DE REPENTE HÉTERO

Namorado? Ela acabou de me chamar de *namorado?* Confirmado: isso *só pode* ser um sonho. Belisco as costas da mão com toda a força, depois dou um tapa em cada bochecha.

— *Vamos lá, Max* — falo em voz alta, me dando tapas mais fortes entre cada palavra. — *Você. Precisa. Acordar.*

— Bem, esse certamente é um jeito de se acordar — diz uma voz familiar, que escuto entre tapas. — Eu, pessoalmente, prefiro café, mas cada um na sua.

Eu me viro e vejo o garoto que tem sido o objeto da minha adoração incansável parado na minha frente.

Entretanto, é como se seu brilho usual tivesse sido apagado. Ele não é o mesmo garoto perfeito com quem fantasiei por meses. É apenas o bom e velho Oliver Cheng, comum e amistoso. Seu cabelo está bagunçado e espetado em todos os ângulos. Provavelmente devia penteá-lo ou algo parecido. Tipo, é sério, cara: você parece um *bichon frisé* que ficou preso no lava-jato. As bochechas dele formam covinhas daquele jeito que normalmente faz o mundo travar. Via de regra, meu coração estaria tentando escapar do peito, mas, no momento, não sinto absolutamente nada.

— Tudo certo ainda para você ir lá em casa quarta à noite? — pergunta.

— Ir na sua casa? O quê, tipo uma festa do pijama? — Eu imagino os pijamas combinando.

— Não temos dez anos — diz Oliver, rindo. — Mas você pode dormir lá, sim. Meus pais vão viajar hoje à noite, então você pode ficar com a cama deles, desde que prometa que não vai deixar os lençóis todos melados. A menos que você queira dividir a cama *comigo*, dormir de conchinha, que tal?

Ele levanta e abaixa as sobrancelhas de modo sugestivo.

— Ah não — nego. Isso é avassalador. — Não sei se deveríamos. Eu...

— Estou brincando! Credo, Max, o que você tem hoje? Você sabe que nem todo cara gay quer dormir com você, né? Vocês, héteros, são ridículos demais.

Héteros? Ele *acabou* de me chamar de hétero? Esfrego as têmporas enquanto tento processar tudo.

— Que dia é hoje?

— Segunda — ele responde, sério.

— Mas nós literalmente acabamos de passar pela segunda.

Oliver ri.

— É, tem uma delas toda semana, Max.

— Ah, é… Estou só me sentindo meio fora do prumo hoje — comento. — Em que ano estamos? Não, espera: quem é o presidente dos Estados Unidos?

Eu não sei por que essa foi a primeira coisa que me veio à mente, mas não é sempre isso o que perguntam nos filmes quando alguém bate a cabeça?

— Donald Trump, é claro — diz Oliver. — E ganhou de lavada!

— Como é que é?! — Ai, Deus, talvez eu esteja com uma concussão cerebral.

— Estou te zoando. — Ele ri. — É claro que é o Biden. Credo, quem é você e o que fez com meu melhor amigo?

— Melhor amigo? — disparo. — Mas eu mal te conheço…

— Tá, essa doeu — diz ele, apertando o peito em sofrimento fingido. — Isso magoa, Max.

— Eu não quis dizer nesse sentido — lamento. — Só estou um pouco confuso. Acho que talvez esteja sonhando.

Dou mais alguns tapas em mim mesmo.

— Tá, pare de fazer isso — diz Oliver, agarrando minha mão. — Você está começando a me assustar. Precisa se deitar um pouco?

— Talvez. Eu não dormi muito bem — declaro, tentando me lembrar dos eventos da noite passada.

Eu me lembro da discussão e de sair pisando duro da casa da Alicia, mas depois… Nada. É como se tudo simplesmente fosse um apagão. A próxima coisa de que me lembro é acordar e todo mundo estar agindo esquisito. Talvez eu tenha sido atropelado por um carro no caminho de volta para casa, ou caído e batido a cabeça. Talvez isso tudo seja apenas a minha imaginação, e eu esteja na verdade caído na rua com Dean e Alicia agachados ao lado do meu corpo enquanto a ambulância está a caminho. "Não vá para a luz, Max!", eles pedem, mas e se já for tarde demais, porque já estou MORTO? Ou talvez esteja no limbo... Ou no paraíso... Ou no inferno...? Tipo, eu sei que essa coisa toda de ser gay supostamente aborrece "o cara lá de cima", mas eu nunca cheguei a beijar um garoto, então isso nem deveria contar, né? Mas cheguei a assistir milhares de pornôs gays, e estava mentindo a respeito dos legumes na geladeira. Será que eu deveria ter confessado isso para um padre ou algo assim?

— Max? — Oliver me chama, e devo ter me distraído de novo, porque agora ele está me encarando como se eu tivesse realmente perdido a noção. — Você precisa visitar a enfermaria ou alguma coisa do tipo?

Ah, sim, a enfermeira da escola. Eles não podem nem me dar um paracetamol sem uma cartinha assinada pelos meus pais, mas, claro, não será problema nenhum corrigir o *continuum* espaço-tempo!

— Não — respondo. — Estou bem. Acho que só preciso ir para casa.

— Quer que eu te acompanhe? Ou que chame a sua mãe?

— Estou bem, de verdade — minto.

— Tudo bem — responde, sem soar muito convencido. — Eu te vejo amanhã então, né?

— Isso, tá bom — concordo, com toda a calma que consigo, mas me afastando o mais rápido possível.

Praticamente fujo correndo da escola. Todo mundo está me encarando, mas com o tecido da realidade em si se esgarçando ao meu redor, a última coisa com que me importo no momento é a opinião de algum novato do primeiro ano. Eu só preciso chegar em casa e entender as coisas. Tem que existir uma explicação racional para tudo isso.

CAPÍTULO SETE

Não existe uma explicação racional para nada disso.

Minha mente está em sobrecarga quando fecho a porta do quarto e me jogo na cama. Mamãe estava ocupada falando ao telefone quando cheguei, o que provavelmente foi melhor, porque não sei se conseguiria lidar com perguntas dela sobre coisas que nem sei responder no momento. Respiro fundo e tento me reorientar. Acho que saí do quarto com tanta pressa hoje cedo que não reparei que este não é o *meu quarto* de fato, nem de longe. É semelhante, mas um tantinho *diferente*.

O mais notável: todos os meus galãs adolescentes sumiram. O único pôster familiar que sobrou é uma foto de página dupla da Ariana Grande. Ela é um ícone gay, então um pôster dela faz todo o sentido no quarto de um garoto gay, certo? Mas, observando-a agora, percebo que não é *por isso* que a foto está pendurada neste quarto, de maneira alguma.

Pior, agora há um cartaz totalmente de mau gosto das garotas daquele remake horrível de *Baywatch: SOS Malibu* acima da cama. Posso senti-las me encarando. Tento desviar o olhar, mas meus olhos continuam sendo atraídos de volta para os maiôs vermelhos e arrojados delas. Zac Efron sem camisa também está lá, mas agora é como se eu mal o notasse. Pode imaginar isso? Olhar para Zac Efron e *não ficar excitado*?!

Oliver me chamou de hétero, e não consigo tirar essas palavras da cabeça. Não sei por que isso está acontecendo, mas não pode ser verdade, de forma alguma. Não tem como eu ser hétero. Eu me recuso. Vai contra cada célula do meu eu exagerado e fluorescente. Olho de novo para Zac e me forço a me sentir atraído por ele, assim como uma vez tentei me forçar a sentir atração por garotas, mas é inútil. Lá se vai a ideia de que "ser gay é uma opção".

Vou até o guarda-roupas para ver que tipo de horrores o Max Hétero guarda lá dentro.

"Não quero ver nadica de nada da H&M", ouço Mama Ru dizer na minha mente enquanto abro as portas, mas, na verdade, as roupas até que não são tão ruins. Obviamente, não é uma coleção tão empolgante quanto a que tenho no mundo real — nada de glitter, redinhas, nenhum *cropped* à vista —, mas definitivamente há coisas com as quais podemos trabalhar. Minha peça preferida é uma jaqueta universitária azul espetacular, com mangas amarelas e um *06* enorme (o ano em que nasci) bordado intrincadamente nas costas. Ela é de camurça e tem aquele cheirinho de peça vintage, e a sensação tátil é incrível. Eu a visto e olho no espelho, e é aí que noto que meu cabelo está um tanto menor do que o de costume. Mas não está horrível e, juntamente com a jaqueta, o visual todo faz sentido. Meio que odeio admitir, mas é verdade: Max Hétero até que tem bom gosto!

E é aí que meu computador me chama. Exatamente como chamou todo adolescente curioso que foi deixado sozinho com a internet. Só tem um jeito infalível de confirmar minha nova carteirinha de heterossexual. Vou até a porta e a tranco.

Minhas mãos estão suadas e meu coração acelerado quando abro o histórico de pesquisas. Costumo limpar o histórico com frequência, mas acho que garotos hétero não têm anos de vergonha e sexualidade reprimida acumuladas para forçá-los a esconder seus segredos porque — veja só... — a coisa toda está imaculada e intacta. Posso ver cada coisinha que essa versão hétero de mim mesmo já pesquisou.

Sou viciado em pornografia?

Punheta demais pode mesmo deixar cego?

Pílulas para aumentar o pênis funcionam?

Então acho que os caras hétero são tão inseguros quanto o resto de nós. Mas isso não confirma nada, na verdade. Um garoto gay podia tranquilamente ter pesquisado qualquer uma dessas coisas. Sendo honesto, elas me parecem um pouco familiares *demais*, pensando agora...

Abro uma nova aba e clico em meu histórico de navegação, que me conduz para o Santo Graal dos interesses de um garoto adolescente e um jeito garantido de confirmar minha sexualidade, de uma maneira ou de outra. E bem ali está uma lista de vídeos do Pornhub com nomes cada vez menos imaginativos. Parece que tenho um gosto bem variado, mas a única coisa que eles têm em comum é: todos giram em torno de *mulheres*.

Segundo me recordo, ontem à noite saí com Dean e Alicia, mas, segundo meu histórico de pesquisas, eu estava em casa à toa, batendo uma. Devo ter feito isso das 22h57 até às 23h11, porque é quando os vídeos param de súbito. Catorze minutos. Parabéns, Max, você deve ter quebrado algum recorde.

Clico na página inicial do Pornhub. A janelinha que pula me pergunta se eu gosto de homens, mulheres ou ambos, e tenho que me segurar para não clicar instintivamente o botão que me levaria para o mundo de *maduros*, *novinhos* e *ursos* (*minha nossa*). Em vez disso, clico o botão que diz que gosto de mulheres e ele me apresenta imediatamente dúzias de categorias, todas as miniaturas atraentes e implorando por meu clique. Consigo navegar por um site de pornografia gay até de olhos fechados, mas isso aqui é território inexplorado. Hesito por um momento até que algo atraia meu olhar.

Duas Garotas Namorando Na Banheira

Deixo minha heterossexualidade recém-descoberta me guiar e, titubeante, clico. A página leva vários segundos frustrantes para carregar e, bem quando estou prestes a procurar alguma outra coisa, subitamente surgem duas garotas respingando água e gemendo em meus alto-falantes A PLENOS PULMÕES.

— Caralho! — praguejo, enquanto as garotas na tela gritam algo bem parecido.

Em pânico, procuro o botão para silenciar o áudio, mas por acidente derrubo as caixas de som no chão, os fios levando com elas tudo o que estava sobre a mesa. As duas garotas estão agora celebrando muito vocalmente os esforços mútuos e o som *ainda* está saindo.

— Max? — mamãe me chama enquanto tento freneticamente fechar o vídeo. — Max, é você?

Bem, sou eu ou duas lésbicas bem barulhentas invadiram a casa para fazer sexo no chão do meu quarto. Não acredito que fui burro a esse ponto — todo mundo sabe que a primeira regra de assistir a um pornô é conferir se tudo está sem som. Em todos os meus anos sendo gay, nunca fui flagrado, nem uma vezinha sequer, mas de alguma forma consegui isso em apenas algumas horas como hétero.

— Por que está de volta tão cedo? — mamãe pergunta imperativamente, chacoalhando a maçaneta da porta. — E por que a porta está trancada?

Francamente, mãe, não faça perguntas cujas respostas não quer ouvir. *Por que você acha* que seu filho adolescente trancou a porta do quarto?

— Eu não estava me sentindo bem... — respondo, entreabrindo a porta. — Fiquei um pouquinho cansado e precisei me afastar de tudo.

Não é *exatamente* uma mentira.

A expressão dela é zangada de início, mas, quando me olha de cima abaixo, é como se me visse pela primeira vez.

— Max, você está branco feito um lençol.

— Estou?

Olho de esguelha para o espelho e acho que estou mesmo um tanto pálido. Devo ter pegado um caso grave de heterossexualite. Uma pandemia que aflige a humanidade desde o princípio dos tempos e para a qual, surpreendentemente, ainda não conhecemos a cura.

— Foi por isso que você perdeu a hora? — pergunta, os olhos azuis transbordando de preocupação agora. — Você deveria ter ficado em casa, se não estava se sentindo bem.

— Só percebi de verdade quando cheguei na escola. Eu teria enviado uma mensagem de texto para te avisar, mas não encontro meu celular. Você não está com ele, está?

Ela ri com essa ideia.

— Boa tentativa, Max. O vírus não roubou seu senso de humor, então. Você pode pegar seu telefone de volta no fim da semana, como combinamos.

— Você pegou meu telefone? — Eu me pergunto que crime hediondo o Max Hétero pode ter cometido para merecer essa punição cruel e incomum. — Será que eu poderia pegá-lo só por alguns minutos? É importante. Tipo, importante mesmo. Para… Coisas da escola.

— Coisas da escola? — Ela arqueia a sobrancelha. — Bem, por mais que essa explicação seja convincente, tenho certeza de que as "coisas da escola" podem esperar até domingo.

Ela faz uma pausa e estende o braço para tocar a manga da minha jaqueta.

— Deus do céu, você não usa isso há anos, Max. Ainda te cai bem. Você se lembra de quando compramos essa jaqueta?

— Pode me lembrar? — peço, virando para me olhar no espelho outra vez.

— Foi naquela feirinha de antiguidades no seu aniversário. Seu pai quase teve um ataque do coração quando viu o preço.

Ela ri e vem se postar atrás de mim, alisando o tecido e pousando o queixo no meu ombro. E é aí que ela diz algo que jamais estaria preparado para ouvir.

— Ele vai chegar em casa daqui a umas duas horas.

Perco o fôlego na hora.

— Papai está vindo para casa? — questiono, torcendo para não ter entendido mal. — Para cá?

— Eu sei. — Mamãe ri. — Não vai trabalhar até tarde uma vez na vida! Vou falar para ele trazer comida chinesa, que tal? Sua favorita!

— Eu adoraria — digo, e acho que estou sendo sincero, apesar do turbilhão que ameaça me esmagar.

Porque, seja lá o que for que tenha acontecido, é maior do que eu poderia ter imaginado. Parece que não é só a minha sexualidade que mudou: o mundo inteiro mudou com ela. Se papai está vindo para casa, isso significa que, nesta realidade, meus pais conseguiram se acertar e continuaram juntos. Mas o fato de eu ser hétero não pode ter nada a ver com isso. Não posso negar que fui afortunado o bastante por ter pais que viram o fato de eu ser gay como algo bom. Se não foi isso, então o quê? O que mais há de diferente por aqui? O que poderia ter causado isso? Passei tantos anos rezando para que isso acontecesse, mas nunca acreditei de fato que fosse ocorrer.

Tenho certeza de que isso não é permanente, porque como poderia ser? Talvez seja só um vislumbre temporário de um mundo sobre o qual sempre me perguntei, e amanhã tudo estará de volta ao normal quando acordar. Mas e se não estiver? E se eu não estiver?

— Tudo bem — diz mamãe. — Bem, descanse, tá?

Ela sorri e vai até a porta.

— E Max? — acrescenta, indicando o computador com o queixo. — Elas não funcionam, não, e tenho certeza de que você não precisa delas, no final das contas.

— Oi? — digo e, então, para meu horror total, quando me viro, vejo que os resultados da pesquisa sobre pílulas que aumentem o pênis ainda estão abertos na tela.

Oi, campeão — uma voz me chama baixinho e, sonolento, abro os olhos. Encontro papai parado à porta do meu quarto.

Ele ainda está com o casaco comprido e bege de botões que combinam com seus olhos amendoados, os punhos de sua camisa branca aparecendo. Devo ter pegado no sono, porque já está escuro lá fora.

— Como está se sentindo? — pergunta ele, vindo se sentar ao pé da minha cama. O cheiro de comida chinesa sobe do térreo.

— Muito melhor — digo, e estou sendo sincero. Só a presença dele aqui no meu quarto me enche de uma sensação de afeto e segurança. Isto pode até não ser real, pode não me pertencer de verdade, mas com certeza faz com que eu me sinta em casa.

— Quer que eu traga um pouco de comida aqui pra cima? Ou você está bem para descer?

— Eu vou descer — respondo, me sentando e espreguiçando com um bocejo.

A cena toda me lembra da vez em que tive amigdalite quando era pequeno e tive que ficar em casa por duas semanas. Papai vinha dar uma olhada em mim no instante em que chegava do trabalho, ainda de casaco, os olhos preocupados e a barba já despontando. Sim, eu não conseguia engolir nada e sofria com uma dor constante, mas, em retrospecto, aquelas parecem duas das melhores semanas da minha vida. Mamãe e papai estavam felizes naquela época, as discussões deles eram poucas e esparsas, e eu não estar bem realmente os unia.

— Você se esqueceu do *chow mein*? — Ouço mamãe berrar lá da cozinha.

— Parece que estou encrencado — papai comenta com uma piscadinha. — Te vejo lá embaixo?

— Tá, eu desço daqui a pouco. Obrigado por trazer comida.

— Sempre que quiser, campeão — diz ele, sumindo bem quando mamãe começa a gritar sobre *chips* de camarão. Ele responde enquanto desce a escada. Feito um casal que está junto há muito tempo porque, bem, suponho que é isso que eles são.

Eu me levanto, ajeito o cabelo despenteado olhando no espelho e então me arrasto atrás de papai para o primeiro andar. Este será o primeiro jantar em família que faremos juntos há anos, e me surpreende como parece normal, como é fácil retomar velhos hábitos. Mamãe está tirando do forno os pratos que aqueceu; papai está mexendo na caixa de comida enquanto desembrulha várias sacolas e embalagens.

Um aromático pato ao molho de ameixa e panquecas, bife apimenta-do crocante, frango ao alho e carne de porco agridoce, uma bandeja enorme de arroz frito especial e uma notável ausência de *chow mein* e de *chips* de camarão.

Ver o banquete disposto me faz lembrar de uma das últimas vezes que comemos juntos como uma família. A noite que eu me assumi para eles. Aquela noite pode ter nos aproximado, mas não bastou para manter os dois juntos. Talvez eles tenham se afastado ao longo dos anos. Eu nunca quis admitir, mas até eu enxergava o quanto eles eram diferentes. Os opostos se atraem, acho. Até não se atraírem mais.

— E aí, acha que vai precisar ir ao médico? — pergunta mamãe, acendendo uma vela no centro da mesa quando nos sentamos para comer.

Não perco tempo e encho meu prato com um pouquinho de tudo, cobrindo a comida com molho agridoce.

— Não — respondo, talvez um pouco depressa demais. — Acho que não.

Quero dizer, o que um médico poderia prescrever? A sexta tem-porada de *Drag Race*? Uma transfusão de glitter emergencial? Ninguém na história jamais tentou "curar" a heterossexualidade. São só os queers que "precisam ser corrigidos".

— Bom, vamos ficar de olho nisso — diz papai, respingando mo-lho de ameixa para todo canto ao tentar enrolar uma panqueca. Parece cansado, as bolsas sob os olhos pesando em seu semblante. Sempre foi um coroa a caminho de ficar grisalho, mas hoje os cabelos dele estão mais brancos do que pretos.

— Como vão as coisas no trabalho? — pergunto.

— Como sempre. — Dá de ombros. — Trabalho demais, pessoal de menos. Um dia desses, juro que vou me demitir e abrir meu próprio negócio.

— Você já não fez isso?

Ele ri.

— Não. Você não presta muita atenção, né, Max?

Eu me dou um tabefe mental. Nem tudo nesta realidade é igual à antiga.

— Bem, acho que você devia fazer isso — sugiro. — Simplesmente se demita amanhã ao chegar! Digo, por que não? O que te impede?

— As contas? A hipoteca? Esse frango ao alho que você tá comendo?

— Bom, mas você tem uma poupança... Não somos exatamente pobres...

— Porque seu pai tem um emprego — interpõe mamãe. — Responsabilidades.

Franzo a testa. Normalmente, mamãe é a rebelde. Está claro que não é o caso nesta versão.

— Bom, você que sabe. — Dou de ombros. — Ainda acho que você deveria fazer isso.

Papai não diz nada, mas me dá um sorrisinho de apreciação.

— E como vai aquela sua namorada, hein? — pergunta, mudando de assunto.

— Você quer dizer a Alicia?

Ainda não aceitei direito o fato de que nós dois somos supostamente um casal agora. Ouvir isso do papai parece muito errado.

— A menos que você tenha outra namorada a respeito da qual não tenha nos contado... — diz ele, gracejando.

— Não, só a Alicia. Minha namorada. Certo — confirmo. — Vai tudo bem, acho? Nós só estamos ocupados com a peça da escola, o baile, o Clube Queer...

— Clube Queer? — interrompe mamãe, claramente confusa.

— Ah, sim... Digo, nós vamos só para ajudar... — improviso. — Apoiar o pessoal queer.

— *Apoiar o pessoal queer?* — Mamãe deixa o garfo no prato. — O que é isso, Max? Pensei que tinha te educado melhor.

Ai, meu Deus, por favor, não me diga que meus pais alternativos são homofóbicos...

— Você não deveria usar essa palavra — continua ela. — É ofensiva.

— Ah! — respiro aliviado. — Você está se referindo à palavra "queer"? Tudo bem, nós a retomamos. Ela é empoderadora agora!*

— "Nós" quem? — pergunta ela. — Não acho que cabe a você decidir, Max. É uma palavra horrível. Diga apenas LGQB2.

— Ele-gê-quê-bê-dois...?

— Assim é melhor — aconselha ela, e papai assente, concordando.

Suponho que o Papai do Mundo Hétero nunca chegou a ir a seu retiro de treinamento em diversidade e inclusão...

— Você devia convidar Alicia para jantar aqui algum dia desses — ele sugere.

— Mas nada de passar a noite — acrescenta mamãe prontamente.

— E nada de fazer que ela entre de fininho pela janela de novo.

Uau, eu fiz isso mesmo? Por mais que soe icônico, parece algo saído de uma comédia romântica adolescente, não da minha vida real.

— E como vão seus outros amigos? — pergunta mamãe. — Parece que faz uma eternidade desde a última vez que nós os vimos. Ollie e... Como é o nome do outro, mesmo?

— Dean — respondo. Como se alguém pudesse se esquecer do nome dele.

— Ah, eu nunca me lembro — ela fala, dando de ombros.

Fico frustrado por meus pais parecerem tão desligados da minha vida social agora. Eles sempre demonstraram tanto interesse — um pouco *demais*, na verdade. Mamãe podia dizer qual número de sapato Dean calçava, e agora não consegue nem se lembrar do nome dele? Isso só me faz sentir mais saudade. Sei que faz apenas um dia, mas parece que aconteceu tanta coisa... Eu faria praticamente de tudo para poder conversar com ele agora mesmo. Não sei como conseguiria explicar

---

* Em inglês, um dos significados da palavra queer é "estranho". Ela já foi utilizada de forma pejorativa, mas foi ressignificada. Hoje, é usada para representar as pessoas que não se identificam com padrões impostos pela sociedade e transitam entre os gêneros. [N. E.]

nada disso, mas se existe uma pessoa no mundo que eu sei que vai entender, é ele.

— Eu estava pensando — anuncio, empurrando o prato —, talvez eu pudesse usar o telefone depois do jantar? Só por uma hora?

Mamãe sorri, compassiva.

— Max, nós concordamos que seria bom para todos nós fazer uma leve desintoxicação digital. Reduzir nosso tempo diante de telas. Faz só dois dias e olha como você está sofrendo! Talvez isso seja um sinal de que você precisa mesmo de um tempo longe das telas...

— Uma desintoxicação digital? — questiono. — Então não é um castigo?

Mamãe ri.

— Claro que não! Por que você estaria de castigo?

— Ah, vamos... — Papai contribui. — Deixe o menino pegar o celular só por um tempinho...

— Nós já conversamos sobre isso — sentencia mamãe, lançando-lhe um olhar.

É um sinal de alerta, um que eu conheço muito bem. A última coisa que eu quero é ser o motivo de uma grande briga. Sei como é isso. Sentir que fui eu que os levei a isso, gritando por horas, bem depois de eu ter ido dormir.

— Tudo bem — concedo, tentando cortar a discussão pela raiz. — Vocês têm razão. Eu consigo me virar sem ele.

— Claro que consegue — incentiva mamãe. — Você só precisa romper o hábito, só isso. Sabe, quando éramos mais jovens, se quiséssemos ver nossos amigos, tínhamos que ligar para eles do telefone fixo de casa, ou ir até a casa deles.

— Tempos primitivos — comento. — Não sei como vocês conseguiam fazer alguma coisa.

Papai ri.

— Com muita dificuldade!

— Tipo, o que vocês faziam antes do Google?

— Nós líamos livros, Max — diz mamãe. — Já ouviu falar de uma enciclopédia?

— Eca, que nojo — brinco, e ambos riem.

Crise evitada. Faz um tempinho, mas ainda sei como bancar o mestre de marionetes.

— Aqui, Max. — Papai joga um biscoito da sorte para mim.

Eu o pego sem pensar (esportes!), mas aí, enquanto olho fixamente para o pacotinho vermelho e brilhante, me pergunto se *esta* pode ser a resposta. Meu momento Lindsay Lohan — o momento em que tudo subitamente faz sentido, o momento que explica o porquê de meu mundo todo ter sido arrastado para fora de órbita. A ideia é ridícula, claro, mas, neste instante, faz tanto sentido quanto todo o resto.

Depois de hesitar um pouco, rasgo o pacotinho e quebro o biscoito. A mensagem cai na mesa virada para baixo. Mamãe e papai olham para mim cheios de expectativa, mas não consigo me forçar a ler. Estou com medo demais do que o papel pode dizer.

— Bem, vá lá, então — papai me incentiva, enfim.

— Aqui, leia você — peço, e empurro o papel para ele.

— Tudo bem. — Ele apanha o bilhete e dá uma olhada. — Ah, essa é boa! "A solução para todos os seus problemas…" — Ele para e faz contato visual, e a antecipação crescente me mata aos poucos — "… é pedir mais comida chinesa."

SEiS ANOS ATRÁS

— Sai, Max! Você é pesado demais!

Dean ri enquanto tenta pedalar colina acima. O calor do sol se abate sobre nós enquanto a brisa do verão sopra gentilmente entre as folhas que pendem das árvores. Ainda não sabemos, mas é o tipo de tarde que um dia vai inspirar nostalgia. Uma tarde destinada à *mudança*.

Nós dois descemos da bicicleta num pulo e Dean começa a empurrá-la pela subida. A vista daqui é a melhor da cidade. Dá para ver a casa de Dean na Brimsby Road de um lado e, do outro, se vê até a Woodside Academy. Nós dois vamos começar a estudar lá no mês que vem. Dean recebeu a oferta de uma bolsa de estudos para frequentar a escola particular em Grove Hill, mas recusou porque "não quer ficar cercado por riquinhos". Eu entendo. Também não gostaria de ir para lá.

— Sua mãe também esteve aqui — afirmo, apontando para o cartaz preso no poste de iluminação. BATALHA POR BRIMSBY, lê-se em negrito com dois parágrafos de informação logo abaixo.

— *Gen-tri-fi-ca-ção* — leio uma das palavras em voz alta. — Ela gosta do termo. Usou isso umas cinquenta e oito vezes.

— Significa arruinar algo deixando-o bacana — explica Dean. — É, eu também não entendo, na real — acrescenta, respondendo à minha expressão confusa. — Você viu as imagens dos novos apartamentos que os empreiteiros estão querendo construir? São bem legais, sem ofensa. Eu não me incomodaria de morar num daqueles.

— Você é tão tonto — disparo. — Como se a sua mãe pudesse bancar um deles.

— Ow! — Ele ri, tentando me dar um tapa. — Espere só até eu ser um superastro. Você vai me implorar pra vir morar na minha mansão.

— Não mesmo — retruco. — Você é que vai implorar para morar *na minha.*

— Tanto faz. — Dean rodopia e se joga num banco que dá vista para a cidade. — Eu é que sou o fabuloso aqui.

— Acho que sim — concordo, sentando-me ao lado dele.

Agora o sol começa a desaparecer por trás das fileiras de casas com terraços. Olhando com bastante atenção, porém, ainda dá para identificar qual é a de Dean. Pequena e sem nada de diferente, mas ainda assim especial à sua própria maneira. Especial porque é dele.

— Mas é bonito. Talvez a sua mãe esteja certa e eles não devessem estragar.

Ele suspira.

— Eu só não quero ter que me mudar. Odiaria isso.

— Porque ficaria com saudades de mim? — pergunto, sorrindo.

— Bom, com quem mais vou dividir todos os meus segredos?

— É — digo, e então fico quieto, porque faz tempo que venho guardando um segredo. Eu queria contar para ele; só nunca tive o momento certo.

— Você ficaria bravo comigo se escondesse algo de você? — pergunto.

— Furioso — ele responde, gracejando, colocando as pernas sobre o banco e virando-se de frente para mim. — Bem, vá lá, então. Me conte. Você finalmente teve seu primeiro sonho erótico?

— Eca! — digo, rindo. — Não é nada disso. É sobre... *Alguém.*

— *Alguém?* — Ele arqueia a sobrancelha.

— Alguém de quem eu gosto — continuo. — Tipo, gosto, *gosto mesmo.*

— Uma quedinha, você diz?

— Tipo isso.

— Alguém que eu conheça?

— Alguém da sua turma...

— Poppy? — pergunta. — É a Poppy, né? Não, a Rachel!

Balanço a cabeça, negando.

— Hum... — diz ele, batucando no queixo com os dedos enquanto pensa. — Bom, se não é a Poppy nem a Rachel... Ai, meu Deus, você gosta de mim, só pode!

Eu rio, o que diminuiu a tensão de leve, e então finalmente despejo.

— É o Simon.

Olho para meus pés, me preparando para o impacto inevitável.

— Ah — diz Dean. Ele não leva mais do que um segundo para processar a informação. — Bom, ele é uma graça! — continua, empolgado. — Não é meu tipo, mas entendo totalmente.

— É? — indago, levantando o olhar para ele, esperançoso.

— Um gatinho! — concorda, e eu sorrio.

— Então não é nada demais?

— Claro que não — confirma, e então se cala por um momento enquanto solta a pulseirinha de arco-íris de seu punho. — Aqui. Eu fiz isso para você, mesmo. Fique com ela até estar pronto para usá-la. Bem-vindo ao clube, Max.

CAPÍTULO OITO

Em grande parte, esperava acordar de volta à minha realidade antiga, então fico surpreso quando acordo de verdade pelo som de papai preparando o café da manhã. Como sempre, ele está sendo barulhento ao fazer suas famosas panquecas de mirtilo, um acepipe reservado para quando alguém está doente e para ocasiões especiais.

— Bom dia, Max! — Ele abre um sorriso radiante para mim quando apareço na cozinha e desliza um prato para o outro lado da mesa. Mamãe parece já ter saído, então somos só eu, meu pai e uma garrafa enorme de xarope de bordo importado do Canadá. — Sentindo--se melhor hoje?

— Acho que sim... — respondo, sem perder tempo para esvaziar metade do vidro. É preciso alcançar a mesma proporção entre panqueca e xarope. — Acho que vou para a escola hoje, de fato.

— Ah, é? — questiona ele. — Você se recuperou rápido. Ficamos preocupados com você por um instante.

Ele se senta do outro lado da mesa.

— Se você estiver se sentindo bem o bastante, pensei em talvez fazermos algo neste fim de semana, que tal? Só nós dois?

— Tipo o quê? — indago.

No mundo real, papai aprendeu a não tentar me forçar a praticar nenhuma atividade típica de héteros, mas aqui... Ai, Deus, será que ele vai me levar para o futebol?

— Podíamos dar uma volta de carro, fazer umas comprinhas, que tal? — sugere. Duas opções aceitáveis. — Almoçar... O que você quiser fazer, Max.

— Claro, tá bom — concordo, embora honestamente pretenda estar de volta ao meu próprio mundo no fim de semana. Só ainda não descobri como. — Talvez pudéssemos sair para assistir a um filme? Fazer o rapa na banca de doces a granel?

— É uma boa — papai concorda. — Mas nada com armas e explosões, né?

— É — assinto. — Como você adivinhou?

Estou impressionado, pois ele ainda parece me conhecer. Não a minha versão hétero, mas *meu eu real*. Talvez o Max Hétero e o Max Gay não sejam tão diferentes assim, no final das contas.

Ele ri.

— Eu conheço meu próprio filho, Max — declara. — Certo, tenho que ir trabalhar, mas te vejo depois, tá?

Pega uma das panquecas e dá uma mordida.

— Não foi meu melhor trabalho — lamenta, franzindo a testa. — Não dá para ser perfeito sempre, acho.

— Elas estão ótimas, pai, mas pega aqui. — Ofereço o xarope para ele. — Afogue as panquecas com isso e você não vai notar nenhuma diferença.

— Obrigado, Max. — Ele coloca um pouco sobre a panqueca, com cuidado para não deixar cair nas mãos. — Certo, te vejo mais tarde.

— Até mais, papai — despeço-me. — E lembre-se de pedir demissão, tá?

Ele dá uma risadinha ao se afastar, deixando-me sozinho com as panquecas. A presença dele parece estranhamente natural. Em um único dia, retomamos costumes antigos, e isso me faz pensar se esse mundo de fato tem o potencial de ser melhor. Talvez essa mudança seja uma bênção, não uma maldição. Eu posso ser hétero aqui — isso, definitivamente, é o catastrófico lado negativo —, mas eu ainda sou eu, ainda sou a mesma pessoa. Pelo menos isso não parece ter mudado.

O que não consigo entender, no entanto, é se essa nova realidade é meu mundo antigo que foi, de algum jeito, alterado, ou se é um mundo paralelo que sempre esteve aqui, existindo ao lado dele. Será possível que sempre houve um Max Hétero neste mundo paralelo? E será possível que nós de fato trocamos de lugar e agora ele está no Mundo Gay, tão confuso quanto eu, e tentando decifrar por que tem o banheiro lotado de esmaltes e Oliver Cheng de súbito é a pessoa mais gostosa que ele já viu no planeta? Não sei qual é a resposta, mas terei que tomar cuidado com o que faço aqui. Se o Max Hétero *existir mesmo*, não posso bagunçar a realidade dele — e terei que torcer para que ele não esteja perdido por aí, bagunçando a minha…

Com mamãe e papai fora de casa, tenho algum tempo para pensar de verdade e começar a criar um plano para lidar com esta *situação*. Ontem, na escola, deve ter parecido para todo mundo que eu estava agindo de maneira bem esquisita. O que significa que hoje preciso agir *normalmente*, interpretar o papel de garoto hétero, ao menos até conseguir descobrir como consertar isso. Mas vou precisar de ajuda. E se existe uma pessoa que posso convencer de que entrei numa situação semelhante à da Lindsay Lohan, essa pessoa é o Dean. Tudo o que preciso fazer é encontrá-lo, ficar sozinho com ele e explicar tudo, do início ao fim. Ele vai saber o que fazer. Sempre sabe.

A primeira coisa que faço é ir para a sala de recreação da turma do último ano, vestindo meu tênis de hétero, calça jeans *skinny* e minha jaqueta universitária surpreendentemente estilosa. Estou torcendo para que Dean esteja lá — geralmente é onde nos encontramos antes da primeira aula —, mas o lugar está vazio a não ser por Oliver e Thomas, que estão na cozinha. Thomas está colocando a chaleira para ferver enquanto Oliver quica uma bola de futebol que sem dúvida vai acabar batendo em alguma coisa. Pelo visto, eles são amigos neste mundo também. Ah, que alegria.

— Max! — Thomas abre um sorriso enorme ao me ver.

E então Oliver grita:

— PENSA RÁPIDO!

E chuta a bola na minha cabeça. Meio que espero que os poderes atléticos instintivos do Max Hétero assumam o controle, mas, em vez disso, fico paralisado pelo pavor gay. Não passo nem perto de "pensar rápido", e a bola me acerta diretamente na cara, me derrubando de costas no chão.

— Ai! — solto, enquanto Oliver vem correndo me ajudar a levantar.

Por favor, não me digam que o Max Hétero tem fama de astro do futebol porque, se for o caso, seria melhor desistir dessa farsa agora mesmo. Acabou a brincadeira. Max é gay e não consegue pegar uma bola nem para salvar sua própria vida.

— Desculpe, desculpe — diz Oliver, rindo e estendendo a mão. — Você tá bem? É incrível mesmo quanto você é ruim em esportes. É como se tivesse vindo com defeito, sei lá.

Ufa. Bom saber disso. Suponho que não posso botar a culpa por minha inabilidade esportiva na minha vontade de beijar garotos, no fim das contas. É quase como se essas duas coisas não tivessem absolutamente nada a ver uma com a outra. Quem poderia imaginar?

— Sentimos sua falta ontem — comenta Thomas. — Você está melhor?

— Estou — respondo. — Eu só estava meio aéreo, só isso.

— Bom, seja lá o que você teve, não passe para mim, por favor.

Oliver sorri, mas acho que ele não precisa se preocupar com isso. Não é como se heterossexualidade fosse contagiosa.

— Tentamos falar com você por mensagem de texto, mas acho que a sua mãe ainda está fazendo quarentena com o seu celular…

— É, que negócio é esse? — questiona Thomas. — Nem é como se você tivesse feito algo de errado, né? Tipo, quem é que toma o celular de um adolescente sem um bom motivo?

— Algo sobre ele passar tempo demais olhando para telas. — Oliver me cutuca, brincalhão. — Anda assistindo pornô demais, Maxxie?

— Ai, meu Deus — reclamo.

O mundo inteiro virou de cabeça para baixo, e ainda assim consigo manter a fama de ser viciado em pornografia. De todos os traços de personalidade que eu podia ter carregado para o Mundo Hétero, foi esse o que pegou.

— Café? — Thomas me oferece, pegando outra xícara.

— Claro.

Café instantâneo quente. O Max Gay *jamais* tomaria isso, mas, neste momento, preciso me enturmar. Olho para a porta, esperando que Dean entre com tudo trazendo cafés *latte* gelados de baunilha para nós dois.

— Mas enfim — prossegue Oliver —, há quanto tempo você vem questionando sua sexualidade, Max?

— É o quê? — grasno, minha voz subindo três oitavas. — O que você... Digo... Oi?

Oliver está rindo outra vez.

— Suas *playlists* do Spotify são públicas — explica, pegando o celular e abrindo meu perfil. — Várias canções de musicais. Troye Sivan. Lady Gaga. Kylie Minogue...

Ele continua rolando pela *playlist* mais gay da história.

— E "It's Raining Men" é a música que você mais ouviu em todos os tempos? Tem alguma coisa que você não tenha nos contado, Maxxie?

— É uma ótima música! — disparo, porque é verdade. Isso é um fato, e qualquer homem hétero que discordar estará mentindo. — Thomas, me dá um apoio aqui — peço.

Às vezes é preciso buscar aliados nos lugares mais improváveis.

— Você está por sua conta nessa! — declara. Típico pra caralho.

— Estou só provocando, Maxxie — diz Oliver. — Todos nós vimos como você olha para a Alicia. Não tem como fingir aquilo. Tem muita coisa de que eu duvido neste mundo, mas sua carteirinha de hétero não está na lista.

Dá pra imaginar? Eu? Hétero de carteirinha? Imagino a reação que Dean teria se ouvisse isso. Provavelmente morreria engasgado de tanto rir.

— Falando nisso — Thomas irrompe, virando-se para Oliver —, por favor, me diga que convidou algumas garotas para amanhã, sim? Não quero que seja uma baita festa da salsicha, que nem a última vez.

— Não foi uma baita festa da salsicha! — protesta Oliver.

— Eu já vi mais garotas no vestiário masculino, literalmente — argumenta Thomas. — Creio que possa afanar algumas garrafas sem que meus pais percebam, mas *só* se você prometer que vai ter garotas lá...

Oliver ri.

— Eu prometo, mas quero manter um clima *relax*, tá? — Faz uma careta ao bebericar sua xícara de café horrível. — Não pode virar uma festa enorme.

— Tá, tipo, não mais do que cinquenta pessoas? — Thomas sorri.

— Eu estava pensando mais em quinze — retruca Oliver. — Você acha que consegue trazer algumas bebidas também, Max? Mas não quero que você fique de castigo como da última vez...

— Bebidas? Hã, talvez...

— Meu herói! — Ele sorri para mim, radiante.

Fantasiei tantas vezes que Oliver me diria essas palavras, mas, neste momento, é como se elas não significassem nada.

— Tudo bem, eu tenho que ir para a aula de teatro — diz Thomas, conferindo o horário.

— Pronto para a aula de inglês? — pergunta Oliver, virando-se para mim.

— Estou. Claro.

Eu geralmente não estudo inglês, mas acho que escolhi matérias diferentes neste mundo. Talvez o Max Hétero tenha mais noção do que quer fazer com o resto da vida. Talvez eu possa realmente aprender com ele.

Mas eu queria mesmo era poder seguir Thomas até a aula de teatro. Dean definitivamente estará lá, porém, acho que esperar mais uma ou duas horas para vê-lo não vai fazer mal, então vou com Oliver para a aula de inglês do sr. Grayson. Ele é um daqueles tipos professorais antiquados, vestido de um jeito meio exagerado para uma sala de aula da Woodside, com seus óculos do advogado de *O sol é para todos* e blazer de veludo cotelê. Já tive cinco anos de aula de inglês com ele, mas algo na lentidão com que ele fala nunca conseguiu prender minha atenção. Estamos estudando *O conto da aia*, pelo visto, e fico grato por Dean e eu termos assistido à série de TV, assim posso pelo menos fingir que sei do que trata o livro.

— Eu terminei de ler ontem à noite — conta Oliver, desabando no lugar que escolhemos no fundo da sala. O sr. Grayson nos instruiu a fazer uma lista dos temas que achamos que a autora tentou explorar. — Sei que não devemos ler adiantado, mas não consigo evitar. Todo mundo lê tão devagar...

— Sempre um rebelde. — Eu rio. — Não acho que você vá pegar detenção por ler demais, Oliver...

— Oliver? — pergunta. — Ninguém me chama assim há anos.

— Ah, é? — Eu hesito. — Melhor, então... Ollie?

— Nem. Eu até que gosto vindo de você. — Ele dá um sorriso tonto. Sorrio também. — E então, até onde você chegou? — acrescenta, batendo no livro.

— Não fui muito longe — digo, folheando as páginas. Espero que a adaptação televisiva não tenha se desviado muito do livro. — Tive dificuldade com ele, para ser honesto. Tipo, qual é a mensagem?

Oliver franze o cenho.

— Não é óbvio? Os eventos do livro são retratados como ficção, certo? Mas não são. Nem um pouquinho. Tudo é escrito como uma distopia, mas na verdade não há nada na história que não esteja acontecendo em algum lugar do mundo agora mesmo. — Ele fala com o mesmo tom apaixonado que adotou quando estávamos conversando sobre livros enquanto fazíamos as lanternas de papel. — É assustador de verdade. Quero dizer, o livro foi publicado lá nos anos 1980, mas está descrevendo coisas que estão acontecendo hoje.

— E suponho que tenha uma boa representação de pessoas LGBT+? — indago, tentando me lembrar do que aconteceu na série e não soar como um idiota que claramente não leu o livro. — Tipo, inclui personagens queer?

— Bem, não chega a ser uma ótima representação nos ver sendo assassinados, Max... Mas entendo aonde você quer chegar. Você está falando da forma como a sociedade de Gilead coloca tanta ênfase na capacidade de as pessoas gerarem filhos? Como se isso fosse a única coisa que torna um ser humano valioso? E a forma como as Tias falam sobre qualquer um que vá contra a norma cis-hétero como "traidores de gênero"? Isso tudo coloca as questões queer em destaque.

— Hã... É, isso — disfarço. — É exatamente o que eu quis dizer.

Oliver sorri. Está na cara que não estou acompanhando a velocidade dele, mas ele não está julgando. No máximo, acho que ele está é gostando de fazer o papel de professor.

— À primeira vista, o livro fala de direitos das mulheres, né? — continua ele. — Mas ele é superinterseccional. É tipo, a sociedade se despedaça, e os direitos das minorias são as primeiras coisas a desaparecer. Todas as mulheres são oprimidas, mas são as mulheres queer, as mulheres com deficiência e as mulheres racializadas que sentem mais essa opressão. É um panorama muito preciso do que uma distopia seria na realidade, você não acha? Se enfrentássemos um cenário apocalíptico amanhã, imagino que veríamos muitas das coisas que acontecem no livro se desenrolarem na vida real. A autora sabia disso nessa época, e acho que ainda permanece sendo uma verdade.

— Mas o que causaria uma mudança tão dramática? — pergunto. Ele capturou meu interesse de verdade agora. — Tipo, as coisas têm melhorado ao longo das décadas, não é? O que faria esse progresso recuar?

— Sei lá — diz Oliver. — Poderia ser um evento nuclear, como no livro. Mas acho que nossa maior preocupação são as mudanças climáticas. Você acha que as pessoas ainda se importariam com os direitos queer se chegássemos ao ponto de ter que lutar por recursos? Eu sou um garoto gay miscigenado. Creio que as pessoas me enforcariam por um bocado de pão e uns pingos d'água.

— Não sei se acredito nisso — comento. — Quero dizer, você faz as pessoas parecerem tão primitivas! Os seres humanos são inerentemente bons, não são?

— São? — ele indaga. — O mundo civilizado é tão frágil, Max. Você tem o privilégio de passar pela vida como um cara branco e hétero. Nem todos nós temos essa sorte.

Sei porque ele acha isso, mas ouvi-lo se referir a mim assim me dá comichão.

— Suponho que sim — digo. — Você já pensou bastante sobre isso, não foi?

Ele ri.

— Essa literalmente é a tarefa, Max, mas, sim, claro que pensei. É preciso pensar nessas coisas quando se é queer.

— É? — questiono, porque isso não soa verdadeiro para mim, nem a pau.

Oliver me faz lembrar de Dean, na verdade — de como ele está sempre falando sobre "a luta", mas acho que eu não sinto isso. Talvez seja isso o que Dean queria dizer quando falou que eu tenho privilégio gay branco. Mas precisamos lutar a respeito de quê? Claro, temos que aguentar gente preconceituosa como o sr. Johnson, mas para além disso? Existe ainda uma *luta* de fato?

Oliver fica quieto por um momento, mordendo o lábio enquanto me analisa.

— Termine de ler — ele diz por fim, indicando o livro. — Tente se colocar no lugar das mulheres. Tente entender que, se não tivermos cuidado, nosso futuro pode ser assim. Daí talvez você entenda.

— Tá bom — assinto, olhando para as páginas.

Não estou totalmente convencido, mas quero que ele saiba que entendo como funciona uma aliança. Este não é meu mundo, mas ainda *parece* real. E eu ainda me importo com a opinião dele a meu respeito.

— E então, o que deveríamos escrever?

— Tudo o que você acaba de dizer — declaro. — Tudinho. Isso vai nos render uma nota dez com certeza.

Alicia praticamente pula sobre mim quando voltamos à sala de recreação, jogando os braços em torno do meu pescoço e me puxando para me beijar no rosto.

— Esse negócio de ficar sem celular está me deixando doida — diz ela. — Como é que as pessoas se viravam sem eles?

Ela abaixa a mão para segurar a minha.

— Ollie disse que você não estava se sentindo bem ontem. Verdade?

— Eu estava só meio aéreo — comento. — Mas agora estou melhor.

— Ainda bem. — Ela se aproxima para me beijar de novo.

— Desculpa, eu não escovei os dentes — digo, me esquivando de seus avanços.

Não é que eu *não queira* beijá-la — ela está linda, e os sentimentos que tive ontem não diminuíram em nada, a julgar pelo modo como minha cueca parece apertada —, mas não está certo. Dá a sensação de que estou me aproveitando.

Alicia ri.

— É meio-dia! Por favor, não me diga que você se esqueceu de escovar os dentes hoje cedo, de novo.

— Isso é nojento, Max — provoca Oliver. — Francamente, vocês dois precisam é arrumar um quarto mesmo — ele reclama, enfiando-se entre nós dois e nos empurrando até nos separar. — Se eu for obrigado a assistir vocês se pegando mais uma vez...

— Não fique com ciúmes, Ollie — Alicia fala com um sorriso malicioso, bagunçando o cabelo dele. — Só porque eu peguei o cara mais gostoso da escola e você não?

— Hã! — diz Oliver. — Odeio ter que te informar, mas Max não é exatamente meu tipo.

— Tá, magoei — comento.

Posso não sentir mais nada por ele, mas essa doeu mesmo assim. Acho que pelo menos isso finalmente esclarece algo: eu não estraguei minhas chances com ele no mundo real, porque ele nunca gostou de mim para começo de conversa.

— E qual é o seu tipo, então? — pergunta Alicia. — Alguém grande e encorpado? Alguém pra te jogar na parede e te chamar de lagartixa? Um urso, talvez? Um *daddy*, todo machão?

— Ai, meu Deus, para — pede Oliver. — Ouvir você usar gírias gays é *cringe* demais para mim. Além do mais, não estou interessado na aparência do cara. Desde que ele tenha um bem grande.

Quase engasgo quando ele diz isso.

— Um cérebro, digo, obviamente — acrescenta ele, malicioso. — Um cérebro enorme, lindo, massivo, suculento.

— Sei que era *exatamente* o que você queria dizer — ressalta Alicia, levantando a sobrancelha. — É o que todos dizem, mesmo: "eu não ligo para aparência, o negócio é a personalidade". Mas todo mundo tem um tipo, Ollie. É simplesmente o princípio básico da atração física.

— Não sei o que te dizer. — Oliver dá de ombros. — Nem todos nós queremos nos conformar com o primeiro cara acima da média que demonstre algum interesse.

— Vocês dois se dão conta de que eu estou bem aqui, né?

— Desculpa — Alicia sorri ao pegar na minha mão.

— E aí, *Fortnite* hoje à noite? Eu sou o Goku — diz Oliver.

— Tudo bem — concordo, por instinto. — Desde que eu possa ser o Homem-Aranha.

Um mundo em que Oliver Cheng e eu casualmente jogamos *Fortnite* juntos? Acho que eu poderia me acostumar com isso, na verdade…

— Você não está se esquecendo de nada? — questiona Alicia, parecendo irritada.

— Ah, hã… — gaguejo, tentando encontrar pistas na expressão dela.

— Nós já temos planos para hoje à noite — ela assevera, ainda mais aborrecida. — Não vai me dizer que você se esqueceu *de novo?!*

— Desculpe, fui eu, foi mal! — Oliver se intromete para me salvar. — Podemos jogar outro dia. Max me contou tudo sobre a noite especial de vocês.

— É? — indaga ela, agora sorrindo para mim. — Por quê, o que você está planejando?

— Ah, bem… Isso estragaria a surpresa, não é?

— Mas sem morangos dessa vez — pede Alicia, e ela e Oliver riem como se fosse a coisa mais engraçada já dita na vida. — Se eu nunca mais vir um morango na vida, já me dou por feliz…

— Francamente, desde que você me contou essa história, eu não consegui olhar para frutinhas da mesma forma — confessa Oliver, gargalhando. — Especialmente cerejas.

— Nem me fale de cerejas! — Alicia ri aos gritos. — Cerejas, Max?! Que diabos você estava pensando?

— Hahaha, você me conhece! — digo. — Morango… Cereja… Amora… Você devia ver o que consigo fazer com um abacaxi!

— *Um abacaxi?* — ela reage, horrorizada. — Tá, eu não quero nem saber, Max…

— É, tudo tem limite, e você definitivamente acaba de deixá-lo pra trás — acrescenta Oliver.

Ai, meu Deus, o que foi que eu acabei de confessar?

— Era de se pensar que isso teria acabado com o meu apetite — comenta Alicia —, mas, por incrível que pareça, ainda estou com fome. Vocês estão prontos?

— Claro — confirmo. — Mas não deveríamos esperar pelo Dean?

Dou uma olhada rápida pela sala de recreação. Alguns dos alunos de teatro já estão aqui.

— Hã? — indaga Alicia. — Dean? Quem é esse?

— Dean — respondo. — Dean Jackson.

Mas ela só me encara, sem entender. Olho para Oliver em busca de apoio, mas ele simplesmente encolhe os ombros.

— Não sei quem é — ela declara. — Ele está no time de futebol?

Tento não rir.

— Claro que não! Dean Jackson, poxa! O garoto mais gay da escola!

— Olha, tenho praticamente certeza de que esse sou eu — diz Oliver, sorrindo.

Tudo o que posso pensar é *ah, vá*. Oliver Cheng, o atleta, que age como um hétero, acha que é o garoto mais gay dessa escola? Eu ainda sou mais gay que ele, e olha que agora tenho uma namorada. Entendo que as coisas são diferentes por aqui, mas como é que eles podem não saber quem é o Dean, quando ele faz uma entrada triunfal toda vez que chega num recinto?

— Vocês não sabem mesmo de quem eu estou falando? Isso não é uma pegadinha?

— Eu realmente não sei quem é esse, Max — declara Oliver. — Você está esquisito de novo. Tem certeza de que está tudo bem?

— Não — digo. — Não está tudo bem, não. Vocês estão me dizendo que nenhum dos dois sabe quem é o Dean? Meu melhor amigo desde que eu tinha, tipo, uns oito anos? Esse Dean?

— Desculpe, Max — lamenta Alicia. Ela parece preocupada de verdade agora.

— Eu... Eu preciso ir.

— Ir aonde? — pergunta Oliver, tentando colocar a mão no meu ombro, mas eu me desvio. Alicia tenta me segurar pela mão, mas eu me afasto dela também.

— Encontrar Dean — declaro, me afastando dos dois.

Não ligo para o que eles dizem, Dean tem que estar aqui em algum lugar — e pode crer que vou encontrá-lo.

CAPÍTULO NOVE

O departamento de teatro está quase vazio quando irrompo pelas portas, colidindo com um dos manequins geralmente usado como modelo para os figurinos das peças. A sra. A está sentada em sua mesa, olhando para um roteiro cheio de páginas marcadas enquanto come um sanduíche. Ela me observa brigar com o manequim por um momento e então suspira, abaixando o roteiro e me dando uma olhada por cima dos óculos em formato de meia-lua.

— Pois não?

— Dean Jackson! — disparo, quando o manequim cai no chão com estardalhaço, embora um de seus braços esteja na minha mão. — Estou procurando por Dean Jackson!

Ela suspira.

— Quem?

Seu toque de animação costumeiro parece ter sido arrancado dela. Ela parece cansada e frustrada, como se não aguentasse lidar com mais um aluno neste momento. Usualmente, eu entenderia que seria melhor voltar depois, mas *isso é uma emergência.*

— Dean Jackson, a senhora tem que conhecê-lo! — Gesticulo com o membro sem vida para enfatizar. — Ele é o astro da Woodside Academy!

Ela funga.

— Ah, é? E quem seria você?

— Max — digo. — Max Baker.

— Está bem, Max. — Ela indica a cadeira diante de sua mesa. — Sente-se.

— Obrigado, professora — agradeço, um pouco mais calmo agora. Eu me sento e coloco o braço na mesa à minha frente.

Não é tão surpreendente que a sra. A não me conheça aqui, mas isso me deixa um tanto triste. Eu nunca fui *de fato* um dos alunos de teatro, mas sempre senti que era membro honorário dessa família.

— Bem, Max — ela começa —, eu conheço todos os meus alunos, e não tem nenhum Dean Jackson na minha turma. Tem certeza de que ele é aluno de teatro?

— Absoluta — garanto.

Se tem uma coisa de que tenho certeza, é que não existe nenhum mundo em que Dean não seja um astro do teatro.

— Desculpe. — A sra. A dá de ombros. — Não sei o que te dizer.

Olho pela sala, sentindo meu desespero começando a voltar aos poucos. Tudo parece intocado: o mesmo papel de parede verde se soltando, as mesmas cadeiras de plástico desconfortáveis, as mesmas mesas com rabiscos de declarações de amor e desenhos de pintos. Mas aí meus olhos vão até o gabinete onde as fotos das peças da escola estão em exibição.

— As fotos! — exclamo. Sei que se vou encontrar Dean em algum lugar, será ali.

— Você é a primeira pessoa a se empolgar com elas em anos! — A sra. A ri enquanto vou examinar o gabinete. — A maioria dos alunos nem para pra olhar para elas.

As fotos das peças sempre foram um testemunho das glórias passadas do departamento de teatro; "prova do que pode ser alcançado com um orçamento curto e muito talento", como a sra. A sempre fala. Analiso a coleção em busca de Dean. Ele sempre se destaca, chamando a atenção em seus figurinos extravagantes, mas esta é uma exibição terrível de apresentações nada interessantes. E Dean não está em nenhuma delas.

Parece que no lugar da produção de *Legalmente loira* do ano passado, eles fizeram *West Side Story*. E, no ano anterior, para meu horror absoluto, vejo que fizeram *Grease: Nos tempos da brilhantina*. Se já houve um musical feito para pessoas hétero, é esse. **Summer Lovin' 2022** está escrito na parte inferior da foto em Comic Sans.

Deus do céu, sra. A, o que os héteros fizeram com a senhora?

Em parte, estou contente por Dean não estar aqui para ver isso. Não é de se espantar que ele não esteja em nenhuma dessas fotos: nem morto ele participaria de uma montagem de *Grease*. O garoto é talentoso, mas ele precisa de no mínimo *alguma coisa* com que trabalhar. Os cenários projetados por Alicia também se foram, substituídos por algumas cortinas de fundo pintadas, sem graça, que não receberam nenhum amor e atenção.

— Está tudo bem, Max? — pergunta a sra. A. — Precisa se sentar? Sinto que tem algo que você não me contou.

— Por que raios vocês fizeram *Grease*? — digo, desmoronando de volta à cadeira. — *Grease*, professora? Com as jaquetas de motoqueiro horrorosas? De quem foi a ideia?

A sra. A ri.

— Bem, não seria minha primeira opção, mas governo minha sala de aula como uma democracia. Eu deixo os alunos decidirem.

— Mas e *Legalmente loira?* — pergunto. — Ou *A pequena loja dos horrores?*

— É meio cafona demais pro meu gosto — responde. — Sou mais chegada em *Hadestown*, pessoalmente. Prefiro algo um pouquinho soturno e pesado.

— Eu não fazia ideia — admito.

Eu me lembro de quanto ela ficou entusiasmada quando Dean sugeriu *A pequena loja*. Ela reagiu como se fosse um de seus musicais preferidos de todos os tempos.

— Bem, Max... — A sra. A me dá o mesmo sorriso tranquilizador que me deu mil vezes antes. Ela nem sabe quem eu sou, mas mesmo assim ainda parece ter tempo para mim. — Eu adoraria ficar papeando sobre peças musicais, mas vamos voltar a esse menino que você está procurando, esse Dean.

DE REPENTE HÉTERO

E, de súbito, quero contar tudo a ela. Ela tem esse efeito nas pessoas, um jeito de fazer com que a gente sinta que tudo vai dar certo. Mas não sei nem por onde começar...

— Eu não sei como explicar isso — constato —, mas tudo estava diferente quando acordei ontem de manhã. Sei que soa ridículo, mas é como se de repente eu estivesse vivendo a vida de outra pessoa.

A sra. A se recosta em sua cadeira e me observa por um instante, como se lesse um roteiro antigo.

— Isso não soa nem um pouco ridículo.

— Não?

Isso é compreensivo *até demais*, mesmo para a sra. A.

— Claro que não — confirma ela. — O último ano do ensino médio é difícil. São muitas mudanças. Coisas antigas estão terminando; coisas novas estão começando. É o suficiente para fazer qualquer um se sentir sem chão.

— Bom, isso é — concordo. — Mas não foi isso que quis dizer. O que quero dizer é que sinto como se eu tivesse vindo parar em um universo paralelo. Como se este mundo não fosse o meu.

A sra. A ri.

— Acho que todos nos sentimos assim às vezes, Max. Perdi a conta de quantas vezes desejei que alguém me tirasse deste planeta.

— Mas e se esse desejo se realizasse, e de repente o mundo que a senhora conhece sumisse, e tudo ficasse de cabeça para baixo, bagunçado e... diferente? E daí o quê?

— Bem... — A sra. A pondera. — Suponho que eu daria um jeito de colocar as coisas em ordem. Mas não é de mim que se trata, não é? Isso diz respeito ao seu amigo.

Ela faz uma pausa, como se tivesse acabado de se dar conta de algo.

— Vocês dois discutiram? Você ficaria chocado pelo caos que pode ser causado por uma briga entre amigos.

E é aí que a resposta finalmente me ocorre. Esteve debaixo do meu nariz esse tempo todo. Olho para meu punho exposto, onde ficava a pulseirinha da amizade de Dean, e torno a pensar na discussão e em todas as coisas horríveis que eu disse.

Eu queria que nós *nem fôssemos amigos.*

Fui eu que fiz isso. De alguma forma, fiz com que tudo isso passasse a existir com meu desejo. *Aquele* foi meu momento de biscoito da sorte.

Por um segundo, tudo o que consigo fazer é permanecer num silêncio aturdido, absorvendo tudo.

— O que que faço então, professora? — questiono, finalmente.

— Encontre o seu amigo. — A sra. A sorri. — Tenho certeza de que, se você consertar as coisas começando por aí, todo o resto vai começar a se acertar de novo.

— A senhora acha mesmo? — pergunto, esperançoso. — Só que eu não faço ideia de por onde começar. Eu já perguntei por aí, e ninguém sabe onde ele está…

— Bom, você já tentou ir até a casa dele? — sugere. — Provavelmente ficou em casa porque está doente, remoendo as próprias mágoas ou algo do tipo. Não é um bicho de sete cabeças, Max.

— Mas é claro! — exclamo. — Ah, sra. A, estou quase te dando um beijo!

Ela ri.

— Por favor, não faça isso! Fico feliz em conversar sempre que quiser, Max. Mesmo durante a minha hora de almoço — acrescenta ela com um brilho no olhar.

— Valeu, sra. A. A senhora é demais!

Penso no dia em que Dean me deu a pulseirinha da amizade enquanto subia a colina com vista para a Brimsby Road. Pode ter sido anos atrás, mas aquele momento está fresco em minha memória. Dean foi tão compreensivo naquele dia e, embora eu torça para que as coisas permaneçam tão simples quanto naquela época, ainda não faço ideia de como vou colocar tudo isso em palavras. Como é que vou convencê-lo a acreditar em algo em que eu mesmo mal acredito?

"Oi, você não me conhece, mas nós somos melhores amigos gays em outro universo. Se incomodaria de me deixar entrar?"

Estou tão distraído com esses pensamentos que nem reparo no ruído a princípio. Conforme vou subindo a colina, porém, torna-se impossível ignorá-lo. É algo mecânico. Barulhento. O som fica cada vez mais inquietante, até me forçar a disparar. Corro até o topo da colina, até a rua da casa de Dean ficar à vista.

Só que ele não mora lá. De fato, ninguém mora, porque Brimsby Road e todo o terreno em torno dela não é nada além de entulho. Uma cerca imensa agora contorna o perímetro, e as mandíbulas metálicas de tratores ruidosos estão ocupadas despedaçando tudo. Destruindo o local que eu considerava um segundo lar e, junto dele, toda esperança de encontrar meu amigo.

Olho para o poste onde o cartaz com os dizeres BATALHA POR BRIMSBY ficava. Em seu lugar, agora há um aviso da empreiteira, em rosa neon, gabando-se orgulhosamente dos prédios em construção que estarão ali *em breve*.

A mãe de Dean era uma lutadora incomparável, mas, neste mundo, parece que essa briga foi perdida — ou pior, que nem chegou a acontecer.

Não, penso. Dean não teria permitido que eles demolissem toda a Brimsby Road sem lutar, e eu também não vou permitir. Sem nem pensar, começo a descer a colina apressado, o maquinário ficando cada vez mais barulhento conforme me aproximo da cerca do perímetro.

— Parem! — Ouço o meu próprio grito, minha voz se entrecortando enquanto meus dedos se prendem nos elos da corrente. — Parem! — grito de novo, mas ninguém me escuta. — Por favor, parem…

Alguns dos operários olham na minha direção, rindo entre si, porque obviamente meu sofrimento é *hilário*. Um deles, porém, não está rindo. Ele é o menor do grupo e parece preocupado.

— Você tá bem, colega? — pergunta, começando a vir na minha direção. Ele tira o capacete e os óculos de proteção e, no mesmo instante, eu o reconheço.

— Chris?! — digo. — O que…? O que você tá fazendo aqui?

— Desculpe, eu te conheço? — responde, coçando a barba por fazer. Mas aí ele olha para baixo, para o crachá com seu nome na jaqueta de alta visibilidade e ri. — Ah, é!

— Sou eu, o Max — falo. Mas é em vão, porque já sei que ele não tem a menor ideia de quem sou eu neste mundo. Mas estou chateado demais para ser lógico no momento.

— Desculpe, colega, acho que você está me confundindo com outra pessoa.

Ele olha para os outros, dando de ombros como se achasse que sou um lunático, e todos eles riem de novo, como se eu não estivesse bem ali.

— Como é que isso tudo foi aprovado? — indago, olhando ao redor. Uma das placas de rua da Brimsby Road está caída, torta e amassada numa pilha de asfalto arrancado do chão. — Ninguém tentou impedir? E a Batalha por Brimsby?

— Batalha pelo quê? — Ele parece ainda mais confuso agora. — Olha, colega, eu não sei de nada disso aí. Eu só trabalho aqui, sabe?

— Mas aqui é onde mora o Dean! Dean! — grito.

Eu *sei* que ele não sabe quem é o Dean, *sei* que nada disso é culpa dele, mas ainda assim fico tão zangado, mesmo sendo despropositado, porque... como ele ousa, porra?!

— Olha — diz Chris, soando surpreendentemente gentil —, eu não sei o que tá rolando aqui, mas você parece bem chateado com alguma coisa, então talvez devesse ir para casa, hum?

— Que seja — desdenho, me afastando da cerca com um empurrão. — Eu nunca gostei de você, mesmo.

— Eu também nunca gostei de você, colega — diz ele, rindo, como se não fosse nada. Se a mamãe o ouvisse dizendo isso, ela o deixaria num instante. — Cuidado ao voltar para casa, hein?

— Não me diga o que fazer! — grito de volta, dando as costas e indo embora.

É óbvio que Chris não vai poder me ajudar, e não sei se quero a ajuda dele de qualquer maneira. A única pessoa que quero agora é Dean.

DE REPENTE HÉTERO

Mas, se ele não mora aqui, então onde ele está? Ninguém na Woodside parece se lembrar dele — nem Oliver, nem Alicia, nem mesmo a sra. A.

Odeio admitir, porque não há nada mais assustador do que isso, mas estou começando a pensar que talvez, neste mundo, não exista um Dean Jackson no fim das contas.

CAPÍTULO DEZ

Neste momento, meu quarto é o único lugar onde me sinto seguro. Passei as últimas horas pesquisando por Dean no computador, mas não adiantou. Ele não tinha redes sociais no mundo real, mas estava torcendo para que talvez tivesse neste. Existem uns mil Dean Jackson no Snapchat. Mais mil no Insta. Ele não é nenhum deles. É como procurar por uma agulha num palheiro.

Fiquei tão desesperado que estou até pensando em contar o que houve para a mamãe e o papai, mas qual é a chance de eles acreditarem em mim? Não sei nem se eu mesmo acreditaria em mim no momento. De fato, estou convencido de que não acreditaria. Mas que outra opção me resta?

Quando abro a porta do quarto e sigo em direção à escada, entretanto, da cozinha vem um som muito familiar.

— Por favor, você pode dar só uns cinco minutinhos de paz? Estou exausto! — dispara papai. — Você não trabalha, não entende como é cansativo.

— Eu não trabalho? — Mamãe solta em resposta. — O que você acha que eu faço nesta casa o dia todo, então? Fico sentada com os pés pra cima? Quem faz o jantar? Quem lava as suas roupas? Quem você acha que mantém esta casa funcionando?

— Não foi o que eu quis dizer — responde papai. — Eu só... Não consigo lidar.

Eles devem ter me ouvido na escada, porque a discussão para subitamente.

— Max? — mamãe chama. — É você?

— Sou eu, sim — digo, relutante. Tenho vontade de voltar, subir pela escada e me trancar de novo no quarto, mas, se eu quero a ajuda deles, terei que os encarar em algum momento. Então entro na cozinha.

Eles estão de pé em lados opostos da cozinha, o balcão entre eles. Mamãe está pálida, como se sua força vital tivesse sido sugada. Papai não parece muito melhor.

— O que está havendo? — pergunto, olhando de um para o outro.

— Nada — responde mamãe. — Só estamos tendo uma discussãozinha. Só isso.

Ela tenta mascarar seu humor com um sorriso nada convincente e meu coração se despedaça. É exatamente assim de que me lembro, exatamente como as coisas eram antes de eles se divorciarem. Mas se eles estão tendo exatamente as mesmas discussões, então por que ainda estão juntos neste mundo? Simplesmente não faz sentido algum. Mamãe e eu sempre fomos tão honestos um com o outro que dói vê-la mentindo na minha cara. Dá a sensação de que ela não é minha mãe, de forma alguma, só uma desconhecida que se parece com ela.

— Bom, vocês estavam brigando, isso é claro — digo, me apoiando no batente da porta. — Então vamos conversar, tá? Em vez de abafar tudo e fazer seja lá o que for *isso aqui*.

Papai suspira.

— Tem razão, Max. Nós dois estamos sob muito estresse no momento. Mas está tudo bem. Realmente, não tem motivo algum para você se preocupar.

— Se é o que você diz — respondo, me empenhando ao máximo para não revirar os olhos. Por mais que eu fosse *amar* brincar de conselheiro conjugal, não é por isso que estou aqui. — Nesse caso, tem uma coisa sobre a qual eu queria conversar com vocês. Vocês podem não entender, mas eu só preciso que me escutem, tá?

— É sobre as suas notas? — diz mamãe. — Porque nós já conversamos sobre isso, e sempre podemos contratar um professor particular pra você...

— Minhas notas? Não, não é isso. É...

— Você levou suspensão de novo, não foi? — questiona papai, cansado.

— De novo? Como assim, *de novo*? Não, não, é...

— Alicia? — diz mamãe. — Bem, nós estávamos querendo mesmo ter *aquela conversa* com você. Não é, Henry?

— Ah, sim — papai concorda. Impossível parecer menos empolgado do que ele. — *A conversa.*

— A conversa? — pergunto. — Por favor, não me digam que vocês estão falando da conversa sobre educação sexual, porque nós provavelmente deveríamos ter falado a respeito disso uns quatro anos atrás...

— Bem, achamos que talvez você precise escutar tudo de novo — diz mamãe, levantando a sobrancelha. — Com esse negócio de você sair escondido para a casa da Alicia e tudo o mais.

— Sair escondido para a casa da Alicia? — gaguejo. — Nós não estamos fazendo sexo, se é isso que quer dizer.

— Bem, só para prevenir, caso estejam — argumenta mamãe. — Não sabemos o que você sabe, e só queremos garantir que você esteja preparado...

— Camisinhas. Bebês. Pílula do dia seguinte — enumero. — Deixei passar alguma coisa?

— Menstruação? — indaga papai, e mamãe o olha como se ele fosse maluco.

— Não precisamos falar sobre menstruação, Henry.

— E sobre consentimento, então?

— Sim! — diz ela. — *Definitivamente* precisamos conversar sobre consentimento.

— Eu entendo o que é consentimento! — rosno. — E menstruação também, aliás! E a julgar pelo que estou ouvindo eu é que deveria estar educando vocês dois! Sexo é mais do que pênis e vaginas. Vocês sabem disso, né? Pessoas LGBT+ também precisam de educação sexual!

— O que é que você tem com os LGBT agora? — mamãe pergunta.

— Ah, sei lá. Talvez porque não devêssemos sempre presumir heterossexualidade como o padrão? Deus do céu, será que podemos não fazer isso agora? Estou tentando contar uma coisa a vocês!

— Viu, eu te disse que era uma má ideia — diz papai.

— Ah, bom, obrigada pelo apoio! — mamãe dispara. — Lá se vai a ideia de trabalharmos juntos como uma equipe.

— Parem com isso! — peço. — Dá pra pararem de brigar?

— Ele tem razão — papai pondera. — Pare de tentar provocar uma discussão.

— Provocar uma discussão? — Mamãe joga os braços para o alto. — Foi você quem começou!

— Lá vamos nós... — Papai revira os olhos. — Tudo é culpa minha. Que surpresa!

— Quer saber? Deixem pra lá — digo, virando para sair da cozinha.

— Não, vem cá, Max. Conte para a gente qual é o problema — mamãe chama conforme me afasto.

— Nada não — grito em resposta, dirigindo-me para a porta de casa. — Está tudo ótimo, fantástico.

— Aonde você vai, Max? — grita papai, mas eu o ignoro. — Max?

— Caso precisem de mim, podem ligar! — digo. — Ah, é, não dá, porque vocês não me deixam usar meu celular!

Saio batendo a porta. Essa última parte foi gostosa.

— Eu falei que nós não devíamos ter tomado o telefone! — ouço papai berrar enquanto desço o caminho da garagem pisando duro. — Como é que ele vai entrar em contato com a gente numa emergência?

— Eu ofereci o Nokia 3310 para ele! — mamãe grita em resposta. — Mas ele disse que não estava interessado numa relíquia velha e empoeirada!

Ouço a porta de casa se abrir e ambos saem me chamando, mas agora é tarde demais, porque já estou descendo a rua.

Se eles não vão me ajudar, talvez outra pessoa possa fazer isso.

A casa de Dean normalmente seria minha primeira parada numa crise, mas como ela não está mais disponível, dirijo-me então para a casa de Alicia. Ainda não sei como lidar com os novos sentimentos despertados por ela, mas, no momento, ela parece a única coisa ao meu alcance que ainda lembre minha normalidade. Ela ainda é minha melhor amiga, mesmo que as coisas sejam um pouco *complicadas.*

Darius abre a porta, suado depois de um treino, e me olha desconfiado.

— Maxwell? — Ele parece surpreso. — Bem, antes tarde do que nunca, acho.

Maxwell é tecnicamente o meu nome, mas a única vez em que o escuto é quando mamãe está muito, muito zangada comigo. "Maxwell Timothy Baker, o que é OnlyFans e por que tem uma cobrança disso no meu cartão de crédito?"

Isso mesmo, eu me chamo Max T. Baker. E, falando bem rapidinho, soa como um dos passatempos preferidos de todo adolescente[*]. Imagina a alegria do primeiro ano do ensino médio quando se deram conta disso no meio da aula de biologia.

— Eu devia bater a porta na sua cara — continua Darius. — Eu respeito minha filha o suficiente para deixar que ela tome as próprias decisões, mas não gosto de você, Max. E não sei por que ela sempre te defende. Você claramente não merece.

— Oi? — digo. Quem é esse homem e o que ele fez com Darius Williams? — Eu fiz alguma coisa errada? — pergunto, mas ele apenas cerra os dentes.

Nunca tinha achado seu porte físico intimidador antes, mas, neste momento, ele parece capaz de me esmagar.

— O encontro de vocês? — ele diz, por fim. — Você está apenas duas horas e meia atrasado.

— Ô merda! — respondo. — Eu esqueci completamente.

---

[*] O autor brinca com a semelhança sonora entre o nome abreviado "Max T. Baker" e "masturbate" (masturbar-se). [N. E.]

— Por que é que não estou surpreso? Alicia! — chama, e a voz dele é potente o bastante para causar um pequeno terremoto. — Aquele seu "namorado" finalmente resolveu mostrar a cara. Quer que eu diga onde ele deveria enfiá-la?

— Estou indo! — responde Alicia, e um instante depois, ela aparece no topo da escada. — Max! — diz, descendo correndo para enlaçar os braços em mim. Ela parece genuinamente aliviada. — Você me deixou preocupada. Ollie também.

— Eu sei, desculpa — repito, enquanto ela começa a me arrastar para o andar de cima.

— Deixe a porta do quarto aberta! — Darius avisa quando passamos.

— Vamos deixar! — Alicia responde, mas daí imediatamente a fecha. — O que tá rolando, Max? Você vai simplesmente desaparecer assim? Fugir da escola? E depois perder o nosso encontro? Como se o papai precisasse de outro motivo para antipatizar com você! Eu tive que fazer *tanto* controle de danos... Você faz ideia de como é humilhante levar um bolo do *seu próprio namorado*?

— Desculpe mesmo, de verdade. É só que tudo ficou de repente muito intenso na escola. Tipo, totalmente esmagador, e eu não sabia o que fazer.

— Você tem agido de maneira meio estranha, Max — diz, com mais compaixão agora. — Ollie disse a mesma coisa. Até o Thomas disse que você mudou ultimamente, e olha que ele é tão perceptivo quanto um porquinho-da-índia...

— As coisas estão meio... estranhas — comento. — Tipo, estranhas *mesmo, mesmo*.

— Como assim, estranhas? — retruca Alicia. — Você fala praticamente em enigmas... Por que está se isolando de mim, Max? Por que não pode simplesmente me contar o que está havendo? São os seus pais? Eles estão brigando de novo?

— Estão, sim... — confirmo. — Como sabe disso?

Ela encolhe os ombros.

— Só um palpite. Desculpe, eu pensei que as coisas estivessem melhorando entre eles. Só torço para que eles se entendam logo.

— Obrigado — agradeço. Pelo menos isso é algo que posso compartilhar com ela.

Ela se debruça e me beija no rosto. Seus lábios dão uma sensação boa, quase reconfortante até.

— E aquele cara, o Dean? O que era aquilo?

Eu olho para o espaço acima da cama dela, onde ficava sua pintura de nós três. A ausência do quadro é paralisante; o quarto parece vazio sem ele. Quero contar a Alicia o que houve — foi por isso que vim para cá —, mas agora que estamos cara a cara, simplesmente não consigo encontrar as palavras.

— Ah... Não é nada.

Dói dizer isso sobre Dean. Quero gritar para fazer Alicia acordar, para fazê-la entender que nosso melhor amigo *sumiu*, mas não é culpa dela que não consiga nem se lembrar dele. Esta realidade é tudo o que ela conhece, e Dean não faz parte dela. Eu tenho que me ater ao plano. *Aja normalmente.* Pelo menos até poder entender isso tudo.

— Tá bom — diz ela. — Mas eu estou aqui, Max. Você não precisa me afastar.

Ela coloca a mão no meu ombro e a desliza por todo o meu braço até pegar na minha mão. A estática entre nós aumenta. Oh-oh...

— Obrigado — agradeço, apertando a mão dela por um instante antes de soltá-la.

Ela inclina a cabeça para o lado então, como se sugerindo um beijo, e eu estaria mentindo se dissesse que não sinto vontade. Quase me aproximo, mas não. Não posso fazer isso. Se eu cruzar esta linha, jamais conseguirei voltar atrás.

Em vez disso, eu a puxo para um abraço, os braços dela enlaçando minha cintura e, apenas por um momento, sinto como se o mundo lá fora não existisse, como se ela tivesse tirado todos os problemas de cima dos meus ombros. É assim que é estar num relacionamento? É gostoso, ainda que, lá no fundo, eu saiba que isso não está certo.

Dou uma olhadela para a penteadeira, lembrando da última vez que estive aqui. Gritando e tirando o esmalte das unhas. Tudo parece tão infantil agora, é difícil até compreender por que fiquei tão furioso.

Olho para o quarto com um pouco mais de atenção, notando tardiamente como tudo está diferente. O cavalete que fica no canto não está lá, os pincéis que antes cobriam todas as superfícies sumiram, até o quadro de inspirações acima da mesa dela desapareceu.

— O que aconteceu com os seus materiais de arte?

— Como assim? — pergunta ela, parecendo confusa enquanto me solta. — Está bem aqui.

Ela vai até a mesa e levanta um bloco de desenho, a única prova que resta de seu talento artístico. Eu pego o bloco e o abro, mas me decepciono ao ver que a coleção de arte ousada foi substituída.

— Tem muitas imagens de... Nós dois — observo, folheando as páginas, sentindo cada vez mais culpa. — Em que mais você está trabalhando?

Não encontrei os projetos cenográficos dela no departamento de teatro, mas ela deve estar usando seu talento para *alguma coisa*.

— Como assim? — questiona. — Eu não estou trabalhando em nada.

— Nadica de nada?

Ela revira os olhos.

— Você está soando como o papai. Eu não preciso trabalhar *o tempo todo*, sabe? No que *você* está trabalhando agora?

— Bom... Em nada...

— Exatamente. E está tudo bem. Temos permissão para nos divertir um pouco, Max.

— Mas eu pensei que você havia dito que criar coisas *era* divertido... — comento. — Sua maior felicidade é trabalhar em seu próximo projeto grandioso... E o Baile dos Monstros?

— O que tem ele?

— Talvez você pudesse decorá-lo...

— O quê? — diz ela. — Por que *você* não faz isso?

— Porque você é que é a artista! Você que tem talento.

— Você acha mesmo que pendurar alguns fantasminhas de papel pode ser considerado arte? Acha mesmo que essa é a minha paixão, Max? O que eu quero fazer da vida?

— Mas você poderia fazer algo especial. Transformar o auditório, criar tipo uma gruta assombrada!

— Uma *o quê* assombrada?

— Tipo um *dark room*, mas que podia chamar de gruta!

— Você andou cheirando cola, foi? — Alicia debocha. — De onde saiu isso, Max? Como se eu tivesse tempo para coisas do tipo!

— Mas você sempre arrumou tempo! — digo. — Você adora o Baile dos Monstros!

— E, mesmo assim, você não me perguntou se eu quero ir com você...

— Bom, eu sou seu namorado, né?

— Simon namora com a Rachel, e a convidou em grande estilo. Foi praticamente um evento.

— Mas nem é a formatura... — protesto. — É o Baile dos Monstros.

— É, e ele organizou um *flash mob* enorme! Eles cantaram "Monster Mash"!

— Aposto que todos estavam monstruosos.

— Não tem graça.

Franzo o cenho.

— Eu simplesmente não entendo como isso pode ser visto como romântico. Quero dizer, que coisa mais típica de hétero...

— Como assim, de hétero? *Nós somos um casal hétero*, Max!

— Aff, nem me lembre — solto um grunhido.

— O que quer dizer com isso?

— Esquece — digo. Estamos soando como papai e mamãe. Sempre discutindo sobre *alguma coisa*, e, no entanto, nunca discutindo sobre *nada*. — Desculpe, tá? Sinto muito por não ter feito um convite desses pra você, apesar de ainda não ser a formatura.

DE REPENTE HÉTERO

— A questão não é essa...

Ela suspira, e não sei como responder. Por mais insignificante que seja tudo isso, ela parece genuinamente chateada. Este pode não ser o *meu* mundo, mas ela ainda é a Alicia, e não suporto vê-la triste.

— Desculpe — digo, finalmente, soando muito mais sincero agora. — Eu não sou um namorado muito bom, né?

Ela não responde. Só vira a cabeça e desvia o olhar.

— Porque eu devia ser. Você merece que eu seja.

Ela torna a olhar para mim neste momento e, pela primeira vez desde a minha chegada, sua expressão se suaviza e ela me dá um sorrisinho de apreciação. Eu lhe devolvo o bloco de desenhos.

"Eu queria poder ter o que você tem, Alicia. Queria ser uma das pessoas *normais*."

Isso é exatamente o que eu disse que queria, mas agora que consegui, percebo como estava enganado. Fecho os olhos e, em silêncio, desejo que as coisas voltem a ser como eram antes. Não sei o que eu esperava que acontecesse, mas nada acontece.

— É isso, então? — falo baixinho. — Esta é a minha vida agora?

Olho para minhas unhas sem esmalte. Minhas mãos parecem não me pertencer.

— A vida fica ruim de vez em quando, Max — Alicia pondera. — Dizem que a coisa melhora, mas eu não acredito nisso, não. Às vezes as coisas não melhoram. Às vezes, até pioram. Às vezes, ficamos presos no mesmo lugar...

— Isso era para ser um discurso motivacional? — pergunto. — Porque não está motivando muito.

— É só que não acho que devemos ficar sentados, esperando a vida melhorar. Não precisamos de permissão para sermos felizes, Max. Sempre é possível encontrar alegria nas coisas, mesmo nas menores. Ainda que seja só um pouquinho.

— Acho que sim — concedo, mas não estou falando a sério. Onde está a alegria num mundo sem Dean, em que meus pais estão infelizes, em que eu não posso ser quem eu de fato sou?

Inexplicavelmente, meus olhos são atraídos de volta para a penteadeira de Alicia, onde pousa em um vidrinho de esmalte com glitter. É um azul cintilante, não muito diferente da cor que Dean estava usando da última vez que o vi. É absolutamente lindo e, quando o pego e viro, observo o reluzir do líquido conforme se move, subindo e descendo no vidrinho. Ficaria tão bonito com a jaqueta universitária azul e amarela que encontrei no meu guarda-roupa! Eu sei que não combina com minha nova personalidade de garoto hétero, mas, francamente, não ligo mais. Se vou ficar preso aqui, não acho que isso seja pedir muito. Talvez Alicia esteja certa. Talvez eu ainda possa encontrar um pouco de alegria.

— Você acha que eu posso usar isso? — pergunto, mostrando o esmalte.

— Você quer passar o meu esmalte? — pergunta Alicia, olhando meio estranho para mim.

— Deixa para lá — digo rapidamente, percebendo a maluquice. Caras hétero não usam esmalte, Max. Não seja ridículo.

Alicia dá uma risadinha.

— Claro que pode — ela afirma, gentilmente retirando o esmalte das minhas mãos. — Encontre algo que te dê um pouco de alegria, né? Aqui.

Ela traz a cadeira da mesa até o meu lado.

— Obrigado. — Eu sorrio, um sorriso real dessa vez. Esta é a Alicia que eu conheço e amo. — Eu podia me acostumar com isso — digo, sentando e me ajeitando até ficar de frente para ela.

— Sabia que a Rachel diz que eu tenho muita sorte? — pergunta ela, desrosqueando a tampa. — Por ter um namorado tão confortável na própria pele. Sabe quantas garotas adorariam pintar as unhas do namorado?

Eu rio.

— Não muitas. Tenho quase certeza de que isso não existe.

— Bom, no meu caso, existe — Alicia destaca, simplesmente, começando a aplicar a primeira camada. — É preciso ter a mão muito firme para fazer isso aqui. Os caras não nos dão crédito suficiente pela dificuldade da coisa. Nem o Ollie consegue.

— Ele nunca me pareceu do tipo que usa esmalte

— Foi o que ele disse no começo também. Ele mudou de ideia assim que viu como ficou bacana nele. Ficou uma graça mesmo. — Faz uma pausa rápida para olhar para mim. — Talvez não tão gracinha quanto você — acrescenta ela, enquanto observo a cor voltando às minhas unhas.

É gostoso, até mesmo reconfortante, como retomar algo que é meu. Também me faz sentir como se estivesse mais próximo de Dean, e isso me dá esperança. Encontrarei um jeito de voltar para ele. Não tenho ideia de como farei isso, mas vou encontrar. Eu devo isso a ele.

— Lembra de quando nos conhecemos? — pergunta Alicia.

Ela não tira os olhos do que está fazendo, mas posso ver que está sorrindo, relembrando.

— Claro que lembro — respondo. — Tínhamos doze anos.

Disso eu tenho certeza. Nós nos conhecemos na Woodside, vindo de duas escolas diferentes.

— E você se lembra de qual foi a primeira coisa que você me disse?

— Não faço ideia — admito.

Quem vai saber o que o Max Hétero pode ter dito?

— *Belos sapatos* — diz ela, e isso me pega de surpresa, porque foi exatamente isso que eu disse a ela no mundo real. — Que raios de cantada furada é essa?

— Você está brincando, né? Eles eram incríveis!

Ela estava com um par novinho de Vans brancos em que tinha feito rabiscos com canetinhas coloridas. Em todo caso, é da Alicia que estamos falando, então quando eu digo "rabiscos", o que quero dizer é "decorado como o teto de um palácio fantástico". Eu sabia que seríamos amigos assim que pus os olhos neles.

— Você se lembra! — Ela me abre um sorriso radiante.

— Claro — reforço, e não sei por que me surpreende que Alicia e eu tenhamos nos conhecido nesta realidade da mesma maneira que na minha. Quanto mais tempo passo no mundo do Max Hétero, mais me dou conta de que, na realidade, não somos tão diferentes assim. Penso no guarda-roupa organizado; eu ainda pareço ter um bom olho para roupas, o que já é alguma coisa. E *existem* estilistas e designers hétero, afinal. Eu me lembro da sra. A me colocando como *consultor de figurino* no programa de *A pequena loja*. Talvez ela tivesse notado algo. Talvez tivesse enxergado algo que eu mesmo não pude ver.

— Prontinho — declara Alicia, inspecionando minhas unhas e conferindo seu trabalho. — Terminado.

Ergo as mãos, observando o brilho deslumbrante sob a luz.

— Fabuloso! — exclamo, talvez um tanto afeminado demais, e Alicia ri.

— Combina com você — comenta, bem quando ouvimos passos retumbando escada acima.

— Eu falei para manter isso aqui aberto! — rosna Darius. — É melhor vocês não estarem...

Ele para no meio da frase ao abrir a porta e me ver inspecionando as unhas recém-pintadas.

— Mas que...?

— Sim, papaizinho? — Alicia bate as pestanas inocentemente.

— Isso... Não era o que eu estava esperando. Vocês estão pintando as unhas um do outro?

— Bem, ela está pintando as minhas — falo, levantando-as para que ele possa olhar melhor. — Acho que ela ainda não confia em mim para me deixar pintar as dela.

— Talvez com um pouco de prática — retruca Alicia, maliciosa. Ela está gostando disso tudo além da conta.

Parece maldoso provocar Darius assim — eu e ele sempre fomos amistosos até agora —, mas, ao mesmo tempo, eu estaria mentindo se dissesse que não estou me divertindo também.

— Certo, bom, tá bem — grunhe, claramente sem saber o que dizer. — Prossigam, então. Estarei lá embaixo. Mas mantenham a porta aberta. Não vou repetir uma terceira vez. Não desconsidero expulsar você dessa casa, Maxwell.

— Com certeza, Darius — digo.

— Pra você é sr. Williams. Não vá ficar convencido.

— Sim, senhor — declaro, e tento segurar um sorriso malicioso.

— Estarei de ouvidos atentos — ressalta ele, deixando a porta escancarada enquanto some de volta escada abaixo.

Alicia ri um tanto cedo demais; ele definitivamente a ouviu.

— Ele faz uma cena de durão, mas é um fofo por dentro. Você só não viu esse lado dele ainda.

— Eu vi os sinais — comento, pensando nele pedindo ao Dean para pintar as unhas dele. — Ele só é muito protetor, só isso.

— Você tem razão nisso — ela concorda. — Ollie é praticamente o único garoto adolescente em quem ele confia. Você deveria ver os dois juntos. Eu tenho que afastar o papai toda vez que Ollie vem para cá. Ele diz que queria que todos os caras fossem um pouco mais como o Ollie.

— Então talvez ele só precise ver um lado diferente de mim…

Ela dá de ombros.

— Talvez. Só não conte com isso.

— Já estou contando — brinco, com um sorriso, e ela retribui.

— Sou mesmo a garota mais sortuda do mundo, hein?

Ela me abraça de novo e eu gentilmente correspondo, com cuidado para não estragar as unhas. Então ficamos em silêncio, e eu olho para o espaço vazio onde ficava a pintura de nós três. Mesmo quando as coisas começam a parecer melhores, tenho que me lembrar de não ficar confortável demais. Não posso me acostumar com essa vida. Tenho que voltar para o mundo real. Para Dean.

Mas talvez só por essa noite. Talvez eu possa desfrutar disto apenas por uma noite.

— Será que eu podia ficar aqui? — pergunto. — Tipo, no chão, que nem uma festa do pijama? Não na cama com você, obviamente — acrescento, meio sem jeito, e Alicia gargalha na hora.

— Não sei o que te faz pensar que papai permitiria isso — diz. — De jeito nenhum, nem a pau. Mas bela tentativa.

— Ah — lamento. — É claro. Eu só não queria voltar para casa essa noite.

— Eu sei — declara Alicia, em um tom mais suave. — Queria que você pudesse ficar. Queria mesmo.

— Eu entendo. — Sorrio em resposta. — Talvez pudéssemos assistir a um filme ou algo assim antes de eu voltar para casa, então? Uma daquelas comédias românticas "tranqueira" que você gosta tanto?

— Claro — concorda ela. — Vou estourar pipoca para nós.

— Doce? — pergunto, cheio de esperança.

— Salgada. De doce, já basta você.

OITO ANOS ATRÁS

Não sei o que há em tênis novos, mas sinto meus passos mais animados quando a campainha do intervalo toca e me ponho a sair da sala de aula. São os Air Max novinhos que eu vinha pedindo há tempos, brancos como a neve e impecáveis, com muitos detalhes intrincados. Mamãe e papai os compraram para mim como um agrado extra especial. Eram para ser para o dia da foto na escola, na semana que vem, mas eles me deram antecipadamente.

— Tudo bem, Max? — pergunta Thomas, me dando um peteleco na nuca ao me encontrar sentado no barranco gramado junto à lateral do campo de futebol. Eu não gosto da companhia dele, mas o suporto porque temos vários amigos em comum. — Vai jogar hoje? — continua ele, jogando a bola de futebol de uma mão para a outra. — Ou vai dar pra trás de novo, como da última vez?

— Hoje não — respondo, levantando para me afastar bem quando alguns dos outros garotos se juntam a nós. — Vou entrar e comer lá dentro, na verdade.

— Ah, o que é isso, não seja tão gay — diz ele, revirando os olhos.

— Eu não sou — declaro com firmeza. — Só não quero estragar meu tênis novo.

— Me soa muito gay. — Thomas ri, assim como alguns dos outros.

— Não tô nem aí — retruco, dando as costas, mas ele me puxa pelo capuz e me arrasta para trás. — Me solta — peço, empurrando-o para longe. — Me deixa em paz.

— *Me deixa em paz* — arremeda ele, numa vozinha aguda exagerada, e tenta pegar meu capuz de novo. — Vamos lá, Max, deixa de ser chato.

Luto para me soltar, mas ele puxa com mais força até eu tropeçar para trás no barranco. Tento manter o equilíbrio, mas escorrego na lama e acabo caindo.

Eu rolo duas vezes, tento me afastar dele apressadamente, mas todo mundo ao redor simplesmente ri. Não ouso olhar para meus tênis. Já sei que estão arruinados. Sinto vontade de chorar, mas sei que não devo fazer isso na frente dele.

— Por que você é tão imbecil?

Levanto a cabeça e vejo que quem está falando é Dean Jackson. Nós frequentamos algumas aulas juntos, mas nunca conversamos de verdade.

— O que te importa? — dispara Thomas, o enfrentando.

— Você realmente não tem nada de bom, né? — aponta Dean. — E é por isso que fica empurrando os outros por aí. Para tentar disfarçar o fato de que você *é um zé-ninguém*.

Alguns dos amigos de Thomas riem ao ouvir isso, o que o deixa sem jeito.

— Pelo menos eu não sou gay — resmunga. Dean imediatamente se ilumina.

— É isso aí, Thomas, eu sou gay. E sei que você provavelmente pensa que isso quer dizer que eu gosto *muito* de você. Mas se eu tivesse que escolher entre você e qualquer outro garoto dessa escola, você seria o último. Pelo menos os seus amiguinhos aqui têm personalidade. E talento. Lyle é um jogador de futebol incrível, Jack é hilário de verdade, e Santiago... Bom, *todo mundo* quer namorar o Santiago. Agora, você, Thomas? O que exatamente você tem de bom?

Thomas fica quieto enquanto os amigos dele encaram Dean, chocados.

— O gato comeu sua língua? — Dean arqueia a sobrancelha perfeita.

Thomas apenas resmunga um débil "Tô nem aí" e sai do campo cabisbaixo.

Eu me pergunto se os amigos dele vão se voltar contra Dean agora, mas, em vez disso, eles só o chamam de "praticamente uma lenda". Dean faz uma mesura graciosa.

— Ele vai atrás de você mais tarde — comento, assim que ficamos só nós dois.

Dean dá de ombros.

— Que venha. Eu lamento muito pelos seus tênis.

— Tudo bem — digo, olhando para eles. — Mas meus pais vão me matar. Era para eu usá-los no dia da foto.

— Imagino que podemos limpá-los. — Dean sorri. — Na verdade, sei que podemos. Vem, eu vou te ensinar.

CAPÍTULO ONZE

— Ah, pelo amor de Deus!

A voz de mamãe vindo de algum lugar do térreo me acorda num suor frio. Papai começa a gritar em resposta e sinto um aperto familiar no estômago quando percebo que nada mudou de um dia para o outro. É meu terceiro dia no Mundo Hétero, e três dias são mais que suficientes, muito obrigado. Não sei se foi o que Alicia disse sobre encontrar alegria ou o fato de que estou usando as unhas safira cintilantes, mas estou decidido que hoje é o dia em que vou consertar isso.

O primeiro item na agenda é recuperar meu celular. Mamãe pode pensar que vai ficar com ele até o final da semana, como se uma desintoxicação digital fosse, de algum jeito, consertar a bagunça que é esta família, mas eu sei *exatamente* onde ela o escondeu. Tenho checado antecipadamente meus presentes de Natal desde os catorze anos. Só existe um lugar onde ela poderia estar aprisionando meu celular, e está na hora do resgate.

— Eu não ligo se é cheio de calorias! — berra papai. — Já trabalho duro o bastante sem ter que me preocupar com um pouquinho de manteiga a mais na minha torrada!

— É você quem sempre reclama da sua barriga! — retruca mamãe. — Mas, tudo bem, vá em frente e se empanturre de manteiga. Eu não dou a mínima!

Meus pais, senhoras e senhores — defensores da positividade corporal. Se você tem "os pais do Max discutem sobre manteiga" na sua cartela de bingo com a temática Brigas em Família, já pode riscar. Parabéns!

Coloco uma calça de moletom e me esgueiro para o térreo. Por mais que seja difícil ouvi-los falar desse jeito, a discussão me oferece a cobertura perfeita para uma operação secreta.

O quarto deles parece diferente. Até esquisito. Estou tão acostumado com este espaço sendo apenas da mamãe que parece estranho estar num quarto que compartilha a personalidade dos dois. A penteadeira da qual costumava roubar maquiagem agora está espremida do lado da mamãe. A mesa de cabeceira de papai está amontoada de livros não lidos do Dan Brown e cerca de uma centena de variações da mesma gravata cinza. Nunca pensei que diria isso, mas sinto saudades dos pinguins dançarinos.

Acho que é o detalhe que menos faz sentido em tudo isso — por que mamãe e papai ainda estão juntos neste mundo? E por que o papai nunca saiu de seu emprego sem perspectiva de futuro? A melhor coisa que ele fez foi abrir a própria empresa. Nunca vou esquecer do dia em que ele trocou as calças sociais pretas por um jeans. A vibe casual e elegante caiu como uma luva nele, e foi incrível ver como ele ganhou confiança em si mesmo.

— Geleia de limão? — berra mamãe. — Não existe geleia de limão, Henry!

— Bom, e o que é *isso aqui*, então? — papai responde gritando.

Eu o imagino levantando um pote de marmelada em triunfo — e totalmente equivocado.

— Isso é *creme de limão*! — zomba ela.

É neste ponto que deixo de prestar atenção neles. Não estou em condições de lidar com uma discussão sobre conservas de café da manhã.

Rapidamente vou até o guarda-roupa, composto pelo carnaval caótico das peças coloridas de mamãe de um lado e, do outro, pelo altar à conformidade dos ternos monocromáticos de papai. Eu me abaixo para abrir o fundo falso e bingo: basta deslizar o painel e lá está meu telefone. Previsível como sempre, mamãe, e é por isso que eu te amo.

Ainda tenho meia hora antes de precisar sair para a escola, então me esgueiro de volta para a minha cama. Ponho LANY para tocar no computador para abafar a discussão entre mamãe e papai e ligo o telefone. Espero um momento até as vinte e seis mil notificações terminarem de apitar. Há inúmeras mensagens de Oliver e Alicia, algumas também de Thomas, pelo visto, mas, previsivelmente, nada do Dean. Ele também não aparece nos meus contatos. Acho que uma parte minha ainda se apegava à esperança de que nós dois nos falássemos de algum jeito — correspondentes secretos ou algo assim —, mas meu celular indica que não.

Faço outra busca rápida no Google e então continuo procurando entre os infinitos Dean Jackson disponíveis no Instagram. Nada ainda. A internet está me dizendo que ele simplesmente não existe.

Vou para o perfil de Alicia, caso haja alguma pista lá, e de cara fico horrorizado pelo que descubro. Assim como em seu bloco de desenhos, toda a arte dela *sumiu*. As ilustrações, as pinturas, as *selfies* em frente aos trabalhos de "cenografia magnífica". Ela ainda é incrivelmente popular — há zilhões de fotos dela em festas, divertindo-se com grupos grandes de amigos, igualzinho à Alicia que conheço —, mas cada obra de arte parece ter sido substituída por fotos de nós dois. É como se uma grande parte dela estivesse faltando. Tenho que voltar dois anos para encontrar alguma obra dela, mas daí, de súbito, há arte em abundância.

O que mudou?, eu me pergunto, mas já sei qual é a resposta.

O que mudou fomos *nós*.

Confiro meu próprio perfil, e o contraste é indiscutível. Tenho que rolar bastante para encontrar alguma foto em que eu e Alicia estamos juntos, e quando encontro, somos só nós dois nos beijando do lado de fora de uma lanchonete. Nem de longe as fotos ensaiadas de deixar o queixo caído com #LoveWins que sempre fantasiei em postar com meu futuro namorado. Clico nos comentários.

Fofinhos!

Vocês combinam demais!

Emoji de abacaxi, sem motivo nenhum!

ThomasMulbridge69 escreveu "#Casalperfeito", mas, francamente, não sei se somos um casal perfeito não.

No geral, meu perfil é um pouco menos vívido e colorido do que meu perfil na vida real, mas ainda é bem estruturado e, estranhamente, tenho mais seguidores. Na maior parte, só me alegro de ver que ainda estou postando meus *looks do dia*. Eles precisam de atenção, é claro — está faltando aquele *algo a mais*, aquele brilho, aquele *tchan* sutil —, mas me dou nota dez no quesito esforço.

Entretanto, há uma foto específica que se destaca. É da semana passada, e estou com uma calça cáqui justinha, a barra dobrada para mostrar um pouquinho do tornozelo. Combinei com um par de tênis brancos simples da Nike e um blusão de capuz off-white com as mangas cortadas. Parece que passei a tesoura na costura para deixar a blusa com um visual envelhecido, e ficou muito legal, de verdade. É muito *carinha hétero*, devo admitir, e não algo que eu normalmente usaria, mas estou bem impressionado com meu trabalho, de verdade. Até passei um spray de ação noturna para moldar os cachos da franja para conseguir um efeito extra. O Max Hétero pensou em tudo mesmo. Ainda pode haver esperança para os meninos hétero.

Dou uma olhada rápida no meu *feed* e não me surpreende ver que sigo tanto a Kim Kardashian como a Kylie Jenner. Max Hétero, evidentemente, pensa com o pênis. No mundo real, só sigo pessoas que me inspiram. Gente como Tom Holland e Wi Ha-Joon e aquele cara do comercial de pasta de dente com barriga tanquinho...

Deixo o celular de lado e abro o guarda-roupa para ver o que tenho à minha disposição. Nas quartas, vestimos cor-de-rosa — é uma regra básica, claro, e é uma surpresa agradável ver que Max Hétero tem duas camisetas dessa cor, uma num tom salmão; a outra, pêssego. Pego a salmão e visto um suéter azul-esverdeado por cima para combinar com minhas unhas — muito *Andy Sachs em seu primeiro dia na "Runway"*.

Completo o *look* com um relógio azul que encontro no fundo da gaveta e um jeans branco. Este visual está *gritando* por um par de All Stars azul-bebê, mas não tenho nada assim em meu arsenal no momento, então me conformo com meias azuis e tênis brancos. Não é bem o tipo de visual que eu normalmente usaria, mas me relembro de que sou hétero agora e não posso esperar cabeças virando *toda vez* que ando pelos corredores. O visual tem que dizer "cheguei", mas não "chegay". Mas ainda deixo meu cabelo perfeito. Não sou um animal. Hoje é um dia para mudar o mundo, e é imprescindível estar com a aparência certa para isso.

O *look* está terminado e eu estou pronto para sair. Coloco os AirPods para abafar a discussão dos meus pais e saio apressado pela porta, sem tomar café da manhã. Nada de manteiga para o Max hoje, e, com certeza, nada de geleia de limão.

Coloco Pet Shop Boys e George Michael das antigas enquanto saio desfilando empoderado, e a *playlist* culmina com Ariana Grande e Troye Sivan bem quando faço minha entrada triunfal no corredor principal da Woodside Academy — que serve como passarela para mim e Dean.

Vejo que Shannia está revirando o armário e, sabendo que ela definitivamente vai apreciar o visual, vou direto até ela.

— Oi, Max — diz, espiando de trás da porta do armário. — Visual novo?

Ela está me analisando, mas quem está de visual novo é *ela*. O cabelo colorido está de volta ao seu tom escuro natural e todos os broches do Orgulho sumiram de sua mochila. Ela está vestida de preto, como se as cores tivessem sido drenadas dela.

— Só experimentando — respondo, me apoiando nos armários, garantindo que ela possa dar uma boa espiada nas minhas unhas fabulosas.

— Ficou bonito. — Ela sorri, e vejo um pouco de sua cor voltar.

— Obrigado — agradeço, dando uma voltinha. — E como vai você? Quais são as novidades? E cadê a Gabi?

— Oi? — pergunta, confusa. — Gabi? Quem é essa?

— Gabi Jimenez — digo, mas ela apenas me encara, sem entender. Titubeio.

— Então você não está namorando ninguém?

— Não — responde ela, olhando ao redor ansiosamente, como se estivesse preocupada que alguém fosse nos ouvir. — O que te fez pensar que eu estivesse?

— Nada — desconverso, mas meu cérebro está em parafuso outra vez. — Te vejo mais tarde, tá?

Dou as costas para ela e sigo pelo corredor. Primeiro Dean sumiu, agora Gabi? É como se eu fosse um Thanos homofóbico ou algo assim. Um estalar de dedos e apaguei da existência metade da população queer.

Pego o celular e faço uma busca rápida no Insta por Lil Nas X e — graças a Deus! — ele ainda existe, porque o que faríamos sem ele? Está sendo quase impossível não entrar em pânico, mas tenho que continuar focado. Tudo isso é temporário. Vou dar um jeito. Tenho que conseguir dar um jeito....

— Uma graça seu *look* — diz Oliver, quando entro na sala de recreação.

Esqueci de mim por um instante e tenho que olhar para conferir o que estou vestindo.

— E belas unhas — acrescenta ele, se servindo de uma xícara de café. — Alicia te pegou também, hein?

— Ah — tento me recompor —, foi ideia minha, na verdade.

Estendo a mão, deixando a luz refletir o azul das unhas.

— Ficaram bacanas, né?

— Estão incríveis — ele comenta. — Mas devo dizer que estou um pouco surpreso. Tipo, você nunca se vestiu puramente como um menino hétero... Mas isto aqui!

Eu rio.

— Vou considerar como um elogio!

— Definitivamente, foi a intenção — responde Oliver, com um leve rubor. — Quem sabe? De repente pode contagiar alguns dos outros garotos.

— Vamos torcer.

De qualquer forma, é gostoso não ter mais que fingir. Como se enfim pudesse ser eu mesmo. Na maior parte, pelo menos.

— Olha, desculpa por ontem — digo, lembrando de como saí pisando duro, procurando alguém de quem ele nunca nem ouviu falar. — Minha cabeça estava uma bagunça.

— Não se preocupe. Todos nós temos dias assim, né? Quer conversar a respeito? Pegar um café no Starbucks, talvez? — Faz uma careta ao tomar um gole de seu café instantâneo. — Não sei por que me dou ao trabalho de tomar isto.

— Temos tempo? — Olho para o relógio, levantando o braço sem sutileza alguma para mostrar que ele, de fato, combina perfeitamente com minha roupa.

— Temos, ainda falta meia hora para a aula de inglês. Venha, eu pago — diz, me dando um tapinha no braço daquele jeito afetuoso que os héteros fazem de vez em quando.

— Tudo bem — aceito, ajeitando a mochila nas costas e o seguindo para fora da sala.

Um cafezinho matinal com Oliver Cheng. O Max Gay estaria enlouquecendo agora, mas, na verdade, parece natural.

— E então, o que tá rolando? — Oliver pergunta enquanto atravessamos o campo de futebol lado a lado.

A grama ainda está orvalhada. O cheiro de outono paira no ar.

— É uma dessas coisas difíceis de explicar — começo. — Tipo, penso que ninguém poderia se identificar com o que estou passando, então não quero nem me dar ao trabalho, sabe?

— Tente comigo — sugere, e há algo reconfortante em caminhar ao lado dele assim, sem ter que o olhar diretamente nos olhos. — Sentindo que está sozinho e que ninguém consegue te entender de verdade? Sei como é. Eu não conheço mais ninguém queer aqui em Woodside. *Tem que haver mais*, mas às vezes sinto que sou o único.

Neste momento penso em Shannia, e me espanto por ela não ser assumida neste mundo. E daí penso em Dean e Gabi, os dois sumidos. Queria poder contar a Oliver sobre eles. É de se supor que, quanto mais pessoas saírem do armário, mais pessoas terão a confiança de fazer o mesmo, mas é difícil ignorar a sensação de que, ao menos em Woodside, Dean foi a primeira peça de dominó que pôs tudo em movimento.

— Você já pensou em fundar um Clube Queer? — pergunto. — Talvez isso encoraje alguns alunos a saírem do armário…

— Talvez… Havia um em Londres. Um punhado de gente. E não eram só os gays. Havia representantes assumidos de todo o arco-íris. Aqui, estou totalmente sozinho.

— Você não está sozinho, Oliver — digo, e queria que ele entendesse quanto estou falando sério. — Tipo, é óbvio que não entendo como é ser gay.

Não quero soar como se estivesse me assumindo para ele. Não posso fazer isso com o Max Hétero.

— Mas estou do seu lado. Como seu amigo hétero, nem um pouquinho gay, totalmente hétero.

Oliver ri.

— Tudo bem, Max. Eu não acho que você é gay, não se preocupe. Não vou tentar nada com você, se é com isso que está preocupado.

— Não estou — comento. — Preocupado, quer dizer. Quero dizer, você mesmo comentou… Eu não faço o seu tipo, né?

— É — retruca ele, rapidinho. — Mas você *fica* uma graça quando entra em pânico.

Ele sorri, e as covinhas dele aparecem.

— Fico, é? — Mexo as sobrancelhas. Nós dois caímos na risada.

Fico surpreso com quanto nos damos bem. Quanto mais tempo passo com Oliver, mais me dou conta de que estava deixando passar uma amizade ótima na minha realidade. Se eu apenas pudesse enxergar além da minha obsessão paralisante e ver a pessoa que ele de fato é…

— E então, o que você vai fazer depois da escola? — pergunto. — Quando a gente se formar?

— Gostaria muito de escrever para uma revista. Em Manchester, talvez? Birmingham? Ou Brighton, para estar junto da comunidade gay!

— Não vai ficar por aqui, então?

— Você vai? Woodside é legal e tudo o mais, mas o mundo é enorme. Além do mais, temos que ir onde estão os empregos.

— Você soa como a Alicia — comento, rindo. — Ela não se cansa de falar da carreira dela.

— Eu, literalmente, nunca a ouvi falando disso — observa Oliver. — Ela passa a maior parte do tempo reclamando de você.

— Estamos falando da mesma Alicia? — questiono, e é só quando falo isso que me lembro de que não estamos mesmo. *Jesus Cristo, Max, controle-se!* Mas, por algum motivo, não posso simplesmente largar mão do assunto. — E sobre a faculdade de belas-artes? Esse ainda é o sonho dela, né?

Oliver dá de ombros.

— Não sei não, Max. Ela nunca mencionou isso para mim.

Sinto o mesmo vazio de ansiedade que tive olhando para o Insta dela hoje cedo. Eu tenho que colocá-la de volta nos trilhos, de alguma forma.

Chegamos ao Starbucks, então o sigo porta adentro. A despeito da minha preocupação com Alicia, fico deliciado quando Oliver pede um par de cafés *latte* gelados de baunilha sem nem me perguntar. Max Hétero gosta de café gelado! Vou comemorar todas as pequenas vitórias.

— Nome? — a garota atrás do balcão pergunta.

— Thelma — diz Oliver.

— Louise — acrescento, e ela assente, anotando com um sorrisinho.

Sinto um quentinho no peito ao ver que ainda estou fazendo essa brincadeira, mesmo sem o Dean. Mas a sensação é acompanhada por uma pontada de culpa. Não posso simplesmente substituí-lo por Oliver. Ainda tenho que dar um jeito de voltar para ele. Não vou desistir disso. Nem agora, nem nunca.

Nos sentamos na calçada do lado de fora por um tempinho enquanto as pessoas vêm e vão com *macchiatos* fumegantes e seus copos de *chai* tamanho *venti*.

— Eu adoro isso — comenta Oliver. — Só observar as pessoas… É bacana, né?

Ele acompanha com o olhar um cara atraente com cabelos loiros encaracolados e calças excepcionalmente justas.

Dou risada.

— Aposto que adora mesmo. Você é um tarado, Oliver.

— O quê? — Ele cora, voltando a olhar para mim. — Eu não queria dizer nesse sentido. Digo, obviamente que também vale para uns gostosões, mas simplesmente adoro observar as pessoas. Todo mundo levando a própria vida, com a própria história. Tudo é inspiração, certo?

— Suponho que sim — respondo, saboreando a baunilha gelada. — Mas inspiração para quê?

— Bem, para qualquer coisa — explica. — Andei pensando em escrever um livro, e qualquer uma dessas pessoas poderia inspirar um personagem novo. E você curte moda, né? Deve ter ideias observando o estilo de outras pessoas, não? Tipo aquele cara de óculos ali?

— Ou ela, talvez? — digo, gesticulando para uma jovem numa jaqueta de retalhos de lona. Adoro como dá para ouvir o barulho dos saltos dela do outro lado da rua.

Ele me cutuca na costela.

— É claro que você sugeriria a gostosa — ele brinca.

Na verdade, eu nem tinha reparado nisso. Acho que ela não é meu tipo.

— É um jeito legal de ver as coisas, mas, neste momento, não estou buscando inspirações de estilo — afirmo, pensando em minha busca infrutífera por Dean. — O que você quer escrever? O próximo *Jogos vorazes*, talvez? Ouso dizer o próximo *Harry*…

— Não! — interrompe ele, num horror fingido. — Como ousa me comparar a *ela*?

— Desculpe! O que seria, então? Horror? Mistério? Ficção científica?

— Talvez romance? — diz, e então desvia o olhar como se estivesse envergonhado. — Sei lá, tanto faz. Definitivamente, algo queer.

— É? Você vai se limitar assim mesmo?

— Me limitar? — Ele franze o cenho. — É preciso escrever sobre o que se conhece, Max. Está me dizendo que você não leria um livro só porque tem gays nele?

— Bom, é claro que *eu* leria — respondo. — Mas as pessoas hétero... — *Caralho!* — *Outras* pessoas hétero, digo... Você sabe como elas são. Se não houver alguém tipo a Olivia Rodrigo suspirando por causa de um sósia do Joshua Bassett, elas simplesmente não vão se interessar.

Oliver ri.

— Isso foi *bem* específico, Max.

— Assim como o gosto das pessoas hétero! Existem *três* filmes de viagem no tempo, estrelados pela Rachel McAdams. E ela nunca nem chega a viajar no tempo! Ela só pode ficar lá sem fazer nada esperando o cara terminar!

— Ficar sem fazer nada esperando o cara terminar? — indaga Oliver. — Acho que isso é algo com que *muitas* mulheres podem se identificar, na verdade...

Quase engasgo com o café. Quem imaginaria que Oliver Cheng podia ser tão atrevido?

— Talvez você devesse escrever um livro sobre gays que viajam no tempo, então? — sugiro. — A personagem poderia voltar no tempo e corrigir todos os erros cometidos pelos héteros.

— Como não dar um Oscar para o *Meninas malvadas*?

— Exatamente! Rachel McAdams foi roubada!

— Você tem opiniões surpreendentemente fortes sobre a Rachel McAdams — comenta Oliver, rindo. — Então leria mesmo um livro com um grande romance gay que culmina com dois caras em pegação?

— Mas é claro — respondo. — Ué, por que não leria?

Ele escancara um sorriso.

— Vou te dar uma lista de recomendações então.

— Só que eu leio devagar, então não crie muita expectativa. Provavelmente vou levar uns seis meses só para terminar um deles.

— Você me lembra da Laci, minha melhor amiga em Londres. Acho que ela ainda está se arrastando para terminar um livro que dei para ela, tipo, um ano atrás...

— Eu me distraio fácil! — justifico. — Na metade da página começo a pensar nas cenas no chuveiro em *Elite*.

— Essa eu não vi — responde. — Muitas garotas peladas, então?

— Ah... É — digo. *Graças a Deus* que ele não viu. Pare de fazer referência ao antigo gosto de telespectador gay, Max!

— E então, Laci. — Mudo de assunto rapidamente. — Conte-me mais.

— Eu só falo sobre ela, tipo, noventa por cento do tempo.

— Eu sei — digo. — Mas gosto do jeito como você fica animado quando fala dela.

— Ah, é? — Ele sorri. — Bem, eu te contei que foi ela quem me encorajou a sair do armário, né?

Preciso ter cuidado aqui.

— Me relembre.

— Bom, ela se assumiu muito antes de mim. Ela me disse num dia e no dia seguinte já contou para a escola toda. Simples assim. E ela sofreu. Os professores usavam os pronomes errados, usavam o nome morto dela, o de sempre. Mas ela seguiu em frente. E vê-la fazer tudo isso fez minhas dificuldades parecerem insignificantes.

— Mas elas não são insignificantes — declaro. — Elas importam.

— Foi o que ela disse também.

Ele abre o Instagram e mostra uma foto dele com uma menina linda, com cabelo loiro ondulado e mechas cor-de-rosa. Ela me lembra um pouco de Emma Stone no papel de Gwen Stacy — os mesmos olhos azuis inocentes, de tirar o fôlego. Os dois estão rindo descontroladamente para a câmera, daquele jeito que só é possível fazer com alguém que se conhece e ama de verdade. Já vi essa foto antes enquanto bisbilhotava o Instagram dele, mas nunca reparei de verdade nela. Agora é como se a visse com novos olhos.

— Eu ainda converso com ela, todo dia — Oliver fala, orgulhoso. — Estou pensando em convidá-la para vir aqui em breve, para vocês enfim a conhecerem. Imagino que vão se dar superbem. Mas ela é marrenta. Devora meninos hétero como você no café da manhã.

— Eu também tinha um amigo assim — comento, pensando em Dean.

— Tinha? O que houve?

— É complicado... — Suspiro. — Mas agora ele se foi, e eu sinto saudades dele.

— Bem — diz Oliver, pensando a respeito por um instante. — Tem algo que você possa fazer para consertar isso? Tipo, vocês tiveram uma discussão ou algo assim?

— Eu falei umas coisas que não queria ter dito — admito. — E agora não tenho como voltar atrás.

— Todos nós falamos coisas que não queríamos ter dito às vezes, Max.

— Eu sei. Mas desta vez é como se fosse permanente. E agora *estou* preso nisso para sempre.

— Bom, nunca é tarde demais. — Oliver passa o braço ao meu redor. — Tenho certeza de que você vai dar um jeito. E se houver algo que eu possa fazer...

— Valeu, Oliver — agradeço. — Eu me sinto um pouco melhor, na real.

— É? — Ele sorri e nossos olhares se encontram.

— É — confirmo e, apenas por um momento, é quase como se houvesse uma faísca entre nós.

Como um raio que desaparece tão depressa quanto surgiu. Por instinto, desvio o olhar por um instante, procurando por algo que quero demais acreditar que exista quando volto a encará-lo. Mas não há nada. Talvez fosse só o meu desejo de que fosse verdade.

DE REPENTE HÉTERO

— É melhor voltarmos. — Oliver pigarreia, tirando a mão do meu ombro. — Senão vamos nos atrasar para a aula de inglês.

— Ah — digo. — Tá, é verdade.

Jogo a mochila nas costas.

— Estou muito feliz por sermos amigos, sabe?

Oliver sorri.

— Eu também — ele retribui, e então voltamos para a escola como se nada tivesse acontecido.

CAPÍTULO DOZE

Eu e Alicia estamos sentados no barranco gramado ao lado do campo de futebol. Os holofotes que iluminam o campo projetam sombras que perseguem os jogadores pelo gramado. Já está escuro, apesar de acabar de passar das seis da tarde. Nunca há mais do que um punhado de espectadores, não é como naqueles filmes estadunidenses em que a cidade inteira se reúne para assistir ao jogo dos alunos do ensino médio. Também não temos líderes de torcida, mas Alicia grita e bate palmas e faz o barulho de um esquadrão inteiro toda vez que literalmente qualquer coisa acontece. Estou tomando o segundo copo de café do dia. O tempo está esfriando, então cometi o pecado mortal de trocar o café gelado por um quente. É saborizado com *pumpkin spice*, então é perdoável.

Woodside está ganhando de 2 a 1 de Grove Hill, a escola particular que fica do outro lado da cidade, e é legal ver que ao menos uma vez Oliver não é o único jogador com cadarços de arco-íris. Um membro do time adversário também os usa. Grande feito um caminhão, com um corte de cabelo mais alto no topo e rente nas laterais e cachos moldados com habilidade, ele é bem bonitão, o tipo de cara que parece não ter mais idade para estar num time de futebol do ensino médio.

Acho que nunca me ocorreu que, dentre todos os lugares, o campo de futebol seria um local para encontrar outras pessoas LGBT+. Dean e eu sempre nos mantivemos longe de qualquer coisa relativa a esportes. Nunca viemos sequer assistir a um jogo de Oliver.

— Qual é o nome dele? — pergunto para Alicia, indicando o jogador misterioso com o queixo.

Ele sorri ao derrubar Oliver e roubar a bola. Oliver também está sorrindo, a língua despontando de lado com determinação quando dispara atrás dele.

— Kedar — responde. — Ele é o capitão. Ollie fala dele de vez em quando.

— Legal ele estar com cadarços de arco-íris. Você acha que ele é...

— Gay? Não sei, provavelmente. Ou só está tentando demonstrar apoio...

Ela pega na minha mão e a passa em torno do ombro, aninhando-se em mim. É gostoso ficar perto dela assim, e não sinto que estou passando de nenhum limite. Alicia e eu sempre fomos muito táteis um com o outro.

— Legal — comento. — Pode ser meio solitário, às vezes, sentir que você é um dos únicos jovens queer da cidade.

Alicia me olha de um jeito estranho.

Logo me corrijo.

— Para o Oliver, digo. Estou falando do Oliver.

— Ah, sim. — Ela assente. — Acho que ele ainda sente saudade dos amigos que tinha em Londres. Ele conhecia muita gente da comunidade LGBT+ por lá. Deve ter sido difícil deixá-los...

— Bem, ele tem a mim — declaro. — Estou sempre ao lado dele.

— E eu também, óbvio, mas nós não sabemos como é ser gay, Max. Às vezes, acho que ele só precisa de alguém que o compreenda.

— E a sra. A?

Alicia solta uma fungada.

— Ela tem uns cem anos, mas, claro, ela e Ollie deviam começar a fazer umas festas do pijama. Você *definitivamente* deveria sugerir isso.

Dou de ombros.

— Imagino que ela seria boa em *Fortnite*. Algo me diz que aqueles dedinhos são bem habilidosos.

Alicia se vira para mim.

— Isso foi uma piadinha com lésbicas?

— Não, do que você...? Ai meu Deus, credo!

Do campo vem um grito quando Kedar chuta a bola no fundo da rede. Ele puxa a camisa por cima da cabeça para celebrar, revelando um tanquinho que o faz parecer uma estátua grega.

— Ô loooooooouco — observa Alicia, sem conseguir desviar os olhos dele. — O corpo dele é incrível. Como é que alguém consegue ficar sarado assim?

Eu rio.

— Seu pai é literalmente um *personal trainer*!

— Eu sei, mas Kedar tem o quê, dezoito anos? Como isso é possível?

— Aquilo ali é fruto de uns cem mil abdominais — digo. — O que eu não daria por uma barriga tanquinho daquelas... O cara parece um Adônis.

— Tá bom, já entendi, Max. — Alicia ri.

— Só estou dizendo que, com um corpo daqueles, deve haver uma fila para pegar o telefone dele...

— Está começando a parecer que *você* quer o telefone dele — ela me provoca, exatamente quando o juiz apita o fim do jogo.

A partida terminou em empate, 2 a 2. Oliver aperta as mãos dos adversários enquanto eles se revezam para dar tapinhas nas costas uns dos outros, repetindo *bom jogo* várias e várias vezes. Fico fascinado com o modo como Oliver entra nessa heterossexualidade ritualística com tanta facilidade. Ele nos vê sentados no barranco e sorri enquanto se aproxima. Agora que está mais perto, reparo nos respingos de lama por toda a perna, o short branco impecável agora arruinado.

— Você arrasou — elogio. — Chutação de bola fantástica, de fato.

Ele ri.

— Valeu, Max. Convidei os membros dos dois times para vir na reuniãozinha hoje à noite. Mal posso esperar para vocês conhecerem todo mundo.

— Você quer dizer, na festa? — Alicia abre um sorriso radiante, levantando-se de um pulo.

— É uma *reuniãozinha*, pequena — Oliver reitera.

— Se você diz, Ollie — responde ela, com um sorriso. — Você sabe que Thomas convidou metade das garotas da escola, né? Literalmente, qualquer uma que estiver respirando.

Ele solta um grunhido.

— Ai, meu Deus, vou matar o Thomas. Você ainda vem, né, Max?

— Ah, sim, é claro — confirmo.

Honestamente, tinha me esquecido por completo da "reuniãozinha" de hoje à noite na casa do Oliver. Estava planejando usar esse tempo para pensar em novas formas de encontrar o Dean, mas suponho que uma noite de folga não vai fazer mal. Não é como se Dean fosse sumir se estiver por aí. Além do mais, neste momento, eu aceitaria qualquer desculpa para ficar longe dos meus pais. Se tiver que escutá-los tendo outra discussão sobre comidas, acho que vou ficar maluco.

Mamãe deve ter ficado com a orelha vermelha só deu eu pensar, porque meu celular começa a tocar em seguida.

— *Argh*, é melhor eu atender — comento, me levantando para que eles não escutem.

— Eu sabia! — mamãe exclama assim que eu atendo. — Você não pode simplesmente revirar minhas coisas, Max. Pensei que tivéssemos sido roubados!

— Bem, isso é um tanto irônico, não acha? — respondo. — Que você esteja me ligando no telefone que não queria que ficasse comigo?

— Bem, deixe isso pra lá — ela desconversa. — Nós mal te vimos a semana toda e estamos preocupados com você. Quando você vai vir pra casa?

— Não sei — respondo. — Provavelmente amanhã.

— Amanhã? Por quê, onde vai passar a noite?

— Vou ficar na casa do Oliver.

— Ah — diz ela, e há uma longa pausa enquanto ela pensa. — Bem, suponho que tudo bem. Desde que vocês dois não estejam...

— Deus do céu, mãe. — Reviro os olhos com tanta força que é provável que ela tenha ouvido do outro lado da linha. — Eu estou com a Alicia, não estou? E só porque Oliver é gay, isso não significa que ele dorme com todo cara solteiro que passa a noite na casa dele.

— Não foi o que eu quis dizer! — protesta ela, mas é *exatamente* o que ela queria dizer.

— Vai ser um grupo pequeno que vai passar a noite, não se preocupe — garanto. — E se eu subitamente decidir que preciso ser comido pelo garoto gay, prometo que usaremos camisinha.

— Ai, meu Deus, Max — gagueja ela, mas, francamente, estava pedindo por isso.

— É só uma reuniãozinha pequena, tá? Prometo que não vai acontecer nada de ruim.

Coisas ruins estão acontecendo. E numa noite de semana. A "pequena reuniãozinha" do Oliver fugiu um pouco do controle e estou *mais* do que levemente preocupado com os móveis. Alicia não estava brincando: a notícia se espalhou mesmo e praticamente todo mundo do último ano apareceu. Kedar e seus colegas de time também estão aqui e, considerando-se que a maioria de nós ainda não completou dezoito anos, uma quantidade obscena de bebida alcoólica brotou do nada.

Eu costumava fantasiar sobre como seria vir para a casa de Oliver, mas nunca imaginei nada tão extravagante assim. Os pais dele são claramente ricos — a casa é enorme, com um jardim gigante e sebes bem-cuidadas circundando o perímetro. Parece uma daquelas casas de Hollywood que a gente vê na TV. Há um refrigerador gigantesco de onde sai gelo, uma daquelas lareiras modernas e sexy que contorna todo o piso de madeira de lei brilhante da sala de estar, e um conjunto de alto-falantes que perpassa a casa toda — inclusive *todos os quatro banheiros*. Mas dá para ver que eles só estão aqui há um ano. A casa toda passa aquela sensação de "nova". Não consigo identificar exatamente o que é, mas dá para saber que não faz tempo que há pessoas morando aqui.

Sem surpresa alguma, os copos já acabaram, e sem os copinhos vermelhos de plástico clássicos à disposição (o plano era ser uma reuniãozinha pequena), Oliver recorreu à distribuição de canecas e tudo o mais que possa servir como recipiente para álcool. Estou razoavelmente certo de ter visto Kedar tomando vinho num copo medidor. Ele podia muito bem parar de fingir comedimento e cortar o intermediário, bebendo direto da garrafa.

— Experimenta só isso — diz Oliver, bebendo de uma caneca no formato do porco de *Toy Story*.

Estamos sentados no primeiro degrau da escada e ele faz uma careta ao engolir a mistura e me entregá-la. Tem gosto de Red Bull misturado com solvente de tinta. Eu queria preparar margaritas (encontrei um passo a passo no YouTube e tudo o mais), mas a tequila que eu vi mais cedo já está nas mãos dos jogadores de futebol, que agora estão tomando *shots* em porta-ovos.

— Tem razão, é horrível. Vou preparar outra coisa — admite Oliver. — Algum pedido?

— Vodca com *cranberry*, talvez? — peço. — Qualquer coisa que não tenha gosto de chumbo.

— Não vou prometer nada — ele responde com um sorriso, me deixando no sopé da escada.

— Oi, Max!

Poppy Palmer instantaneamente toma o lugar de Oliver.

Ela enrolou o cabelo, e os cachinhos caem por cima dos ombros dela. Está bem bonita. Nunca pensei que ela faria o meu tipo — uma escolha um tanto óbvia demais, talvez —, mas neste momento, não há como negar que ela está cumprindo todos os requisitos.

— Pepê — cumprimento com um sorriso. — Como vão as coisas?

Ela está com uma blusinha branca onde se lê LEVEMENTE DRAMÁTICA em letras-cor de-rosa. É familiar, mas não consigo me lembrar de onde.

— As coisas estão ótimas, Max — responde. — Mas meus olhos ficam aqui em cima.

— Ah, desculpe, eu só estava… Sua blusinha… Eu a reconheço de algum lugar.

—Tenho certeza que reconhece. — Ela dá uma piscadinha e sinto sua perna empurrar a minha. — Regina George? — diz, e finalmente me ocorre. — É a que eu usei no meu aniversário do ano passado. Sabe, antes do incidente com o *Steven Grandão*.

— Ah, é — assinto. — O *Steven Grandão*…

Não faço a menor ideia de quem é esse.

— Fiquei dolorida por, tipo, uma semana depois.

— Ficou, foi? — indago. Isso parece informação em excesso mesmo vindo da Pepê.

— Meu pai teve que me ajudar a subir a escada quando cheguei em casa. Eu literalmente não conseguia nem andar.

Deus do céu, coitado do pai dela.

— Então o Steven Grandão realmente está à altura da… reputação?

— Eu que o diga — ela comenta, rindo. — E coitado do Ollie! Tinha chegado em Woodside há apenas, o quê…? Duas semanas? E teve que ir no pelo, na frente *de todo mundo*.

Ela gargalha e eu praticamente engasgo sozinho.

— Steven Grandão é um cavalo, né? — disparo. — Por favor, me diga que ele é um cavalo…

— Como é? — questiona. — Steven Grandão não é um cavalo, Max.

— Não? — Engulo em seco.

— Não — diz Pepê. — É um touro mecânico, você sabe disso. Você estava lá.

— Ah, sim, claro que eu estava — confirmo. Estou suando. — Eu só estava brincando.

— Você é meio esquisito de vez em quando, sabia, Max?

Pepê ri um pouco alto demais e sua mão se move, nada sutilmente, na direção do meu joelho.

— Queria mesmo que a gente passasse mais tempo juntos. Penso isso toda vez que te vejo. A gente realmente devia se ver *mais*…

— Acho que sim… — digo. — Só ando ocupado, acho.

— Com a Alicia? — pergunta. — Sabe, se você precisar de um tempinho separado…

Sinto meu coração começar a bater acelerado. Meu corpo todo está esquentando, ficando agitado. Jamais faria isso com Alicia, mas estaria mentindo se dissesse que não há uma parte de mim que está a fim. Pepê está com a mão na minha coxa agora e, embora moralmente eu não esteja de acordo com nada disso, não há nada que eu possa fazer para impedir: estou numa viagem só de ida para a cidade da ereção.

— Talvez esteja na hora de provar algo novo — ela sugere, e acho que tem um bom argumento.

Passei a vida toda atraído por garotos; talvez devesse tentar com uma garota. Digo, a vida gira em torno de experiências, certo? Talvez eu pudesse só…

— Não. — Levanto e me afasto dela. — Digo, não, obrigado — acrescento, lembrando da educação. — Fico lisonjeado, mas estou feliz com a Alicia — complemento, mentindo deslavadamente.

— Ah… — Ela ri, inocente. — Max, eu não estava sugerindo que fizéssemos nada pelas costas dela. Digo, Alicia é minha amiga…

— Ah, sim, claro — falo, mas ela não está tapeando ninguém.

— Mande mensagem quando quiser, tá? — propõe, se levantando e tocando meu braço.

Vejo Rachel Kwan me lançar uma olhada do outro lado da sala, então me afasto rapidinho. Por sorte, Alicia está de costas para nós.

— Tudo bem, Max, entendi — retruca Poppy, retirando a mão. — Estou só tentando ser amigável.

— Eu sei — afirmo — e agradeço. Talvez se as coisas fossem diferentes…

— Talvez — ela concorda, torcendo um dos cachinhos. — De volta para sua namorada, então. — Ela aponta na direção de Alicia com o queixo. — Mas eu não terminei isso ainda, Maxwell…

Poppy dá uma piscadela, bagunçando meu cabelo enquanto vai conversar com outra pessoa.

Minhas mãos estão tremendo, de verdade. Quem imaginaria que ser um garoto hétero cheio de hormônios podia ser tão difícil? Ser gay sempre me deixou com pouquíssimas opções, então nunca considerei como seria ter não apenas uma, mas DUAS pessoas a fim de mim. Digo, estou lisonjeado, mas como é que os héteros lidam com isso?

Sempre desprezei aqueles caras horrendos que traem as namoradas, mas acho que eu estava a uma roçada de perna de distância de me tornar um deles. Enfio a mão no bolso para "ajeitar as coisas" e espero um pouco para que o inchaço diminua. A sensação traz de volta lembranças de quando eu tinha catorze anos e era chamado a ficar na frente da sala toda. Sempre no pior momento possível.

— Vamos de "Eu nunca..."? — sugere Thomas, quando me junto a Alicia e os outros.

Esta costuma ser minha brincadeira preferida quando estamos bebendo, mas é a última coisa que quero jogar no momento. Meu passado nessa realidade é território desconhecido. Eu nem *sei* se eu nunca...

— Eu começo — Simon Pike se manifesta.

Ele e Rachel estão sentados lado a lado no sofá, os membros todos enredados porque Deus o livre passarem um momento sequer sem se tocarem. Rachel está com uma blusinha de gola rulê preta, combinando com uma saia pregueada verde que orna com a camiseta de banda horrorosa de Simon. Aprecio o empenho, mesmo que Simon não tenha notado. De fato, é provável que eu tenha sido o único a notar.

— Eu nunca... Fui pego no flagra assistindo pornô — começa Simon.

Bem, pelo menos para essa eu sei a resposta, já que aconteceu literalmente dois dias atrás. Começando com o pé direito, Max. Tomo um gole discretamente.

— Ah, Max! — Alicia ri quando bebo. — Pode acontecer com qualquer um — minimiza, mas é evidente que não, porque eu sou o único a beber.

— Eu nunca… — começa Rachel, olhando para o grupo, analisando todos os rostos em busca de pistas sobre nossos segredos mais profundos e sombrios. — Eu nunca… Me masturbei na escola.

Não sei por quê, mas todo mundo se vira para mim. É como se, no instante em que acontece algo remotamente embaraçoso, todo mundo simplesmente presume que tem a ver com o Max.

— Eu nunca fiz isso mesmo! — proclamo, na defensiva. — Quero dizer… Ao menos, acho que não.

E então, para a surpresa de todos, Oliver discretamente beberica seu drinque. Por sorte, isso desvia as atenções de mim.

— Oliver Cheng! — Alicia solta um gritinho. — Onde foi, Ollie? No fundo da sala de inglês? O sr. Grayson é o seu tipo, é?

— Ai, meu Deus — exclama ele, corando. — Não vou dar detalhes!

— Estraga-prazeres — ela lamenta, e eu concordo.

Estou curioso para saber onde foi. Na sala de recreação no fim do dia, quando todo mundo já foi embora? Nas duchas do vestiário depois do treino? Meus sentimentos gays podem estar dormentes, mas essa imagem ainda permanece em minha mente por mais tempo do que provavelmente deveria.

— Tá bom, minha vez — irrompe Alicia. — Eu nunca… Beijei um garoto.

Rachel e Alicia tomam golinhos. Oliver praticamente termina sua bebida. Um gole para cada garoto sedento no Instagram, sem dúvida. "Me atropela com um caminhão"…

— Pode beber então, Max — instiga Thomas, brindando comigo.

— Oi? Eu sou hétero — guincho, talvez um tanto na defensiva. Nunca imaginei essas palavras saindo da minha boca, e no entanto, eis-me aqui.

Thomas me encara, malicioso.

— Não era tão hétero assim quando ficou de amasso comigo no jardim nos fundos da casa da Alicia — alega ele.

— É o quê?!?!

De jeito nenhum que Thomas e eu nos beijamos — mas que caralhos?!

— Tinha me esquecido disso — confessa Alicia, rindo. — Na minha festa de aniversário de treze anos, jogando verdade ou desafio! Você beijou o Thomas na boca, tem que se lembrar disso!

— Ah, sim, é claro — respondo, tomando um golinho, irritado.

Não posso acreditar que o Max Hétero beijou um garoto antes de mim. E que esse garoto foi o Thomas, minha nossa.

— Minha vez? — Oliver diz em seguida. — Eu nunca...

Ele dá uma olhada para o grupo, indo de Rachel para Simon, para Alicia e então para mim.

— ... Me apaixonei pelo meu melhor amigo.

Os três bebem. Acho que eu provavelmente devia beber também, então bebo.

— Isso foi fofo. — Alicia sorri.

As covinhas de Ollie aparecem e ele encolhe os ombros.

— Ah, não se preocupe, Ollie. A gente ainda vai encontrar alguém para você. Falando nisso: aquele é o Kedar de quem você sempre fala, né? — Ela indica a cozinha, onde Kedar está jogando uma partida barulhenta de *Ring of Fire* com seus colegas de time.

— Seis! Caralhos! — Eu os ouço gritar, levantando os copos num brinde.

— Eu não falo *sempre* dele! — protesta Oliver. — Eu o mencionei, tipo, duas vezes. Mas ele é um cara bacana. E um ótimo jogador também.

— E tem um tanquinho melhor ainda — acrescenta Alicia. — Até o Max gostou daquela barriga.

— Ai, meu Deus, não gostei, não! — nego, envergonhado.

— Só estou brincando! Mas é sério, Ollie, você nunca mencionou como ele era gato. Guardando segredos da gente agora, é?

— Acho que eu nunca reparei — responde Oliver. — É, ele é bonito, acho.

— Ah, Ollie, por favor! Ele é lindo. É claro que você reparou.

— Estou começando a achar que talvez *você* queira sair com ele, Alicia — insinuo.

— É, talvez você tenha uma concorrência aí, Maxxie. — Ela brinca. — E os cadarços de arco-íris, Ollie? O que é aquilo?

— Eu que sugeri! — ele afirma, orgulhoso. — Venho tentando convencer os capitães dos times locais a usá-los para demonstrar apoio. Mas ele é o único que topou. Dá vontade de arrancar os cabelos de criança.

— Arrancar... Os cabelos... De criança? — Alicia o encara, espremendo os olhos.

— É — diz ele, com um pouquinho de confiança excessiva.

— Arrancar os cabelos... De criança? — repete ela, pensando que ele vai se dar conta da confusão, mas ele só assente, confuso. — Tá, depois a gente volta nisso.

Ela toma um gole grande da bebida.

— Kedar não é gay, então?

— Ah, eu não sei. Não perguntei — admite Oliver.

— Você não perguntou! Ah, pelo amor de Deus, Ollie, você é um zero à esquerda nesse sentido. Total e completamente inútil. Aqui, segura o meu drinque. — Ela coloca um pote de geleia cheio de um líquido turvo nas mãos dele. — Terei que fazer tudo por você.

— Ai, meu Deus, eu vou impedi-la. Não se preocupe — prometo, indo atrás dela. A verdade é que não quero que ela jogue o Oliver para cima do Kedar. Não sei explicar o porquê. Não quero e pronto. — Alicia, espera! — chamo, mas ela não para.

— E aí? — ela cumprimenta, se enfiando bem no meio do joguinho deles.

— Bem na hora! — comenta Kedar, com um sorriso malicioso. — Você tem que beber.

— Por quê? — pergunta ela.

Kedar levanta a carta que acabou de tirar.

— Quatro — responde ele. — São as regras do jogo. Seis é caralhos, e quatro é...

— Um termo ofensivo para uma profissional do sexo? — diz Alicia, arqueando uma sobrancelha.

— Eu ia dizer "garotas", mas... É. Tipo, não fui eu que fiz as regras...

— Melhor que não tenha sido mesmo — provoca ela. — Tá bom, me sirva, então.

Ela indica a garrafa quase vazia de tequila na mesa. Kedar serve um *shot* e o entrega. Ela engole sem fazer careta.

— Mas enfim — prossegue, com todos os olhos agora voltados para ela —, você está solteiro ou...

— Ai, meu Deus — exclamo, cuspindo meu drinque. — Alicia!

— Que foi? — Ela ri. — Somos amigos do Ollie. Eu me chamo Alicia, e este aqui é meu namorado, Max.

— Oi. — Ele ri, um tanto nervoso. — Eu sou o Kedar.

— Ah, eu sei. Ollie nos contou *tudo* a seu respeito — ela relata, sorrindo. — Obviamente, eu não estava perguntando por minha causa. Max só está com ciúmes. Mas você está? Solteiro, digo?

— Não — ele responde. — Eu tenho um namorado, desculpa.

— Uma pena — lamenta ela. — Desculpe, quero dizer, isso é ótimo para você, claro. Só pensei que você combinaria bem com um dos meus amigos, só isso.

— Desculpe decepcionar — diz ele. — É recente, mas estamos muito felizes, na real. Mas é muito meigo de sua parte. Quem é o seu amigo?

— Ele não é assumido — ela muda de assunto. — Ainda está mantendo a discrição.

— Entendo — ele assente. — Eu também estava, até pouco tempo atrás. Não é fácil sair do armário numa cidade tão hétero.

— É, o coitado do Ollie é o único cara gay assumido no nosso grupo. Suponho que não haja muitos outros gays em Grove Hill também, né?

— Bom, eu sou bi, na verdade — Kedar corrige. — Mas sim. Só um punhadinho.

— Ah, sim, claro. Desculpe. Nós amamos todas as letras do LGBT — alega ela, tentando se recuperar da pisada de bola que deu. *O LGBT.* Deus do céu, Alicia.

— Acho que o Oliver quer nossa ajuda num negócio — comento.

Uma mentira descarada, mas se eu tiver que ficar nessa conversa por mais um segundo que seja, acho que vou cair mortinho de fato. Aqui jaz Max Baker, filho amado e namorado totalmente hétero. Morreu de overdose de *cringe*. Não havia nada que pudesse ser feito.

— Oi, tô indo, Oliver! — digo para absolutamente ninguém, agarrando o braço de Alicia.

— Foi um prazer falar com você! — despede-se Alicia, enquanto eu praticamente a arrasto para longe.

— Deus do céu! O que você estava tentando fazer? Aquilo foi tão constrangedor!

— Eu achei que me saí bem, na verdade.

Ela sorri quando voltamos para o lado de Ollie. Ele está conversando com Thomas, que está no meio de uma história longa e complicada sobre um par de garotas com as quais ele supostamente dormiu. Oliver está se empenhando muito para fingir interesse, assentindo, mas claramente não está acreditando numa palavra sequer.

— Isso é... *literalmente* inacreditável, colega — diz Oliver por fim, quando Thomas termina de contar a história.

Thomas já parou de escutar, contudo, distraído agora pelas meninas do teatro que acabam de chegar.

— Aguenta aí — ele fala, abandonando a conversa.

— Esse garoto não tem jeito — Oliver reclama, apertando a ponte do nariz.

— Agora eu sei por que ele queria o papel principal — murmuro, esquecendo onde estou.

— Oi? — questiona Oliver. — Papel principal em quê?

— Ah, deixa pra lá — desconverso. Sou salvo quando o telefone de Alicia toca.

— É só o papai — ela comenta. — Provavelmente ligando para saber como está a "reuniãozinha". Disse a ele que seriam só cinco ou seis amigos da escola.

Ouve-se um estrondo da cozinha, seguido por um grito masculino de "Eeeeeeeiii!" que ecoa pela casa.

— É melhor ir atender lá fora — declara, pegando seu drinque da mão de Oliver e dirigindo-se para a porta. — Conte a ele sobre Kedar, Max!

— O que tem o Kedar? — Oliver parece estar em pânico. — Ai, meu Deus, o que foi que ela disse?

— Ela chegou a *isso aqui* de fazer você passar por tonto — relato, aproximando os dedos. — Descobrimos que ele é bi, mas tem um namorado.

Faço uma pausa.

— Lamento — acrescento, sem muita convicção.

— Lamenta por quê? Você sabe que não estou a fim dele de fato, né?

— Não? — indago, sendo inundado por uma onda de alívio.

— Nem. Ele parece bacana, mas não faz meu tipo, sabe?

— Alicia pareceu achar que vocês foram feitos um para o outro.

— Alicia acha que eu basicamente estou destinado a qualquer cara que não seja hétero. — Oliver dá de ombros. — Ela tem boa intenção. Não é como se houvesse um excesso de opções para pessoas queer aqui em Woodside... Ela só quer me ver feliz. Quero dizer, eu *sou* feliz, mas... É um tanto solitário às vezes, sabe? Sei lá, é bobagem.

— Não é bobagem. Estou te ouvindo. Pode falar.

— Bem, monogamia é o que nos empurram goela abaixo, né? A partir de, sei lá, uns quatro anos, nos ensinam que nossa vida inteira gira em torno de encontrar alguém, mas quando se é gay, isso nem sempre parece uma opção...

— Eu não fazia ideia de que você se sentia assim — confesso. Quem imaginava que teríamos isso em comum?

— Acho que eu não gosto de falar sobre isso — admite ele, desviando os olhos dos meus. — Mas e aí, sr. Estilo, quem ganha como mais bem-vestido?

— Não sei muito bem — respondo, dando uma longa olhada pela sala. — Odeio dizer isso, mas acho que deve ser a Pepê. Esse visual de Regina George? É um pouco óbvio, sim, mas ela acertou em cheio. É a reencarnação da Rachel McAdams.

— Rachel McAdams de novo, Max? — Oliver ri.

Poppy me vê olhando para ela e sorri.

— Você não está gostando dela, está?

— Da Rachel McAdams?

— Da Poppy — ele corrige, erguendo a sobrancelha. Eu paro de encarar.

— O quê? Não — reitero. — Quero dizer, ela é gostosa, mas…

— Max.

— Não. Eu não estou a fim dela — esclareço, bem quando Alicia aparece de volta com um novo drinque em mãos.

— Papai já está desconfiado — comenta e, então, antes que eu tenha tempo de responder, tropeça sozinha e derrama a bebida em nós dois.

— Firme aí! — diz Oliver, segurando-a. — Quantos desses você já tomou?

— Talvez um pouco mais do que devia — responde, olhando para nós com aquele sorriso refrescante e, por um momento, compreendo o que o Max Hétero deve ter sempre sentido. Mesmo embriagada, ela é uma gracinha.

— Espero que você tenha gostado da viagem — diz Oliver, com um sorriso de comercial, batendo a camisa para tirar um pouco da bebida. — Envie um cartão-postal para a gente da próxima vez.

Ele é um palhaço.

— Fazendo piadas de tiozão agora, é? — brinca Alicia, passando o braço ao meu redor. — Mas isso me lembra de uma coisa, Max.

Andei pesquisando alguns lugares para irmos no ano que vem. Estava pensando talvez na Costa Amalfitana, que tal?

— Como assim? — pergunto, e ela franze o cenho.

— Para nosso ano sabático? Nós conversamos a respeito, sei lá, umas mil vezes...

— Ah... É... — confirmo, mas isso está tudo errado.

O único motivo pelo qual planejei tirar um ano para começo de conversa era porque não sabia o que fazer com a minha vida. Era para ser minha chance de me distanciar de Woodside, ver um pouco mais do mundo, talvez até encontrar um cara e me apaixonar. Bares gays estavam no topo da minha lista por essa razão. Será que tem bares gays na Costa Amalfitana? Onde fica isso, exatamente? Grécia? Não fiz aula de geografia por um motivo.

Alicia sorri para Oliver.

— Você já saiu do país, Ollie? Alguma recomendação?

— Eu amo Hong Kong. Fui visitar a família do papai lá algumas vezes. E Paris. Fomos para a Disneylândia de lá no meu aniversário de dez anos. Conheci o Mickey Mouse — ele relata, com um sorriso imenso. — Também estive na Escócia, isso conta?

— Eu não vou passar meu ano sabático na Escócia, mas Paris... A cidade luz! Devíamos ir para lá, Max. Talvez não na Disneylândia, mas temos que ver a Torre Eiffel!

— Como assim, "talvez não na Disneylândia"?! — Oliver ofega.

— Mas e a faculdade de belas-artes? — pergunto. — Sempre foi o seu sonho.

— Isso de novo não, Max — ela reclama, revirando os olhos. — Eu só quero viajar, ver o mundo com você. Visitar o Zimbábue. Os Estados Unidos. Descobrir minhas origens. Isso é muito mais valioso do que qualquer escola de arte pretensiosa. Além do mais, se formos para Paris, podemos visitar o Louvre!

— Tem certeza de que é isso que você quer? — questiono, um tanto impotente.

— Claro que é isso o que eu quero — retruca Alicia, com um tom um pouco mais áspero. — O que está havendo, Max? Se você não quer fazer essa viagem juntos, por que simplesmente não diz?

— Acho que não foi isso o que ele quis dizer — Oliver tenta intervir, mas ela o ignora.

— Não é isso — concordo. — Eu só não quero que você tome nenhuma decisão estúpida por minha causa.

— Então eu sou estúpida agora? — dispara ela. — Por querer ir viajar com meu namorado? Uau, Max. Por que você não me diz como se sente de verdade?

— Eu não acho que você seja estúpida! É só que... Eu te conheço, Alicia. E isso não é o que você deseja de verdade.

— Não me diga o que eu desejo ou deixo de desejar — rosna. — Vou pegar outro drinque.

— Alicia, espera — peço, mas ela já se afastou de mim de modo brusco e está atravessando a multidão para se dirigir à cozinha.

— Eu não sei qual é o problema dela — comento, mas Oliver só franze a testa.

— Qual é o problema *dela*, Max? Você lidou com isso tudo de um jeito terrível. Preciso ter outra conversinha de melhor amigo gay com você? Porque não sei se tenho forças.

— Eu devia ir atrás dela...

— Você acha? — ele ironiza, assentindo na direção da cozinha, onde ela se juntou aos meninos do futebol para outra rodada de *shots*.

— Tudo bem. Obrigado, Oliver.

Parto para a cozinha, mas Thomas me intercepta. Já deve ter sido rejeitado pelas garotas de que tinha ido atrás.

— Aff, Max, eu odeio isso — reclama ele, bloqueando o caminho. — Tipo, onde é que eu estou errando? Estou tão cansado de ser solteiro...

— Thomas — digo, tentando passar por ele —, agora não é uma hora boa para isso.

— É uma droga — ele lamenta. — Você e a Alicia têm tudo. Você não faz ideia de como é isso. Sabia que eu nunca nem saí num *date*? Tipo, nunquinha?

— É mesmo? — pergunto, sem nem tentar disfarçar o desinteresse. Perdoe-me se não tenho nenhuma compaixão pelo cara hétero que *sofre tanto, coitadinho*. — Olha, Thomas, podemos falar disso mais tarde?

Thomas só suspira.

— Tá, tudo bem. Mais tarde. Para variar. Você nunca tem tempo para conversar agora.

— Oi? — digo. — Como assim?

— Nós éramos amigos de verdade, Max. Mas daí você começou a namorar a Alicia, e daí o Ollie apareceu, e agora você passa seu tempo todo com ele. Tipo, quando foi a última vez que a gente passou um tempo juntos? Só nós dois? É como se você não quisesse mais ser meu amigo...

Talvez porque você não seja uma pessoa lá muito bacana?, penso, mas me detenho e não digo isso em voz alta.

— Eu ando ocupado, tá? — explico, bem quando vejo Alicia virar outro copo. — E, neste momento, preciso falar com a Alicia. Ela já bebeu demais e...

— Ah, o que é isso, Max? Pega leve! — reclama Thomas, dando meia-volta para ficar na direção da cozinha. — Ela está se divertindo. É uma festa. Não precisa ser tão *gay* com isso.

Minha visão fica toda vermelha.

— O que foi que você disse?

— Ah, não fique bravinho comigo. — Revira os olhos. — É só modo de dizer.

— Não é *só modo de dizer* — respondo entredentes. — Oliver está literalmente *logo ali*. Por que você não vai lá dizer isso na cara dele?

Thomas fecha a cara.

— Viu? Você está fazendo *dele* o centro das atenções de novo.

— Ah, dane-se, Thomas — esbravejo, forçando a passagem contra ele enquanto tento conter minha fúria. — Só me deixe em paz, tá?

Ele me chama, mas eu o ignoro. Tentei dar o benefício da dúvida a esse novo Thomas. Ele pode não ter sido o mesmo moleque que me atormentava nesta realidade, mas está claro que ainda é um homofóbico, e não quero ter nada a ver com ele.

— Você é uma *máquina* — diz Kedar para Alicia, assombrado. Ela está tomando outro *shot* quando entro na cozinha. — Guarde um pouco para a gente, hein!

— Não se preocupe com isso — ela comenta. — Se acabar, eu sei onde o pai do Ollie guarda as biritas de qualidade. O seu namorado vem hoje à noite, então? Eu adoraria conhecê-lo.

— Nem. Queria que ele pudesse vir, mas está muito ocupado com coisas da escola, e ele tem que se preparar para sexta-feira. Tem uma apresentação importante e…

— Alicia? — interrompo. — Podemos conversar?

Ela olha para mim por um momento, com os olhos cheios de raiva, mas acaba abrindo mão e suspirando.

— Podemos, claro — concorda ela. — Mas ele parece adorável — acrescenta, virando-se de novo para Kedar. — Talvez a gente pudesse fazer alguma coisa juntos alguma hora dessas?

— Eu adoraria — ele responde. — Vou te mostrar umas fotos depois, tá?

— Combinado — diz ela com um sorriso, me seguindo para fora da cozinha, onde ele instantaneamente desaparece dos lábios dela. — Deus, queria que fôssemos mais parecidos com eles.

— Com quem? — pergunto, enquanto abro caminho a cotoveladas pela festa superlotada.

— Kedar e o namorado dele. O jeito como ele fica radiante quando fala dele. Tipo, quando foi a última vez que você falou de mim daquela forma? — Ela suspira. — Por que é que os caras gays sempre têm relacionamentos melhores?

— Eu nem sei como responder a isso — sentencio. É difícil não ficar irritado com uma declaração dessas. Ela está mesmo sugerindo que é mais fácil para nós? — Venha, vamos encontrar algum canto mais quieto.

Eu a conduzo escada acima. Oliver nos vê e gesticula perguntando se está "tudo bem?". Respondo com um sorriso e um sim, mas não acho que o convenço. Francamente, acho que não estou convencendo ninguém esta noite. Ser hétero é uma coisa; manter um relacionamento é outra.

— Essa casa vai ficar devastada — constato, enquanto passamos por um casal que eu não reconheço se pegando no topo da escada.

— Com certeza — resmunga Alicia, meio zonza, tropeçando de novo. Eu a pego antes que ela desabe escada abaixo.

— Tem certeza de que você está bem? — pergunto, tentando estabilizá-la.

— Estou ótima, Max. Relaxa. — Ela pega na minha mão e me guia até o quarto no final do corredor.

Ela fecha a porta e no mesmo instante eu o reconheço como o quarto de Oliver. Nunca botei os pés aqui antes, mas está óbvio. Ele tem uma estante de livros imensa, organizada de acordo com as cores do arco-íris, os livros vermelhos no topo passando por todo o gradiente até chegar ao púrpura na parte de baixo. Na mesa, há uma foto dele com Laci num parque temático, ao lado de duas bandeirinhas — a bandeira *Mais Cores, Mais Orgulho,* com suas faixas preta e marrom adicionais, e a bandeira do Orgulho Trans. O quarto é uma suíte, e reconheço o banheiro de algumas fotos no Instagram dele, e há uma pilha de *graphic novels* na mesinha de cabeceira. É como entrar no mundinho secreto dele.

— Tá, talvez eu tenha exagerado um pouco na reação — admite Alicia, antes que eu possa falar. — É que parece que, ultimamente, você não é o mesmo, e às vezes tenho a impressão de que não sou o bastante. Às vezes acho que nunca serei o bastante pra você, Max.

— Não, Alicia, você está certa — confirmo. — Eu não tenho sido o mesmo recentemente. É que estou passando por muita coisa, mas não tem nada a ver com você, eu juro.

— Você fica repetindo isso, mas não pode continuar me afastando.

— Eu sei. Não tive essa intenção. Eu só... Não consigo explicar.

— Você pode me contar qualquer coisa, Max. Você sabe disso, né? Qualquer coisa.

— Eu sei. Eu só preciso de um pouquinho mais de tempo...

— Tá bom — diz ela, me abraçando.

Ela enterra a cabeça em meu pescoço e eu respiro fundo, suspirando e soltando tudo conforme meu corpo se derrete junto ao dela. As mãos dela escorregam pelas minhas costas e ela me puxa um pouco mais para perto, me apertando com um pouco mais de força.

— Max? — fala numa voz suave e delicada. — Nós não andamos muito próximos ultimamente. Estou com saudade. Ando com saudade disso.

As mãos dela me agarram com mais força então, e é aí que os alarmes em minha cabeça disparam. Minha cueca de grife, toda estilosa, está começando a ficar mais justa agora, e por mais que eu tente impedir isso pensando naquela vez em que vi minha tia-avó Ruth na banheira, não tem jeito. Meu corpo reage a Alicia. Este motor está tinindo.

— Max — Alicia repete, ofegante enquanto escorrega a mão além do cós do meu jeans e me lança o que só pode ser descrito como um olhar sexual. Ela se inclina para me beijar e, apenas por um momento muito breve, quase permito.

— Espera, para! — peço, me afastando.

Isso seria me aproveitar totalmente dela. Ela está bêbada e pensa que eu sou hétero. Não podemos fazer isso, de jeito nenhum.

— Hã? Por quê? — indaga ela. — Tenho certeza de que Ollie não se incomodaria.

— Não, não é por causa disso — respondo. — Você provavelmente tem razão, mas... Eu acho que não estou pronto... Acho que nós não estamos prontos para... *Isso*.

A testa dela se vinca.

— Não estou entendendo.

— Eu só acho que hoje não é a noite certa. Ainda por cima no quarto do Oliver. Tipo, você não acha que deveria ser especial? Não acha que deveríamos esperar?

— Pelo quê? Como se não tivéssemos feito isso uma centena de vezes, Max.

De súbito, minha garganta seca.

— Feito isso? — grasno. — Tipo, *isso, isso,* é o quer dizer? Você está me dizendo que nós fizemos sexo?

Alicia joga as mãos para o ar, frustrada.

— É, Max, nós já fizemos sexo — comunica ela. — Por que você está agindo esquisito de novo? É alguma piada? Porque, francamente, eu não entendo.

— Então eu não sou virgem… Nós não… Somos virgens?

— Não, não somos, Max! É sério, *do que você está falando*?

— Preciso tomar um pouco de ar — digo, indo até a janela. Posso sentir meu corpo todo pegando fogo, meu peito ficando cada vez mais tenso.

— Tá tudo bem? — ela pergunta, quando derrubo por acidente uma porção de estatuetas de Dragon Ball do Oliver que estavam no parapeito da janela. — O que está havendo, Max?

— Eu só preciso de um pouco de espaço. — Abro a janela e inspiro profundamente o ar fresco lá de fora. — Só me dê um pouquinho de espaço, tá?

— Tá bom — concorda, recuando. Ela soa muito preocupada agora.

— Não devíamos ter feito isso — digo. — Não está certo, Alicia.

— Feito o quê? — pergunta, de olhos arregalados. — Você está me assustando, Max.

— Sexo — respondo. — Nunca deveríamos ter feito isso.

— Por que não? É o que as pessoas que se amam fazem…

— Mas eu não te amo! — digo sem pensar, virando-me para ela outra vez. — Eu não te amo, Alicia. Não desse jeito, pelo menos.

O sangue se esvai do rosto dela; suas feições ficam gélidas.

— Ah — ela torna a abrir a boca para dizer mais alguma coisa, mas não sai nada.

— Desculpe — lamento, mas ela vai até a porta e a fecha com um estrondo ao passar.

Merda. O que foi que eu fiz…?

— **M**ax?

Oliver abre a porta.

Estou sentado na cama dele, agarrado a um travesseiro, a cabeça entre os joelhos, respirando fundo. Não sei quanto tempo se passou; o mundo parece estar girando descontroladamente.

— Você tá bem, Max? Quer me contar o que tá rolando?

— Você não acreditaria em mim...

— Tudo bem — diz Oliver, sentando-se ao meu lado. — Não vou forçar a barra, mas estou aqui caso você precise, tá?

Ele passa o braço em torno dos meus ombros e, por um momento, ficamos ali. Não há nenhum som além da nossa respiração.

Por fim, pergunta:

— O Goku fez alguma coisa que tenha te chateado?

— Oi?

Ele indica a estatueta despedaçada no chão.

— Ai, meu Deus, me desculpa — lamento.

— Não esquenta com isso. Desde que você esteja bem...

— Sei lá. Como está a Alicia? Ela realmente não merece nada disso.

— Não tenho certeza. Ela desceu a escada pisando duro e foi pra cozinha.

— Ai, meu Deus — exclamo, me levantando.

— Por quê, Max? O que está acontecendo?

— Eu falei algumas coisas que não deveria — admito, indo até a porta. — E ela já bebeu demais da conta.

— Ah, merda, é verdade — concorda Oliver, me seguindo de volta para a festa.

O casal no topo da escada ainda está se pegando e quase tropeço neles dessa vez. As coisas definitivamente estão mais fora de controle, e posso ouvir uma música de bar bem conhecida irrompendo acima de todo o barulho.

— *A Alicia é uma boa companheira, a Alicia é uma boa companheira...*

Abro caminho até a porta da cozinha e vejo Thomas e um grupo de garotos batendo as mãos ruidosamente em todas as superfícies disponíveis.

— *Ninguém pode negar, ninguém pode negaaaaaaaaaar...*

— Parem com isso! — intercedo, entrando aos empurrões e tentando tirar a bebida de Alicia. Ela gagueja e quase engasga.

— Eita, calma, cara! — pede Thomas, se intrometendo.

— É, eu não sou sua propriedade, Max — retruca Alicia, me afastando.

— Você já bebeu o bastante.

Agarro o braço dela quando ela tenta terminar o drinque.

— Cai fora, cara. — Thomas entra na minha frente. — Não a agarre desse jeito. O que foi que te deu?

— Vá se foder pra lá com essa pose de machão — falo, empurrando-o, e ele tropeça para trás. — Eu te disse que ela já bebeu o bastante, e você a encoraja?

— Tá bem, calma aí, Max — pede Oliver. — Você tá bem, Alicia?

— Estou ótima — responde ela, virando em direção à porta dos fundos.

— Alicia, espera — chamo, mas Thomas bloqueia minha passagem de novo.

— Ela pode tomar as próprias decisões, Max. Ela bebeu um pouco, sim. E daí? Deixe de ser tão trouxa.

— Do que foi que você me chamou? — Faz muito tempo desde a última vez que ele me disse isso. — Vai lá, diga outra vez. Eu te desafio.

— Relaxa — ele fala.

Mas estou enxergando tudo vermelho de novo, e dessa vez é mais do que um lampejo. Penso em todas as vezes que ele me atormentou, e algo se arrebenta.

— Você é uma porra de um *bully*, Thomas — rosno. — E isso é tudo o que você sempre foi.

— Como é? — ele indaga, confuso. — Do que é que você tá falando?

— Você sabe exatamente do que eu estou falando — cuspo. — O que é que você dizia mesmo? Trouxa? Rejeitado? Gayzinho?

Eu o empurro de novo, mais forte dessa vez.

— Como é? — ele repete. — Max? Eu nunca...

— No ensino fundamental! — grito. — Não finja que não se lembra!

— Ah… — assente, como se só agora entendesse. — Isso foi anos atrás, Max. Eu estava só zoando. Nunca falei sério, você sabe disso. Era para sermos amigos…

— Amigo? Seu? — Rio na cara dele. — Vá se foder, Thomas.

Eu o empurro uma última vez e ele cai contra o refrigerador.

— Para, Max! — diz Oliver, colocando-se entre nós bem quando Thomas tenta me dar um soco. O punho de Thomas vai parar com toda a força no rosto dele.

— Ai, merda, desculpa, cara! — grita Thomas.

— Tudo bem — Oliver minimiza, dobrado ao meio de dor, apertando o olho.

Tento me aproximar para ajudá-lo, mas ele só me afasta.

— Max, para. Vá ver como está a Alicia — ele insiste. — Eu tô bem, é sério.

— Desculpa. Eu não queria que nada disso acontecesse.

— Tudo bem. Vai.

Alicia não foi muito longe. Ela tirou os sapatos e não chegou a percorrer nem metade do quarteirão quando finalmente a alcanço.

— Me deixa em paz, Max — retruca quando me aproximo. — Não quero falar com você.

— Então não fale — digo. — Mas ao menos me deixe te acompanhar até em casa.

Com relutância, ela deixa que eu coloque o braço ao redor dela para guiá-la pela rua. A cada três passos, ela tropeça. Faço meu melhor, mas mal tenho forças o bastante para mantê-la em pé.

— Tem certeza de que consegue ir até lá? — pergunto. — Talvez devêssemos chamar seu pai.

Ela solta uma bufada.

— Está de brincadeira? Ele vai te matar, Max.

— É, bem, neste momento, acho que não temos opção.

Claro, ele vai ficar fulo se me encontrar com Alicia neste estado, mas vai ficar ainda mais furibundo se descobrir que ela estava assim e não fiz nada. Encontro o número dele salvo no meu telefone. Antes estava salvo como "Darius" com o emoji de óculos escuros, mas agora é só "Sr. Williams". Faço Alicia se sentar num muro enquanto o telefone toca duas, três vezes, e ele enfim atende.

— Darius Williams falando...

— Sr. Williams — começo. — Aqui é o Max.

— O que foi? — A voz dele soa preocupada de imediato. — Alicia está bem?

— Ela está ótima. Está tudo bem. Ela só bebeu um pouquinho demais...

— Onde vocês estão? — pergunta, muito direto, e eu passo o endereço. — Estarei aí em cinco minutos. Fiquem aí.

Darius parece surpreendentemente calmo quando encosta o carro. Estou sentado no muro com Alicia quase dormindo apoiada em mim.

— Alicia — ele chama, saindo sem demora do carro. — Acorda, meu bem.

Gentilmente, ele se ajoelha junto ao muro.

— Quanto ela bebeu?

Faço uma careta.

— Bastante. Ela estava tomando *shots* com o pessoal do time de futebol.

— Eu tô bem, papai — Alicia fala rapidamente em seu estupor bêbado. — Max está exagerando.

— Tudo bem — diz ele, e gentilmente a levanta nos braços como se ela não pesasse nada, colocando-a no banco traseiro e passando o cinto de segurança. — Não se preocupe, menina. Vamos te levar pra casa — murmura ele num tom gentil e tranquilizador, fechando a porta do carro.

Ele se vira para mim e me preparo para ser destruído, mas ele não faz nada disso.

— E quanto *você* bebeu? — pergunta. Talvez esteja apenas sendo um adulto responsável, mas soa genuinamente preocupado.

— Não muito — respondo. — Só uns dois drinques. De verdade.

— Bem, vou chamar os seus pais para virem te buscar.

DE REPENTE HÉTERO

— Não! — imploro. — Por favor, não faça isso.

— Por que não?

— Eles já andam brigando o bastante — esclareço. — A última coisa de que eles precisam no momento é que eu adicione lenha à fogueira.

Darius me encara por um instante e suspira.

— Tá bem — assente. — Mas promete que está bem o bastante para voltar sozinho? Não precisa de uma carona?

— Prometo, não precisa.

— Tá bom, eu tenho que levar Alicia para casa — diz, entrando no carro e dando partida no motor. — E, Max? — acrescenta. — Você fez a coisa certa me chamando. Pelo menos foi homem o bastante pra isso.

Não digo nada, apenas assinto. Ele parte, me deixando apenas com o remorso.

Eu me sento no muro de novo e tento decifrar onde foi que tudo deu tão errado. Não devia ter vindo para a festa. Devia ter seguido o plano, ficado em casa, me mantido *focado* e tentado encontrar Dean.

— Hã… Max, né?

Kedar está parado no fim da rua, o capuz puxado sobre a cabeça, as mãos enfiadas nos bolsos.

— Não sei o que rolou na festa. Fui ao banheiro por dois minutos e quando voltei descobri que as portas do inferno foram abertas nesse intervalo.

— Ah, é — concordo. — Foi culpa minha, desculpe. Oliver está bem?

— Está, sim — diz ele. — Foi ele quem me mandou vir atrás de você. Disse que você vai dormir na casa dele esta noite…

— Francamente, achei que não seria mais bem-vindo.

— Feio assim, foi? Acho que ele deve gostar de você pra valer, então. — Ele me dá um sorriso enorme e tranquilizador. — Vamos lá, ele está preocupado. Deixe-me acompanhá-lo de volta.

UM ANO ATRÁS

— Sabe, estive pensando — comenta Alicia. — Agora que o Zach saiu de cena, eu tenho um monte de tempo livre e nada para fazer.

— Tempo livre? — Dean ri. — Alicia, você está literalmente sempre ocupada.

— Ainda assim — insiste ela —, você logo tem a apresentação de *Legalmente loira*, né?

— *Legalmente negro*, você quer dizer.

Eu rio.

— A sra. A nunca vai te deixar trocar o título, Dean.

— Bem, estive pensando que talvez eu pudesse ajudar com a cenografia, que tal? Botar o meu toque nele?

— Você faria isso? — Dean se apruma, todo empolgado. — De verdade? Mas e o Baile dos Monstros?

— Posso fazer as duas coisas — Alicia assegura. — Além do mais, ficará ótimo para mostrar no meu currículo para as faculdades de belas-artes no ano que vem, e vai me impedir de ficar pensando *nele*.

— Acho que é uma ótima ideia — ele afirma.

— E você, Max? Já decidiu o que quer fazer?

— Ainda não — respondo. — Papai quer que eu tire um ano sabático. Diz que vai me bancar e tudo.

— Como é? — Alicia arregala os olhos. — Está brincando?

— Que sorte a sua, Max — Dean fala com um suspiro. — Estou morrendo de inveja!

— Idem! Meus pais nunca me deixariam ficar um ano sem fazer nada.

— É... Bom, sei lá. Não tenho certeza se é o que eu quero mesmo.

— Ah, cala a boca! — Dean ri. — Você *não quer* tirar um ano de folga para explorar o mundo com todas as despesas pagas?

— Tá, eu sei, mas...

— Ah, você é quem sabe, Max — diz Alicia. — Mas eu pensaria duas vezes antes de recusar essa oferta.

— É?

— Com certeza! — Ela mexe as sobrancelhas sugestivamente. — Pense em todos os garotos estrangeiros que você poderia beijar!

— Acho que não aguento esperar tanto tempo assim — suspiro. — Se eu não beijar ninguém até me formar na escola, acho que vou entrar em combustão.

— E não tem ninguém que te chame a atenção? Ninguém mesmo? Que tal um dos jogadores de futebol?

— Eca, não seja nojenta. Consegue *me* imaginar namorando um daqueles acéfalos? — indago, olhando de relance na direção do campo. — Mas espere aí... Quem é *aquele ali*, por favor?

— Hã... Quem? — pergunta Alicia, acompanhando meu olhar até um dos garotos no grupo. Eu nunca o vi antes. Ele é bonito, tipo, *bem* bonito. — Aquele deve ser o menino novo. Ele está na mesma turma de inglês que Simon e Rachel. Oliver alguma coisa...

— Até mais, Cheng! — o bando de garotos grita em coro quando Oliver se separa deles e começa a vir em nossa direção.

Oliver Cheng. Acho que meu coração chega a parar de verdade. Estou apaixonado.

— Ele é perfeito — declaro. — Ele é realmente perfeito...

— O que houve com os tais *acéfalos?* — provoca Dean.

— Ah, fica quieto — retruco. — Isso foi antes; agora é diferente.

— Isso foi trinta segundos atrás — constata Alicia, rindo. — Mas, enfim, pensei que você tivesse uma regra contra ficar obcecado com meninos hétero?

— Só porque ele joga futebol não quer dizer que seja hétero, Alicia, credo. Além disso, eu e você somos diferentes num quesito importante.

— E que diferença é essa?

— Você nunca presta atenção suficiente nos sapatos das pessoas.

— Nos *sapatos?* — exclama. — O que é que isso tem a ver com a conversa?

Dean sorri.

— Olha. Cadarços de arco-íris.

— Ai, meu Deus — arfa Alicia. — Está me dizendo que ele é gay?

— Ainda a confirmar — digo, analisando-o em busca de outras pistas, mas é difícil ter uma ideia da personalidade dele com o uniforme de futebol.

— Bem, tem um jeito de descobrir — propõe Dean. — Vamos até lá dar um oi.

— O quê? Não! Você *viu* como ele é gato?

— Mais um motivo ainda para ir falar com ele — retruca Dean. — Vamos lá! Ele é o menino novo, é uma graça e pode até ser queer. Ele precisa conhecer os gays de Woodside. Podemos contar para ele sobre o Clube Queer.

— Tá, mas… Ainda não, tá? Eu preciso pentear o cabelo, e preciso de uma roupa melhor. Tenho que convencê-lo de que não sou um zé ruela…

— Maxine — Dean fala, em tom de aviso. — O que foi que eu te disse…?

— Eu sei, eu sei — assinto. — Mas ainda não, tá bom?

— Tá bem. Amanhã, então?

— Tá bem — concordo, mas lá no fundo sei que isso não vai acontecer de jeito nenhum. Garotos como eu não conversam com garotos como ele.

Ele é um nota dez com louvor — um onze, na verdade. Eu mal chego a seis.

CAPÍTULO TREZE

Acordo ao som de vidro se quebrando, o estrondo penetrando a minha ressaca. Apesar do que disse a Darius, acho que bebi um pouco mais do que me dei conta, e é exatamente por isso que eu *nunca* deveria jogar "Eu nunca...". Abro os olhos e lá está Oliver — Oliver, tão meigo e gentil — jogando garrafas num saco de lixo enquanto tenta colocar a casa de volta aos eixos.

— Oi — digo, meio zonzo.

Oliver se vira para mim.

— Oi, dorminhoco. Espero que o sofá não tenha sido desconfortável demais... Pensei que seria mais fácil deixar você dormir aqui do que tentar te levar lá para cima.

Há um cobertor com uma estampa colorida de dinossauros jogado sobre mim. Adorável, considerando-se que Oliver tem dezessete anos e é filho único.

— Dormi feito um neném — comento, me sentando e esfregando os olhos.

Eu voltei bem quando Oliver estava expulsando todo mundo da casa. A última coisa de que me lembro foi de sentar no sofá. Acho que devo ter logo desmaiado.

— Uau, o lugar está destruído mesmo.

É incrível a bagunça que algumas dúzias de adolescentes conseguem fazer quando estão decididos e focados.

— Só um pouquinho — responde Oliver. — Mas o que é uma festa sem um pouco de drama, né?

Ele está com o olho roxo, o hematoma já bem evidente.

— Dói? — pergunto. — Seu olho, digo. É tudo culpa minha. Desculpa.

— Não acho tão ruim assim, na verdade. Ele me dá uma cara de *bad boy*, não acha?

Ele dá um sorriso enorme ao dizer isso e, com aquelas covinhas, Oliver Cheng não poderia ser um *bad boy* nem sob tortura.

— Tive uma conversa com Thomas — acrescenta ele.

— Ai, meu Deus — digo. — Podemos não falar dele agora?

— Tudo bem — responde. — Entendo que é um assunto delicado.

— Vamos deixar para outra hora — peço. — Mas enfim, posso ajudar?

Eu me forço a levantar.

— Por favor. Se puder juntar os copos vazios…

— Claro — confirmo, olhando para as dúzias de "copos" espalhados pela sala. — Sério que alguém bebeu isso aqui?

Mostro um vaso preenchido até a metade com um líquido marrom-amarelado que espero de verdade que seja cidra.

— As coisas ficaram um pouco mais intensas do que eu previa… — Ele ri.

— Adolescentes e bebida alcoólica — pondero. — O que você achou que aconteceria?

— Nunca ficou desse jeito em Londres…

— Ah, bom, eis a questão — digo. — Você não está mais no Kansas, Oliver. Nós, caipiras do interior, sabemos como dar uma festa.

— E destruir uma casa — acrescenta. — Meus pais vão me matar.

— Mas ainda vai levar uns dias para eles voltarem, não é? Podemos deixar tudo como novo.

— E aquilo ali? — diz apontando para a cozinha, e vejo que uma das janelas tem um trincado enorme de fora a fora.

— Ah… — lamento. — Acho que não consigo ajudar neste caso. O que houve?

— Uma brincadeira de gato-mia particularmente enérgica…

— E quem foi que quebrou a janela?

— O gato — confessa, apontando para si mesmo.

Pelo menos ele vê o lado engraçado da coisa. Se a casa fosse minha, eu estaria hiperventilando neste momento.

— Quer colocar música? — pergunta, sacando o celular e mexendo nele até que os tons suaves de Frank Ocean comecem a soar pela casa. A trilha sonora perfeita para uma faxina.

Se não fosse pela ressaca que ainda faz meus olhos latejarem, seria bem relaxante, na verdade, os dois se ocupando de tentar arrumar a casa. Oliver tenta acompanhar a melodia às vezes, e tem algo muito cativante na forma como ele canta confiante em altos brados apesar de ser bastante desafinado.

— Você teve notícias da Alicia? — indaga ele. — Mandei uma mensagem de texto hoje cedo, mas ela não respondeu.

Apanho o telefone para checar. Eu enviei algumas mensagens ontem à noite, mas também não recebi nada ainda.

— Ela provavelmente está dormindo por causa da ressaca — digo.

— E está tudo bem com vocês?

— Bem… — Instintivamente, quero fazer aquela coisa bem britânica de dizer que está tudo bem, mas sei que ele vai saber na hora que é mentira. — Na verdade, não. É complicado. Digo, acho que eu sempre pensei que estar num relacionamento seria fácil. Só encontros fofos e *posts* no Instagram com a *hashtag* "casalperfeito".

— Venderam o felizes para sempre da Disney a todos nós — adverte Oliver. — O romance impossível. Todas aquelas princesas esperando pelo beijo do amor verdadeiro… Mas não é a vida real, né? Relacionamentos precisam de empenho, não de magia.

— Você faz soar tão difícil…

— Ah, viu, é nisso que você se engana — diz ele com um sorriso.

— Comprometer-se com alguém? Tomar a decisão de se empenhar na relação? *Isso* é romântico. Só é preciso se perguntar se ama a pessoa o bastante para fazer tudo isso.

Eu não respondo. Não sei *como* responder. É difícil ser honesto sobre meus sentimentos quando eu sequer os compreendo. O que significa honestidade, quando estou dividido entre duas realidades? Tem o Max Hétero e o Max Gay, e os dois estão me dizendo coisas muito conflitantes. É difícil distinguir quais sentimentos são meus e quais são emprestados. Então tudo o que eu digo acaba parecendo uma meia-verdade, ou uma mentira.

O que eu sei que é verdade, porém, é que Alicia é muito importante para mim. Todas as memórias que compartilhamos e todos os momentos incríveis que passamos juntos. Talvez eu não tenha sido bom para ela neste mundo, e talvez esteja na hora de corrigir isso.

— Você tem razão — admito, por fim. — Ainda tenho que entender algumas coisas, mas acho que você pode estar certo...

— Bem — diz ele —, sem querer voltar à conversa séria com o amigo gay outra vez, só não demore muito, tá? Não é justo mantê-la esperando.

Suspiro.

— Eu sei. Mas não é como se eu tivesse me voluntariado para nada disso.

— Mas você se voluntariou. Os relacionamentos são assim, Max. A vida nem sempre é um conto de fadas.

— Mas eu nunca pedi por um relacionamento... — No mesmo instante, percebo que isso não é verdade. Foi *exatamente* o que eu pedi.

"Eu queria poder ter o que você tem, Alicia. Queria ser uma das pessoas *normais*."

"A vida nem sempre pode ser um conto de fadas", diz Oliver, mas a minha definitivamente está começando a parecer um. Só que é uma daquelas versões cruéis dos irmãos Grimm que o sr. Grayson nos fez ler no primeiro ano do ensino médio. Eles nunca têm um final feliz. Nem um beijo do amor verdadeiro pode me salvar agora, porque sou hétero demais para aceitar um beijo do Príncipe Encantado.

Ou será que não?

Passo a olhar para Oliver. Sei que parece absurdo, mas seria possível que um beijo dele pudesse realmente me salvar? Nada mais faz sentido neste mundo, e eu *sempre* fantasiei que ele seria o meu príncipe...

— Acho que eu devia tomar um banho — diz ele, cheirando a axila. Comportamento régio, de fato. O próprio Príncipe Encantado.

— A propósito, Oliver? — chamo, impedindo-o de subir a escada.

— Sim? — ele responde, e tem algo em seu comportamento gentil que me faz sentir como se eu pudesse lhe dizer qualquer coisa. Tipo, poderia dizer que o céu não é azul, e ele apenas sorriria e me diria que é um jeito interessante de ver as coisas.

— Será que a gente podia conversar mais um pouquinho? — pergunto, desviando o olhar. De repente, parece impossível olhar para ele. — Preciso desabafar sobre uma coisa.

— Claro — diz ele, tornando a sentar no sofá e jogando o cobertor de dinossauro nas costas. Ele batuca no lugar ao lado dele. — Fala com o tio Oliver.

— Bem — começo, me sentando e envolvendo minhas pernas com a outra ponta do cobertor, de modo que agora nós dois estamos aninhados em estegossauros de aparência muito amistosa —, é meio difícil dizer isso em voz alta. Tipo, eu não sei nem por onde começar...

— Talvez do começo?

— Eu nem sei onde fica isso mais — lamento, suspirando. — Não sei mais nem *quem eu sou*.

Faço uma pausa, esperando uma reação dele, mas ele apenas assente para indicar que está ouvindo.

— Digo, eu ainda sou o Max — continuo. — Woodside é a escola que eu frequento... Essas coisas ainda são verdade...

— O que mudou, então?

Penso em todos os sentimentos que vêm em ebulição nos últimos dias. Talvez ele *compreenda*, sim.

— Bem... — Luto para encontrar as palavras. — Eu não sou exatamente... hétero.

— Tá bem — assente Oliver.

Ele não parece muito surpreso, para ser honesto. Eu esperava uma arfada ou alguma coisa parecida, mas ele simplesmente continua ali sentado, com seu olhar sempre inquisitivo.

— Então, você tem tido alguns pensamentos gays, é o que você quer dizer?

— Bem, não, e essa é exatamente a questão. Eu não tenho tido absolutamente nenhum pensamento gay. Nos últimos tempos, pelo menos.

Oliver inclina a cabeça e parece meio confuso.

— Quero dizer, olha — mostro meu histórico de pesquisas e estendo meu celular para ele.

— *Gostosas batem punheta com os pés* — Oliver lê em voz alta, e parece mais confuso do que nunca. — Você está tentando me dizer que tem fetiche por pés, Max?

— Oi? — digo, virando o celular para mim. — Não! Não é isso! Mas olha só — continuo, rolando para ele poder ver. — É tudo garotas. Tudo.

— Então você *não é gay*?

— Não mais.

— Então você *estava tendo* pensamentos gays, e agora não está mais?

— Exatamente! Três dias atrás, eu era gay, mas agora sou totalmente hétero.

Oliver solta o ar com força.

— Max... — ele começa.

— Olha, eu sei que soa como maluquice, mas só preciso que você me escute, tá?

— Claro — diz ele. — Estou ouvindo, Max. Seja lá o que for, pode me contar.

— Você acredita em coisas sobrenaturais?

— Tipo, fantasmas e coisas assim? Vampiros, alienígenas e tudo o mais?

— Bem, não exatamente. Mas em coisas que não fazem nenhum sentido. Coisas que vão de encontro ao que sabemos ser verdade. Coisas que não dá pra explicar, sabe?

— Claro. Digo, magia é apenas ciência que ainda não descobrimos, certo?

— Certo! — concordo. — E o que você acha de universos paralelos? Acredita que é uma possibilidade? Que possam existir várias versões da mesma realidade, todas se desenrolando ao mesmo tempo?

— Acho que sim, mas o que isso tem a ver com...

— Eu sei que isso soa insano, mas acho que vim parar numa realidade alternativa — confesso, de um só fôlego. — Eu era gay. Tipo, *bem gay mesmo*. Gay tipo o Billy Porter no Baile do Met.

— Certo — diz Oliver, cauteloso. — Não sei se entendo, mas...

— Tudo estava bem até eu me meter numa briga enorme com meus amigos — relato, falando cada vez mais depressa agora porque sei que, se eu parar, não vou ser capaz de recomeçar. — Eu disse a eles que eu queria poder ser "normal". Que eu queria poder ser simplesmente como um dos garotos hétero. E daí acordei no dia seguinte... E eu era.

— Tá bem... — Oliver pisca. Percebo que ele está com dificuldade para acreditar em mim, mas pelo menos está tentando. — E a briga? Sobre o que foi a briga?

— Bem — digo, olhando para meu colo —, foi sobre... você.

— Sobre mim? — Ele soa chocado.

— No mundo real, nós não éramos amigos — conto. — Nós dois frequentamos a Woodside, mas mal nos conhecíamos. Nós mal conversávamos um com o outro.

— Acho difícil acreditar nisso, Max. — Ele sorri. — Mundos paralelos? Tranquilo. Mas um mundo em que nós dois não somos melhores amigos? Nisso eu não acredito nem por um segundo.

— Mas é verdade — admito com tristeza. — Não éramos amigos porque eu gostava tanto de você que não conseguia nem me dispor a falar com você. Eu gostava de você, Oliver. Gostava *de verdade* de você.

— Ah... Tipo... Um *crush*?

— Pode-se dizer que sim. E pensei que talvez pudéssemos...

Eu me calo. Isso é difícil demais.

— Prossiga...? — Oliver me incentiva, pegando na minha mão.

— Eu pensei que agora talvez você pudesse ser meu Príncipe Encantado. Que, talvez, se nós nos… Nos beijássemos... Que isso talvez pudesse romper o feitiço e fazer com que as coisas voltem ao normal.

— Ah — diz. A mão dele fica imóvel na minha. — Não sei não, Max.

— Não, esquece. É idiota — digo rapidamente, me afastando dele.

— Não é idiota. — Ele tenta pegar na minha mão de novo. — É só que eu nunca beijei ninguém antes, e não era exatamente assim que eu esperava que fosse meu primeiro beijo. Sempre quis que fosse especial, sabe?

— Você nunca beijou ninguém, sério mesmo? — pergunto, espantado. — Mas você bebeu. Durante o "Eu nunca...", digo.

— É uma brincadeira, Max. Eu menti — admite, encolhendo os ombros. — E também não foi a única coisa sobre a qual menti. Você não é o único que tem segredos, sabia?

— Mas e todos aqueles garotos que deixam comentários no seu Instagram?

— Ah, você reparou nisso, hein? — Ele ri baixinho. — Como eu disse, sempre quis que fosse especial. Além do mais, você tem uma namorada. Não podemos fazer isso com Alicia.

— É, você tem razão — concordo.

— Desculpe, Max — diz ele. — Talvez se as coisas fossem diferentes…

— Tudo bem.

Não sei por que sugeri isso para começo de conversa. Isso não é um conto de fadas; é a vida real, e um beijo de Oliver não vai resolver nada.

— Certo, acho que é melhor terminarmos de limpar esse lugar…

— Mas e a sua realidade alternativa? — pergunta ele.

— Esquece. Era só uma teoria, só isso. Deixe que eu termino. Você pode ir tomar aquele banho. Está fedido.

CAPÍTULO CATORZE

— Estou preocupado com Alicia — confidencio, quando Oliver e eu saímos da aula de inglês mais tarde naquele mesmo dia. O sr. Grayson nos mandou ler *A câmara sangrenta* como dever de casa, então nos dirigimos para a biblioteca para pegar dois exemplares, apesar de ser garantido que os livros da biblioteca de Woodside estarão surrados até o limite, sem uma página importante ou cobertos de manchas altamente duvidosas. Às vezes, as três coisas.

— O pai dela não teria deixado nada de ruim acontecer com ela. Tenho certeza de que ela só está em casa. Dê um tempinho para ela — responde Oliver.

Alicia não apareceu na escola hoje e ainda não respondeu a nenhuma mensagem que mandamos.

— É, talvez — digo, mas não estou convencido disso. Foi tudo culpa minha. Não posso simplesmente ficar esperando e torcendo para que tudo se resolva por conta própria.

Passamos pelas portas duplas da biblioteca. Oliver cumprimenta o bibliotecário como se fosse um de seus amigos mais chegados. Imraan tem vinte e poucos anos e acabou de se formar. Ele tem cabelos pretos lustrosos, olhos castanho-escuros e um sorriso gentil e acolhedor. Sempre foi um pouco quieto e reservado, e embora seja alguém a quem nunca prestei muita atenção na minha velha realidade, admito, acho reconfortante que ele ainda esteja aqui e não tenha sido levado pelo meu estalar de dedos de Thanos.

— O que houve com o seu olho?! — exclama. — Esse é um belo de um hematoma, Ollie.

— Longa história — diz Oliver, com um sorriso enorme e descarado. — Alguma novidade?

Ele dá uma espiada nos livros sobre a mesa do bibliotecário. Está claramente em seu hábitat. Nunca vi alguém ficar tão empolgado com uma biblioteca escolar.

— Esses acabaram de chegar. Separei este aqui pra você. — Imraan mostra um lindo livro cor-de-rosa com um punho branco na capa. *Como sobreviver a uma peste.* — É sobre a epidemia de HIV/Aids. É uma leitura pesada, mas inspiradora.

— Obrigado. — Oliver pega o livro e lê as resenhas. — Acho que já ouvi falar dele, na verdade...

Ele continua conversando com Imraan, mas eu já me desliguei da conversa porque meu olhar é capturado por outra coisa. Outro livro na mesa de Imraan que brilha e cintila quase ao alcance da minha mão.

— O que é isso? — Eu os interrompo enquanto admiro a capa, uma foto antiga de uma pessoa jovem e masculina usando um vestido longo e fluido de lantejoulas. Há uma certa expressão nos olhos da pessoa, um lampejo ali enterrado, o qual sugere que ela sabe que o mundo ainda não está preparado para aceitá-la, mas que estará um dia. *A história da moda andrógina*, lê-se em tipografia ousada na lombada. — Posso?

— Fique à vontade — autoriza Imraan, deslizando o livro na minha direção. — Acho que você pode ter convertido mais um aqui, Ollie.

— Estou tão surpreso quanto você.

Oliver sorri enquanto eu pego o livro. Nunca entendi muito o sentido de uma biblioteca quando temos a internet toda praticamente ao alcance dos dedos, mas, de algum jeito, parece que este livro me capturou.

— Posso pegar emprestado? — pergunto.

Folheando as páginas, vejo pessoas trajando todo tipo de roupas elaboradas. As fotos passam por décadas, chegando até os dias de hoje. A sensação é como vislumbrar um mundo que eu nunca sequer soube que existia.

— Claro — diz Imraan. — Literalmente, é para isso que eles estão aqui.

— Pegando um livro que não faz parte do dever? — Oliver ri. — Quem é você e o que fez com meu melhor amigo?

— Eu só gostei das imagens — respondo, guardando o livro debaixo do braço.

— Tá bem — Oliver assente. — Vou levar este aqui também. — ele mostra o livro que Imraan acaba de lhe dar. — E precisamos de dois exemplares de *A câmara sangrenta*, de Angela Carter.

— Deixe-me adivinhar: tarefa do sr. Grayson? — indaga Imraan, saindo de trás de sua mesa e nos conduzindo pelas prateleiras empoeiradas. — Ele é obcecado com contos de fada, aquele homem. Tipo, totalmente obcecado. Mas temos que admitir: ele gosta de testar os limites. Quando eu ainda era um estudante, ele se meteu em uma encrenca daquelas por tentar colocar *Contos de fada eróticos* na grade curricular.

— Soa como meu tipo de livro — gracejo. — Ele também é ilustrado?

Imraan ri.

— Não exatamente, e nós também não o temos aqui. É chocante demais. O príncipe da Cinderela tem fetiche por pés. As coisas que ele faz com aquele sapatinho de cristal…

— Max tem fetiche por pés! — despeja Oliver. — *Gostosas batem pun…*

— Ai, meu Deus, eu *não tenho* esse fetiche!

— Se é o que diz, Max. Mas eu vi o histórico de buscas — cochicha para Imraan, que ri enquanto retira dois exemplares de *A câmara sangrenta* de uma prateleira. Um já está sem a capa.

— Não vou julgar. Como dizem, gosto não se discute… — diz ele, entregando-nos os livros. — Lamento por estarem tão surrados. Eu me lembro de ler isso há, tipo, dez anos. Estamos precisando de novos exemplares para ontem, mas com o orçamento apertado e tudo mais…

— Obrigado, Immy — agradece Oliver. — Nós já estamos acostumados. Além do mais, um livro surrado é um livro muito amado, né?

— Exato — concorda Imraan. — Boa leitura, meninos.

Oliver tem treino de futebol, então passo pela sala de recreação só pra ver se Alicia deu as caras por lá. Já não tenho Dean em minha vida; a última coisa de que eu preciso é que ela desapareça também. Mas suponho que todo mundo já tenha ido para casa, porque o local está totalmente deserto. Exceto por Thomas.

— Max! — ele chama, mas eu giro sobre os calcanhares e saio na direção da porta. — Max, o que é isso? Espera — pede, me seguindo. — Só um minutinho, por favor!

— O que você quer? — rosno, parando de súbito.

Se eu pudesse ter feito alguém desaparecer, devia ter sido ele. Seria um jeito muito melhor de gastar um desejo.

— Eu só queria pedir desculpas — declara ele. — Pela noite passada e por tudo o mais.

— Me deixa em paz — desdenho, voltando a me dirigir até a porta. — Você deveria pedir desculpas ao Oliver; foi a cara dele que você arrebentou. E você não deveria estar treinando agora?

— Isso é mais importante — diz Thomas. — E eu já me desculpei com ele. Contei tudo para ele ontem à noite, antes de ir embora. Ele ficou bem chateado em ouvir como eu era... Mas você tinha razão, Max. Eu era um *bully* mesmo.

Ele pausa por um instante como se estivesse aceitando isso pela primeira vez.

— O que fiz foi horrível, e nunca deveria ter te arrastado junto nisso. Sempre me senti culpado, mas acho que imaginei que todo mundo tivesse se esquecido. Que todos nós tínhamos deixado isso para trás.

— Não é algo que se esqueça com facilidade — assevero. — Esse tipo de *bullying* fica marcado. Não é algo que simplesmente some.

— Eu sei — ele admite. — E eu devia ter te escutado. Não devia ter feito aquilo. Acho que eu só me sentia inseguro. Ele estava sempre roubando os holofotes; tudo sempre tinha que girar em torno dele. Acho que eu só queria deixá-lo um pouco mais humilde. Eu estava errado, sei disso agora, mas éramos apenas crianças, Max...

— Ele? — pergunto. — De quem é que você está falando?

Thomas esfrega o rosto.

— É isso que tem me incomodado de verdade — confessa. — O pior de tudo. Eu não consigo nem lembrar do nome dele. Foi há dez anos. Eu quase consegui me esquecer disso, até você tocar no assunto ontem à noite. Agora aquela culpa voltou com tudo.

E é aí que me ocorre, e sou tomado por um vazio enquanto tento processar o que ele quer dizer.

— Dean — constato. — Você tá falando do Dean.

— É, é esse o nome.

As lágrimas de crocodilo do Thomas caem depressa e fartas agora, mas não estou convencido.

— O que você fez com ele? — rosno, o vazio começando a ser preenchido pela fúria. — Onde ele está?

— Eu não sei — diz ele. — Depois que ele saiu da escola, nós nunca mais ouvimos falar dele.

— As pessoas não desaparecem assim, Thomas!

Ele está soluçando de verdade agora. É quase crível.

— Eu não queria feri-lo de verdade. Nunca pensei que todo mundo ia se juntar.

— Se juntar em quê? — indago. — Do que você tá falando?

— Fui eu que espalhei o boato — assume ele. — De que ele era gay. Era para ser uma piada, mas aí saiu do controle. Você lembra: o menino gay, era assim que todos nós o chamávamos. Soa tão idiota agora, mas...

— Como assim, eu lembro? — pergunto energicamente.

O que me lembro é de como Dean se impôs quando Thomas usou as mesmas palavras contra mim. De como ele me salvou, me protegeu. Com certeza eu devo ter feito o mesmo por ele, não?

Thomas olha para mim, confuso, com olhos avermelhados.

— Você estava lá, Max. Você se juntou ao *bullying*. Todo mundo se juntou.

Por um instante, não consigo respirar.

— Não — enfim digo. — Não. Eu jamais faria isso.

— Foi há muito tempo. — Ele coloca a mão no meu ombro. — Éramos apenas crianças, Max...

— Eu não aceito isso! — Eu o afasto com um empurrão. — Você é um mentiroso!

— Max, espera! — ele grita enquanto saio pela porta, sem nem olhar para trás.

Passo a correr e continuo até sair da escola. Meu coração martela no peito, mas não paro até chegar em casa. Irrompo pela porta e corro para o segundo andar, direto para a foto na minha mesa, pegando-a e rezando para que não seja verdade.

Mas é. E estava bem ali, na minha frente, o tempo todo. A foto da turma do ensino fundamental. Olhei para ela praticamente todos os dias, minha vida toda — Dean e eu bem na frente, no centro, desviando o foco de todos os outros. Mas nesta foto, não somos nós dois. Quem está sorrindo para a câmera somos eu e Thomas, os braços em torno um do outro como se fôssemos os melhores amigos no mundo inteiro. E ali, bem no fundo, quase fora de vista, está Dean.

Só que não é o mesmo Dean que eu conheci. Ele parece menor, de alguma forma, em roupas comuns, o sorriso que é sua marca registrada apagado do rosto. Ele é a única pessoa na foto que não está sorrindo e, enquanto encaro a imagem, é quase como se ela ganhasse vida. Posso sentir sua angústia, porque sei exatamente a sensação de passar pelo que ele passou. Posso ouvir as crianças o atormentando e, o que é pior, posso ouvir a mim mesmo me juntando ao coro.

— Oi, sr. B — diz Oliver no térreo. — O Max está?

— Está, sim, mas não está se sentindo muito bem — responde papai. — Provavelmente é melhor deixá-lo descansar, mas digo a ele que você passou por aqui. Pode ser?

— Por favor — pede. — Diga a ele que estamos preocupados.

— Direi, sim — papai assente. — E Ollie?

— Sim, sr. B?

— Obrigado por estar sempre ao lado dele.

— Para que servem os amigos, não? — diz Oliver.

Ouço a porta de casa se fechar e os passos de papai subindo os degraus lentamente. Mamãe passou a tarde toda fora, então eu só inventei alguma mentira de que estava doente de novo quando papai voltou para casa mais cedo do trabalho e me encontrou enfiado no quarto.

Meu telefone apita. É Oliver de novo. Ele me enviou milhares de mensagens esta tarde, mas nem olhei para elas. Não mereço a amizade dele, nem a de mais ninguém, aliás. Thomas tentou me mandar mensagens também, mas eu o bloqueei. Ele pode ir se foder tranquilamente.

Coloco meu telefone no modo silencioso e virado para baixo, enterrando a cabeça no travesseiro e me deixando ser corroído pela culpa. Eu mereço; Dean está em algum lugar por aí, sua vida arruinada, tudo por minha causa. Eu e meu egoísmo idiota. Imagino Dean em alguma escola horrível, em alguma cidade péssima, sofrendo *bullying* de pessoas que não o aceitam como ele é. Como é que pude fazer parte disso? Eu deveria ter estado ao lado dele, exatamente como ele fez comigo.

— Max? — Papai abre a porta do meu quarto. — Ollie acabou de passar aqui te procurando. Eu disse a ele que você está doente, mas não acho que seja o caso, né?

— Oi? — indago, me recusando a levantar a cabeça e encará-lo.

— Você pode tapear a sua mãe — diz —, mas comigo não vai colar. Ele vem se sentar ao pé da cama.

— Eu sei que tem alguma coisa te incomodando, algo que você não está nos contando...

— Não é nada — respondo. — Por favor, só me deixa quieto, pai.

— Bom, daí eu não estaria cumprindo meu papel, não é? — insiste ele, com gentileza. — Tudo bem pedir ajuda às vezes, Max. Seja lá pelo que você estiver passando, pode me contar. Pode contar para sua mãe. Nós sempre estaremos disponíveis.

— Mas como é que eu posso fazer isso, pai? — Eu me viro de frente para ele agora. — Digo, é sério isso? Como é que eu vou fazer isso se vocês estão sempre brigando? Eu simplesmente não entendo. Se vocês não estão felizes, então por que é que você não...

— Sim? — diz ele, mas não consigo me forçar a terminar a frase. Acho que nenhum filho deveria ter que completar essa frase.

— Eu só quero que todos nós sejamos felizes de novo. Quero *que vocês dois* sejam felizes.

— Como quando você era mais novo? — pergunta ele, mas não era isso o que eu queria dizer, de forma alguma. Eu me referia ao outro mundo. Eles eram mais felizes lá. Todos nós éramos.

Faz-se um silêncio por alguns momentos enquanto papai pensa. Percebo que ele não sabe o que dizer.

— Você se lembra de quando perdeu seu balão?

— Oi? — digo. — Mas o que isso tem a ver?

— Estávamos no parquinho. Você não devia ter mais do que quatro ou cinco anos. Você soltou seu balão e ele subiu com tudo pelo ar. Você queria que eu arrumasse uma escada para subir no céu e buscá-lo. — Ele dá uma risada baixa, nostálgica. — Você chorou e chorou, e eu teria feito qualquer coisa para pegar aquele balão de volta.

— Mas não podia.

— Não podia — repete. — Eu nem sempre posso consertar as coisas pra você, Max, mas não importa o que aconteça, *sempre* estarei do seu lado. Sua mãe também. Não importa o que aconteça.

— Eu sei. E agradeço muito. Mas acho que só quero ficar sozinho no momento.

— Tudo bem, campeão — diz ele, tocando em meu cabelo e dirigindo-se para a porta. — Estarei lá embaixo caso precise de mim.

DOIS ANOS ATRÁS

Ele é *tããããо* lindo...

Alicia está olhando Zach Taylor, que está sentado com alguns dos outros garotos do segundo ano no final do calçadão. Eles são um ano mais velhos e são inacreditavelmente atraentes. É como se todos os caras gatos da escola se juntassem para formar um Clube dos Gatinhos e agora só ficassem por aí o dia todo, sendo gatos. É irritante o tanto que gosto deles. Mas tenho certeza de que são todos héteros, então faço questão de não prestar nenhuma atenção a eles. Já assisti a séries da Netflix suficiente para saber da devastação decorrente de se apaixonar por um cara hétero. Não vou me fazer passar por *isso*.

— Talvez você tenha finalmente encontrado seu muso? — provoca Dean, batendo na página em branco no bloco de desenho de Alicia.

Estamos no Woodside Park, sentados num barranco gramado junto ao lago, sofrendo com o calor abrasador. É um daqueles dias de verão tão quentes que, quando a brisa sopra, parece que alguém ligou um secador de cabelo na sua cara.

— Talvez você possa pintá-lo *como uma de suas francesas*? Ou esculpi-lo em mármore, hein?

— Ele parece *já ter sido* esculpido no mármore. — Ela está praticamente babando. — Sabia que ele é o capitão do time de futebol? O que mais uma garota pode querer?

— Decência? Bondade? — Vou contando nos dedos. — A habilidade de contar até dez?

— Ele *sabe* contar até dez. — Ela revira os olhos.

— E esse é o critério, né? — ironiza Dean, rindo.

— Ah, tanto faz — desdenha Alicia. — Não vão fingir que vocês dois não concordam comigo. Não pensem que nunca os peguei olhando.

— A diferença é que nós *sabemos* que nunca vai rolar — retruco. — Então não vamos desperdiçar tempo com ele.

— Palavras mais sábias jamais foram ditas! — Dean exclama. — Muito orgulho de você, Maxine.

Sorrio. Melhor amigo ou não, ainda é gostoso ouvir isso.

Zach se levanta e todos nós observamos enquanto ele dá uma corrida e pula do calçadão para o lago, dando uma cambalhota no ar. Ele desaparece debaixo d'água por um momento antes de ressurgir com a bermuda de natação na mão. Eu me pego engolindo em seco.

— De repente, eu sinto essa necessidade de estar na água — diz Alicia.

A despeito de nossas objeções anteriores, tanto Dean quanto eu murmuramos:

— Eu também.

— Oi! — grita Shannia, descendo pelo barranco gramado na nossa direção, rompendo nosso profundo transe hormonal. — Eu não sabia que vocês viriam!

— Todo mundo de Woodside está aqui — comenta Dean, bem-humorado. — A Gabi não está com você?

— Ela foi vestir o maiô — diz Shannia, indicando o trocador. — Ela nunca usou isso em público antes, então sejam bacanas com ela, tá?

— Como se a gente não fosse! — Dean fala, exagerando na expressão de ofensa.

— Eu sei que você não faria isso, mas é só que... Max, eu tô falando com você.

— Eu?! — questiono, indignado. — Por que eu?

— Assumo plena responsabilidade por ele — interfere Alicia com firmeza. — Ele não vai dizer nenhuma estupidez enquanto eu estiver de olho. Prometo.

— Ai, meu Deus. — Reviro os olhos. — Desde quando eu sou um risco assim?

Dean ri.

— Literalmente, desde sempre. Não acredito que isso seja novidade pra você.

— Tá bem, olha, eu vou dar uma olhada em como ela está — diz Shannia. — Vocês se incomodam se nós ficarmos aqui com vocês?

— Pode ser um passeio não oficial do Clube Queer — responde Dean, com seu sorriso fácil.

— Perfeito — concorda Shannia.

Ela se encaminha para o trocador, cruzando com Poppy Palmer que acaba de colocar um maiô vermelho *minúsculo* que invoca imagens de *Baywatch: SOS Malibu*.

— Lá vem encrenca — ironiza Alicia, de olho enquanto Pepê abre caminho para flertar com alguns dos garotos de Grove Hill.

— Aff — Dean brinca. — Não suporto esses garotos. Não sei o que ela vê neles. São tão arrogantes, tão metidos… Digo, olha só aquelas sunguinhas ridiculamente pequenas e de grife deles. Mal conseguem esconder tudo…

— Não sei não, Dean, meio que parece que você gosta…

— Ah, por favor — dispara ele de volta, mas *definitivamente* está fitando um dos caras grandões.

— Impossível serem todos maus — comenta Alicia. — Nem todos os riquinhos são cuzões.

— Sei lá — diz Dean. — Ouvi falar que em Grove Hill eles têm uma sala de massagem para quando os alunos se sentem estressados. Quanto privilégio…

— Isso não é verdade — rebate ela, fungando. — Não tem como isso ser verdade.

— Mas enfim — Dean continua. — Não posso imaginar nada pior do que frequentar aquela escola. Eu preferiria assistir à adaptação de *Cats* para o cinema.

— Como é que eles conseguiram ter Judi Dench, Idris Elba e Ian McKellen no elenco — digo — e *ainda assim* estragar tudo?

— Eu nunca cheguei a assistir — Alicia admite.

— Considere-se sortuda! — exclama Dean, e é aí que Gabi e Shannia saem do trocador. Agora estão em um par de maiô de bolinhas, e é adorável, na verdade. Gabi de rosa e Shannia de azul.

— Aquelas duas deveriam ser um casal — diz Alicia.

Todos nós estávamos pensando isso.

— Você está corretíssima — concorda Dean. — Eu queria muito que fossem.

E, então, como se num passe de mágica, assistimos Gabi esticar a mão e pegar a de Shannia.

Alicia se vira para nós, boquiaberta.

— Você desejou tanto que fez acontecer, foi isso?

— É um dos meus vários talentos — Dean brinca, tornando a deitar na grama, satisfeito. — Sabe, andei pensando na mudança de nome da Gabi. A sra. A tornou tudo muito mais fácil do que poderia ter sido para ela. Andei pensando em talvez fazer isso também...

Alicia me lança um olhar de surpresa.

— Tipo, você acha que pode ser trans?

— Não, não — corrige Dean. — Eu sou cis, definitivamente. É só que... Carreguei um nome de branco por todos esses anos. Dean Kellar? Acho que eu preferiria ser Jackson.

— Jackson Kellar? — pergunto.

— *Dean Jackson,* seu palhaço — me diz Alicia. — Ele vai usar o nome da mãe.

— *Aaaaahhh* — exclamo. E então: — Ei, isso é incrível!

— É, foi ela quem me criou. Por que eu deveria usar o nome *dele*?

— Dean Jackson, então?

— Dean Jackson. — Ele sorri. — Soa mais *teatral*, não acham?

— Eu amei — diz Alicia.

Nosso momento especial é interrompido pelo resto dos Gatinhos aplaudindo ruidosamente. Olhamos na direção deles e vemos todos eles arrancando as bermudas e saltando para dentro do lago.

— Sabe — Alicia apanha sua câmera Polaroid —, acho que talvez eu tenha encontrado minha inspiração, no final das contas.

— Acho que você não pode fotografá-los sem o consentimento deles...

— Você é um idiota, Max — retruca ela, virando a câmera para uma selfie e batendo uma foto de nós três.

CAPÍTULO QUINZE

O toque do despertador me tira do sonho e me arrasta de volta ao pesadelo de estar acordado.

— Hoje não, diabo! Hoje não! — reclamo, gemendo, agarrando o despertador da mesinha de cabeceira e o arremessando na parede. A caixinha se despedaça, mas o relógio, de alguma forma, continua apitando.

— AAAAAAAFFFF! — berro, levantando para retirá-lo da tomada.

Em seguida, arranco os pôsteres das paredes. Fodam-se essas gatas peitudas do *Baywatch: SOS Malibu*, e foda-se o Zac Efron também. Ser hétero é oficialmente a pior coisa que pode acontecer com alguém. Não posso crer que eu tinha inveja *disso*.

Não vou mais tolerar essa simulação infernal recorrente. Se vou ficar preso aqui, vou fazer isso do *meu* jeito. Eu ainda sou eu, ainda sou o Max, e ainda vou ser *queer*, mesmo que isso signifique ter que fazer isso *sendo hétero*.

Abro o guarda-roupa e repasso minhas roupas até encontrar uma camiseta amarela desbotada que é levemente pequena demais. Vasculhando a gaveta da mesa, pego um par de tesouras, uma agulha e um retrós de linha branca. Corto a camiseta na metade meio de qualquer jeito, dobro as bordas irregulares para dentro e as faço de barra, terminando com um *cropped* bem alto. Eu a visto. Fica justo no peito e nos braços, me fazendo parecer mais musculoso do que sou, e soltinho no tronco só o bastante para expor o que pode passar por músculos do abdômen. É bagunçado e o amarelo destoa um pouco das minhas unhas azuis marcantes, mas, tirando isso, funciona.

Visto uma calça jeans rasgada e um par de tênis amarelos de cano alto e me checo no espelho. O *cropped*, o esmalte, a calça jeans que destaca meu traseiro. É meu próprio pequeno ato de rebeldia queer. Tudo o que falta é uma pulseira do arco-íris, e daí poderei me sentir como eu mesmo de novo.

Se vestir desse jeito requer uma trilha sonora poderosa, contudo. Não dá para simplesmente sair de casa com o rabo entre as pernas; é preciso andar como o dono da porra toda. Dominar o espaço. Mostrar ao mundo que tem orgulho de quem é e que não vai voltar atrás por ninguém. Dean não se esgueirou para dentro daquele auditório em drag completa; entrou chutando aquelas portas duplas e deixou a plateia na palma da sua mão.

Encontro um par de fones de ouvido brancos grandões e os coloco, abafando o mundo lá fora com "Dangerous Woman" da srta. Grande, minha música número um para me sentir empoderado. Ninguém pode mexer com você quando Ariana está cantando nos seus ouvidos. Desço a escada apressado e saio de casa, pegando o ritmo das minhas passadas ao me dirigir para a escola. Algumas pessoas viram a cabeça ao me ver. Um menino de *cropped* nunca foi exatamente algo comum em Woodside, e num mundo em que eles não tiveram dezessete anos de Dean Jackson... Isso é completamente inédito.

Tento canalizar a energia dele ao entrar na escola, mas, por mais que eu tente manter a cabeça erguida, o mar de alunos me julgando ameaça me esmagar. Aumento o volume da Ariana para abafá-los, mas a expressão na cara deles diz tudo. As mesmas pessoas que antes elogiavam o Max Gay por seus visuais extravagantes e exagerados agora encaram mudas e horrorizadas.

"O que diabos ele está vestindo?", leio os lábios de uma das meninas do primeiro ano. Vários membros do time de futebol estão rindo abertamente. Outros viram de costas, como se estivessem envergonhados por mim.

Meu passo começa a fraquejar, meu rabo cai por entre as pernas, e minha caminhada, antes poderosa e cheia de orgulho, agora se encolhe para uma debandada tímida.

E, quando penso que não tem como tudo piorar, dou de cara com o sr. Johnson. Literalmente.

— Devagar aí, Baker! — Ele está carregando um saco cheio de bolas de basquete que quase lhe escapa da mão. — E isso é para ajudar em quê? — diz, me olhando de cima a baixo. — Alívio cômico?

— Como assim? — questiono, tentando me conter. Esse é o segredo para lidar com gente como o sr. Johnson: não deixem que vejam seu ponto fraco.

— Esses... trajes de palhaço. Isso é para caridade ou algo assim?

— Não — respondo, cerrando os dentes. — Só pensei em tentar algo diferente.

— E você está ciente de que temos um código de vestimenta, certo? Cadê o resto da sua roupa? Isso é totalmente inapropriado.

— Mas as garotas podem usar *cropped* e...

— E você é uma garota, Baker? Você é um transgênero?

— *Um transgênero...* — Contenho algumas palavras das quais vou me arrepender. — Não, mas...

— Então volte para casa e se troque — ordena. — E aproveite para tirar esse esmalte. Este é um lugar de aprendizado, não um dos seus *Drag Shows* do Ron Paul.

— É *Drag RACE* — corrijo. — E Ron Paul é um político de direita.

O sr. Johnson parece passado.

— Ele é uma drag queen e um político de direita *ao mesmo tempo*?

— São duas pessoas diferentes! — exclamo. — E eu não vou me trocar!

Ele olha para mim como se fosse gritar, mas é aí que a sra. A aparece atrás dele. Graças a Deus. Aí vem a cavalaria queer.

— O que está havendo? — pergunta, tentando disfarçar sua confusão enquanto me olha da cabeça aos pés.

Deve ser um *look* e tanto se até a sra. A está chocada.

— Aparentemente, estou violando o código de vestimenta — digo com amargura, olhando diretamente nos olhos do sr. Johnson. — Mas eu posso vestir o que eu quiser. Diga isso para ele, professora.

— Olha — ele continua —, eu fiz que não vi Cheng usando aqueles cadarços de arco-íris, mas isso já vai longe demais.

— Fez que não viu?! — grito. — Se Oliver te ouvisse dizendo isso...

— Certo, escutem! — pondera a sra. A. — Não vamos entrar numa discussão por causa disso. Se você tem algum problema com o código de vestimenta, Max, pode vir conversar comigo e nós o discutiremos. Mas, neste momento, o sr. Johnson está correto. Se começarmos a distorcer as regras para uma pessoa, teremos que fazer o mesmo para todos.

— O quê? — digo, desacreditando. — Então você vai ficar do lado *dele*?

— Não estou ficando do lado de ninguém, Max. Mas temos que seguir os canais apropriados. É assim que funciona. É assim que mudanças acontecem.

— Mas isso é homofobia descarada, professora!

Alguns dos alunos agora pararam para escutar no corredor. Bom, eu quero mesmo uma plateia para isto.

— Max... — ela fala, claramente tentando se manter calma. — Você não pode usar palavras como "homofobia" simplesmente porque não conseguiu o que queria.

— Ele nem é gay — alega o sr. Johnson, com um sorriso maldoso que me dá vontade de pular em cima dele. — Todo mundo sabe que ele está namorando aquela menina, a William.

— E daí?! — digo. — Gay, hétero, tanto faz. Todo mundo deveria poder se vestir como quiser. Não estamos em 1950, pelo amor de Deus.

— E eu concordo com você — concede a sra. A, ainda com aquela calma enfurecedora. — Mas este não é o momento de discutir isso. Venha me ver na segunda, e podemos conversar sobre isso, tá?

— Não, foda-se — disparo. — Era para você estar do nosso lado, professora! Não posso acreditar que está se colocando do lado desse preconceituoso!

— Como é que é?! — retumba o sr. Johnson. — Com quem você pensa que está falando?

— Vá se foder — rosno da maneira mais venenosa que consigo, me virando na direção contrária.

— Max! — grita a sra. A, mas isso só me faz andar mais depressa. — Max, volte aqui!

Acho que ouço o sr. Johnson gritar sobre uma suspensão, mas eu realmente não estou mais nem aí. Vá em frente, me suspenda. Como se ser barrado na escola fosse fazer alguma diferença nesse inferno. Dobro a esquina e continuo em movimento, abrindo caminho pelos corredores até que ambos estejam fora do alcance dos meus ouvidos.

Dobro outra curva, e mais uma, e me encontro do lado de fora da biblioteca. Não sei o que estou fazendo; é como se eu tivesse vindo para cá no piloto automático. O lugar está vazio; é cedo demais para Imraan estar em sua mesa. Sou só eu, sozinho, com os livros velhos e empoeirados. Respiro fundo e tento conter a raiva, mas nesse momento é como se todas as minhas emoções surgissem de uma vez só. Tudo o que tenho tentado sufocar, absolutamente tudo, se despeja de mim. Lágrimas enchem meus olhos e, enquanto ofego por ar, deixo que elas escorram por meu rosto.

— Max?

A voz que me chama é gentil. Ao olhar para o corredor vizinho, encontro Oliver me espiando.

— Qual é o problema?

Abro a boca, mas não sai nada.

— Está tudo bem — diz ele, colocando alguns livros numa prateleira próxima para poder me abraçar.

— Eu não sei o que fazer — confesso. — Simplesmente não sei o que fazer.

— Não se preocupe — ele ampara. — Nós vamos dar um jeito, tá?

Ele me abraça um pouco mais forte e eu deixo minhas mãos o encontrarem para corresponder ao abraço.

— Não consigo — lamento, minhas lágrimas manchando a camiseta dele. — Não consigo mais fingir.

— Tá tudo bem, Max — diz Oliver. — Respira, só respira.

E, conforme sinto o peito dele subir e descer lentamente, tento acompanhar o ritmo de sua respiração.

— Tem que existir uma saída para isso, Oliver — comento, me afastando para poder olhar para ele. Seus olhos se mostram sérios e compreensivos, suas mãos me agarram com firmeza, me estabilizando e impedindo que eu desmorone por completo. — Eu só preciso reverter o feitiço, encontrar um jeito de desfazê-lo. Tem que haver um jeito… Simplesmente, tem que existir…

— Max — Oliver diz, baixinho. — Para, só para, tá? Tá tudo bem.

E, por um momento curtíssimo, o mundo inteiro congela enquanto ele se inclina e me beija com gentileza.

As luzes na biblioteca parecem enfraquecer e piscar, como se estivéssemos no olho de uma tempestade furiosa. Fecho os olhos e inspiro enquanto sinto os lábios dele nos meus. Este é o momento pelo qual esperei, ansiei, o momento que vai colocar o mundo nos eixos. Mas… Isso não acontece. Não há magia, não há fogo; é só a boca de Oliver pressionando a minha, sem jeito.

— E então? — ele pergunta, afastando-se e olhando para mim, hesitante. — Funcionou?

Mais uma vez, eu não penso, apenas falo.

— Não sinto nada. Não sinto absolutamente nada.

— Ah — diz ele, o olhar caindo até o chão, as mãos me soltando e pendendo ao lado do corpo. — Só pensei que talvez…

A voz dele sai entrecortada e ele gagueja.

— Espera — falo, e pego a mão dele na minha.

Ele levanta a cabeça, esperançoso, e fito os olhos dele com intensidade, querendo que aquela faísca que eu sentia ressurja, reacendendo os sentimentos que eu tinha por ele. Embora eu saiba que ele é o garoto com quem eu costumava sonhar, e ele esteja parado bem na minha frente, não importa quanto eu tente encontrá-lo, é como se ele simplesmente não estivesse ali.

— Nada?

— Nada.

Solto a mão dele e balanço a cabeça.

— Tá bom — diz ele, e soa genuinamente triste. — Eu só pensei que talvez fosse isso que você precisava para aceitar...

— Oi?

Oliver sacode a cabeça.

— Todo esse negócio de dimensões alternativas... Eu pensei que esse fosse só o seu jeito de lidar com... O fato de sentir alguma coisa.

— Lidar com isso? Não, Oliver, tudo o que falei é verdade! Eu pensei que você entendesse...

— Eu também achei que tivesse te entendido — ele fala, magoado. — Sabia que você estava com dificuldades, mas pensei que você... Pensei que nós...

E é aí que finalmente vejo algo enterrado nos olhos dele. Não a faísca que eu esperava encontrar, mas a esperança de um garoto com o coração partido, se desvanecendo lentamente.

Ai, meu Deus, o que foi que eu fiz?

— Espera! Talvez a gente não tenha feito direito... — digo sem pensar e me aproximo para tentar beijá-lo de novo.

— Max?! — outra voz ofega, e me deparo com Alicia à porta. — O que você está fazendo? — pergunta, e vejo a mesma expressão dos olhos de Oliver espelhada nos dela.

— Não é o que parece! — grito, mas ela já se foi. — Alicia!

Saio apressado para o corredor, tentando segurá-la pelo braço.

— Não me toque — rebate, furiosa, me empurrando com um safanão enquanto continua se afastando.

— Alicia, por favor. Não é o que você...

— Pare, Max. Só pare. Você acha mesmo que eu sou burra a esse ponto? — indaga, virando de frente para mim. — Ouvi dizer que você teve uma briga feia com o sr. Johnson, então vim conferir como você estava, porque fiquei preocupada, mas, em vez disso, te encontro tentando beijar meu melhor amigo.

— Eu sei que parece algo errado — admito —, mas você precisa me escutar...

— Eu não preciso fazer nada, Max! — grita, e então fica em silêncio conforme as lágrimas começam a cair. — Simplesmente não sei por que você sentiu que tinha que mentir para mim. Eu teria ouvido, Max. Eu teria compreendido. Se você é gay, bissexual, seja lá o que for, tudo bem. Eu só queria que você tivesse me contado.

— Mas eu... Não sou — digo, impotente. — Bem, não de verdade...

— Não minta para mim, Max! — dispara. — Está tão óbvio. Primeiro o esmalte, depois as roupas e agora Ollie. Eu deveria ter previsto isso, vocês dois são inseparáveis. É como se quisessem passar todos os momentos do dia juntos.

— Mas eu não me sinto atraído por ele! Já me senti, mas não mais.

— Ah, poupe-me, Max! — retruca. — Você está apaixonado por ele, é óbvio.

— Mas eu *não estou* — digo. — Estou te dizendo a verdade.

— Não tô nem aí, Max. Só me deixa em paz, tá?

— Alicia, por f...

— Me deixa em paz! — ela grita com tanta ira que me deixa congelado no lugar.

Observo Alicia desaparecer pelo corredor, e quero ir atrás dela, mas não vou. Não faz sentido. Terminou tudo entre nós. Não há como voltar atrás.

CAPÍTULO DEZESSEIS

Oliver sumiu. Eu esperava encontrá-lo esperando na biblioteca quando eu voltasse, pronto para me reconfortar outra vez com aquele sorrisão idiota. Mas os corredores estão vazios e apenas Imraan está aqui, separando o conteúdo de uma caixa de livros em sua mesa.

— Cadê o Oliver? — pergunto, tentando disfarçar o tremor em minha voz.

Imraan apenas dá de ombros.

— Ele saiu correndo quando cheguei — responde. — E deixou esses aqui para trás — acrescenta, indicando, com o queixo, uma pilha de livros em sua mesa.

Apanho os livros e dou uma olhada. *História da moda moderna. Figurinos ao longo das eras. Moda que mudou o mundo.* Acho que Oliver não estava pegando esses livros para si mesmo. Acho que estava os separando para mim. E é assim que eu o recompenso: despedaçando seu pobre coração.

— Vocês fazem um casal fofinho, sabia? — diz Imraan.

— Ah, nós não estamos juntos.

Parece sal em ferida aberta.

— Ah, desculpe. Eu não devia presumir.

— Tudo bem. Entendo por que você teve essa impressão — concedo, gesticulando para minhas roupas. Vesti-las não me traz alegria nenhuma agora. Parece que estou brincando de faz de conta.

— Bem, é bacana ver Woodside se tornando tão receptiva — diz ele. — Nem sempre foi assim, sabe? Eu não era assumido na época em que estudei aqui. Nem a sra. A era assumida para os alunos naquela época.

— Sério? — indago.

É difícil imaginar uma época em que a sra. A não fosse assumida com orgulho. Dou uma olhadinha para a coleção de livros LGBT+ em uma das prateleiras de exposição. Nunca reparei neles antes, mas eu também não sou exatamente um frequentador assíduo da biblioteca da escola.

— Isso aqui foi você, então?

Imraan assente.

— Minha pequena contribuição à causa. Talvez eles encontrem um jeito de ir parar nas mãos do ou da estudante ideal e ajudem um pouco, mas, ainda que não encontrem, pelo menos deixam a biblioteca um pouco mais colorida. — Ele aponta para os livros que Oliver escolheu. — Quer que eu guarde esses pra você?

— Acho que vou ficar com eles, na verdade — digo, abrindo um dos livros. Está cheio de roupas extravagantes e é como se cada fotografia falasse comigo.

Fico emocionado que Oliver tenha se esforçado para selecioná-los para mim. Sinto que ele me conhece melhor do que eu conheço a mim mesmo. Ele merece muito mais do que isso. Assim como Alicia. E Dean. Parece que todo mundo em Woodside seria muito mais feliz sem mim.

Vasculho pelas páginas até chegar numa foto de um lindo dançarino negro vestido num macacão de lantejoulas quase do tom de sua pele. Penso em Dean e em como ele amaria vestir algo assim, subir ao palco em algo tão elegante. Não sei onde ele está agora, mas, se tem uma coisa de que tenho certeza, é que ele ainda está atuando. Pode haver um milhão de realidades diferentes, e Dean estaria no palco em todas elas. Nada apagaria essa centelha; certamente Thomas Mulbridge não conseguiu.

— Oi, gente. — Ouço alguém dizer. É uma pessoa que não reconheço de imediato.

É só quando Imraan usa o nome morto de Gabi que me dou conta de que é ela. Ele não fala por maldade, é claro — é o Imraan, afinal de contas —, mas só de ouvi-lo em voz alta tenho vontade de me encolher.

— Oi… *colega* — digo.

Eu me recuso a usar o nome morto dela, mas está claro que Gabi ainda não se assumiu, então também não posso usar seu nome real. Seu cabelo está cortado curtinho e ela veste uma calça jeans azul-clara e um blusão branco com capuz pelo menos três tamanhos maior do que o dela. É chocante vê-la assim, mas, depois de pensar que eu a havia feito sumir, é muito bom pelo menos vê-la. Conforme presto mais atenção, porém, percebo que sua noção de estilo pode estar diluída, mas ainda há uma feminilidade distinta ali. Sutil o bastante para passar despercebida por uma pessoa qualquer, mas andrógina a seu próprio modo. É simples, mas, quanto mais olho para ela, mais me dou conta de seu brilhantismo.

— Eu vim só devolver esses aqui — diz Gabi, abrindo o zíper da mochila e passando uma pilha de *graphic novels* para Imraan.

As no topo não são nada de chamar a atenção, mas noto um exemplar de *Minha desventura adolescente trans* enterrada lá no meio. Eu me pergunto se ela de fato leu as outras, ou se simplesmente faziam parte de sua camuflagem esperta. Eu me lembro bem dessa época.

Então reparo nos broches em sua mochila. A maioria é decorativo — um Pacman, um Totoro e toda uma coleção de Pokémon —, mas também há algumas mensagens políticas. Um que diz PRÓ-ESCOLHA, outro declarando que ela é uma APOIADORA ORGULHOSA, e até um que diz que VIDAS NEGRAS TRANS IMPORTAM. Gabi pode não ter se assumido ainda neste mundo, mas isso não a impede de manifestar as coisas em que acredita. Não me surpreenderia se ela tivesse se assumido discretamente para algumas de suas amigas mais próximas.

— Vai pegar algo novo? — pergunta Imraan, e vejo os olhos dela se voltarem rapidamente na direção da exposição do Orgulho antes de fechar o zíper da mochila e balançar a cabeça, negando.

Queria que houvesse um jeito de lhe dizer que eu a amo exatamente como é, mas não sei como fazer isso até que ela decida que está pronta para se assumir para nós.

— O que é isso? — pergunto, notando uma pulseira rosê cintilante que escorregou de baixo da manga do blusão dela.

— Não é nada — reage, puxando a manga para baixo por instinto, para cobrir a pulseira.

— É muito bonita — acrescento rapidamente. — Combina com você.

— Concordo — diz Imraan.

— Ah. — Gabi sorri com hesitação. — Bem... Valeu.

— Onde você conseguiu isso?

— Peguei emprestado — responde, subindo a manga para podermos ver a peça direito. — Da minha mãe, na verdade. E quando eu digo que peguei emprestado...

— Pegou sem autorização? — adivinha Imraan, rindo.

— Talvez. — Ela sorri um pouco mais confiante agora. — Valeu, gente.

— Por nada — retribuo, e ela nos olha de cima a baixo por um momento como se nos analisasse antes de assentir em aprovação.

— Bom, vejo vocês por aí, então — despede-se ela, levantando a mão num aceno discreto e voltando pelo caminho de onde veio.

Ela ainda parece bem confiante sobre quem é, só um pouco tímida, e isso me faz imaginar por que ela nunca se assumiu neste mundo. Daí penso em Dean e no Clube Queer, e em todas as pessoas queer que a cercavam. Talvez aquilo tenha lhe dado a coragem para se assumir, e, ao fazê-lo, inspirou Dean, por sua vez, a mudar de nome. Não é que ela precisasse dele ou ele dela — ambos precisavam encontrar um ao outro.

E é aí que as peças finalmente se encaixam nos devidos lugares. Se Gabi nunca mudou de nome nesta realidade, então Dean também nunca teria mudado o dele! Pego o celular, mas aqui embaixo não tem sinal.

— Imraan! — exclamo, empolgado. — Tem algum computador que eu possa usar?

— Sim, tem um aqui no fundo. — Ele aponta com o queixo para uma máquina que parece ser literalmente dos anos 1990.

Corro até lá e procuro de novo por peças teatrais, dessa vez estreladas por Dean Keller.

Bingo! Uma produção escolar de *Meninas malvadas* com Dean Keller interpretando Regina George em drag. Não há fotos, mas *tem* que ser ele. Literalmente é algo que grita Dean. Leio rapidamente a página procurando pelo local.

Escola Particular de Grove Hill. Woodside.

Ele esteve bem aqui esse tempo todo. Meu coração está disparado quando clico para ver mais detalhes. Sei onde vai ser a apresentação, mas quando será? Será que eu já a perdi? Enfim, na página de reservas, encontro a data: 27 de outubro, às 18h.

A apresentação é hoje à noite.

Grove Hill fica a quilômetros da Woodside Academy e, durante a longa jornada naquela tarde, percebo que deve ser por isso que Marcy se mudou da Brimsby Road. Ela faria qualquer coisa pelo filho, mesmo que isso significasse deixar para trás o lar que sempre conheceu e amou. Contudo, Dean sempre deixou claro quanto odiava a ideia de ir para Grove Hill, então só me resta imaginar o tormento pelo qual ele deve ter passado para tomar a decisão de ir para lá. O tormento com o qual eu contribuí.

Acreditar que eu, de alguma forma, o fizera sumir da existência com meu desejo era mais fácil do que enfrentar esta realidade, mas pelo menos agora eu posso tentar corrigir isso. Passei as últimas três horas elaborando mensagens de desculpas para Oliver e Alicia, mas todas simplesmente deixavam a desejar. Eu nunca fui bom com as palavras; Dean foi quem sempre me ajudou a me expressar.

A apresentação estava com os ingressos esgotados, então cheguei atrasado deliberadamente, torcendo para poder me esgueirar lá para dentro quando todo mundo tivesse ocupado os assentos. Dizem que Grove Hill tem uma segurança mais rigorosa do que a rua onde mora o primeiro-ministro, mas o cordão impenetrável deles é, na verdade, composto por um par de alunos do último ano no portão da frente. Dois garotos loiros, musculosos e privilegiados que parecem ter sido tirados diretamente do tipo de vídeo que o Max Gay assistiria debaixo do edredom depois que todo mundo fosse dormir. Tá na cara que eles se chamam Garrett e Chad. Estão usando seus uniformes impecáveis de Grove Hill — blazer cor de vinho com pesponto amarelo berrante. Para uma escola cheia da grana, eles realmente têm um gosto péssimo.

— Ouvi dizer que ela ficou com Seb no bicicletário — Garrett diz enquanto me aproximo.

Eu sabia que chamaria atenção com meu *cropped*, então fui para casa e me vesti mais como mauricinho — uma camisa polo azul com calça cáqui e tênis iate. Pareço um garoto riquinho sem estilo nenhum. Vou me misturar tranquilamente.

— Duvido! Sebastian é um virjão, isso sim — comenta Chad com desdém, mas se endireita ao me ver. — Boa noite — cumprimenta ele. — Está com sua entrada?

— Estou, está aqui em algum lugar. — Apalpo os bolsos. — Estou tão atrasado… A apresentação não começou ainda, né?

— Começou já faz meia hora — responde Garrett, conferindo as horas em seu Rolex breguíssimo.

— Acho que esqueci minha entrada — lamento. — Ai, meu Deus, a Kayleigh vai me matar…

— Você conhece a Kayleigh? — pergunta Chad. — Kayleigh Adams? Do coral?

É claro que tem uma Kayleigh. Sempre tem uma Kayleigh.

— Espera, *você* é o namorado de quem ela sempre fala? — Garrett questiona.

— Hã, é, sim, sou eu.

Primeiro Alicia, agora Kayleigh. Diabos, por que não?

— Ai, meu Deus, ela contou para a gente o que aconteceu no iate do pai dela! A gente ficou PASSANDO MAL. E se ele tivesse pegado vocês no flagra? — Chad relincha. — É sério, cara, te considero muito *bróder* fazendo aquilo. Consideração.

— Valeu — agradeço. Estou agora a uma história ridícula de ser completamente desmascarado. — Mas enfim, é melhor eu entrar. Da última vez que me atrasei para uma das apresentações dela, ela ficou mal-humorada comigo por semanas...

— Garotas, né? — pontifica Garrett, rindo.

— Vá em frente — acrescenta Chad, indo para o lado a fim de me deixar passar.

E assim, com uma pitada da boa e velha misoginia, entrei. Como tirar doce de um par de crianças incrivelmente riquinhas.

Sebes altas e muito bem-cuidadas escondem a escola do mundo externo, mas, uma vez que se passa dos portões, até eu tenho que admitir que é algo bem especial. O prédio principal é quase que totalmente de vidro, todo corredor tem janelas que vão do piso ao teto, e — ao contrário das de Woodside —, nenhuma delas está quebrada. Pontos de luz se espalham pelos canteiros de flores primorosos e um sistema elaborado de irrigadores emite um som gentil enquanto molha os jardins exuberantes. Parece desnecessário, uma vez que costuma chover seis vezes por semana, mas gente rica é isso aí. O lugar todo parece mais com um daqueles museus estilosos de arte moderna do que com um local para educar crianças.

Dentro, outros Garretts e Chads me conduzem ao auditório. Sou capaz de ouvir o estrondo da música antes mesmo de abrir as portas e, quando me esgueiro silenciosamente para dentro, fico deslumbrado com quanto tudo é chique e moderno. Caberia uns quatro teatros como o de Woodside aqui dentro. Centenas de assentos rodeiam em cascata o palco imenso sob um equipamento de iluminação enorme. Sempre pensei que as instalações eram bem decentes em Woodside, mas ver isto me faz perceber tudo o que não temos.

O cenário parece algo saído de uma peça do West End. O palco todo está iluminado num rosa suave, com armários rosê em ambos os lados, e uma faixa imensa onde se lê: BEM-VINDOS A NORTH SHORE HIGH.

Reconheço a música que estão cantando de imediato — "Where do you belong?" — e me dou conta de que estamos a apenas alguns minutos da entrada triunfal de Regina George. Não há cadeiras vazias, então fico de pé nas sombras junto às portas, meu coração martelando enquanto espero pela aparição de meu melhor amigo.

Quando éramos mais novos, eu e Dean coreografamos a peça toda, dublando loucamente em nossos quartos. Eu sempre fui Cady e Dean sempre foi Regina — ele insistia nisso, de fato — e, pelo menos por isso, fico contente que ele ao menos agora possa viver aquela fantasia num palco real.

A garota interpretando Cady termina a música numa nota prolongada. A apresentação dela foi impecável, acertando cada nota com uma voz de trazer a casa abaixo. Devo admitir que ela talvez tenha um vibrato melhor do que o meu. Ela é tão boa que eu quase não escuto as portas se abrirem discretamente ao meu lado. Viro para olhar e meu coração para de verdade, porque aqui está ele. Meu melhor amigo. Dean.

Quero agarrá-lo e abraçá-lo, dizer quanta saudade tive dele, contar como eu lamento por ter arruinado a vida dele neste mundo e todas as coisas idiotas que falei para ele no meu mundo. Mas não posso estragar este momento e tirar dele essa entrada triunfal.

Ele está *incrível*. Está em drag completa, um dos melhores *looks* que já o vi criar, o corpo todo adornado em lantejoulas cor-de-rosa, o rosto pintado com um *cut crease* marcante nos olhos. Carrega um Livro do Arraso numa das mãos e uma pilha de páginas com as pontas queimadas na outra. Ele olha na minha direção, e fico em pânico achando que ele vai me reconhecer como um dos que praticavam *bullying* contra ele. Fazemos contato visual por um momento, mas aí ele dá uma piscadinha, leva um dedo aos lábios e sorri.

Sou um total desconhecido. Ele não se lembra nem um pouco de mim.

A música começa e Regina ganha vida. O holofote atravessa a plateia em sua direção e eu me dou conta de que também estou debaixo dele. Tento sair do caminho, mas Dean desliza para me impedir enquanto canta o verso de abertura.

Todos na plateia estão nos olhando enquanto ele pega as minhas mãos e as coloca em seus peitos falsos, ofegando em escândalo fingido enquanto o faz. Incorporando de verdade o espírito de Regina, ele instiga uma risada enorme de meu embaraço e, no mesmo instante, torna-se a pessoa mais popular da sala.

Ele sai desfilando, levando o holofote consigo e me deixando junto com todas as outras pessoas nas sombras, exatamente como fez em sua apresentação espetacular de *A pequena loja*. Ele foi a estrela do evento, e ainda é a estrela agora. Todo o elenco é fenomenalmente talentoso, mas encolhem ao lado de Dean.

Meus olhos estão fixos nele, e tenho certeza de que o mesmo pode ser dito sobre todas as outras pessoas na sala. Cada nota, cada movimento, cada expressão — tudo é perfeito, desde o segundo em que o holofote o encontra até o momento em que ele deixa o palco. Acho difícil acreditar que isso está acontecendo numa escola do outro lado da cidade. Isso estava disponível o tempo todo, ao alcance de seus dedos, e ele recusou para quê? Para ficar comigo e com Alicia em Woodside? Talvez ele esteja melhor aqui.

Assisto à peça toda em assombro silencioso. Fico pensando em como queria que Oliver e Alicia estivessem aqui, e, quando me lembro do estrago que causei, daí sinto aquela dor toda de novo.

Lança-confetes cor-de-rosa explodem quando o show atinge seu ápice, deixando nossos lança-confetes verdes no chinelo. Está chovendo confete rosa e branco na sala toda, o cenário não colapsou e Dean está de pé, de costas eretas e orgulhoso, no centro do palco, com o resto do elenco ao seu redor.

A plateia inteira está de pé e bato palmas com eles enquanto Dean pula do palco e alguém da primeira fileira o pega. Só que não é simplesmente "alguém": é alguém que *reconheço*. É Kedar, que sorri de orelha a orelha enquanto levanta Dean em seus braços enormes e rodopia. O namorado de Kedar — o que não pôde ir para a festa de Oliver porque tinha que ensaiar para uma apresentação — era Dean, esse tempo todo. Estou totalmente abalado.

Os dois se beijam e eu realmente não me lembro da última vez em que vi Dean feliz assim.

Alguns de seus amigos correm para se juntar a eles, todos muito na moda, alguns deles orgulhosa e visivelmente queer. Ele tem tudo o que poderia desejar aqui; isso tudo parece um sonho, mais que um sonho. Fico nos fundos do auditório enquanto o público começa a debandar, esperando pelo momento certo para abordá-lo, mas quanto mais me demoro, mais luto com as palavras.

"Oi, eu sou de um universo alternativo onde somos melhores amigos. Você quer, sei lá, sair dessa escola perfeita e voltar para a Woodside Academy comigo?"

Não vai funcionar. Vim aqui para resgatá-lo, mas, enquanto assisto a Dean rindo com seu namorado e seus amigos, percebo que não há por que resgatá-lo.

Quando Dean desgruda de seus amigos e se dirige aos bastidores, ele dá uma olhada para o auditório e me vê ali parado. Para ele, sou apenas um estranho, e é melhor para todo mundo que continue assim. Ele está melhor aqui, sem mim. Aceno para ele e ele sorri e acena de volta antes de desaparecer nos bastidores.

Adeus, Dean, digo para mim mesmo enquanto saio da escola. Posso ter armado uma confusão com todo o resto, mas ele é a única coisa boa de tudo isso. Quanto mais cedo eu aceitar isso, mais cedo poderei seguir em frente.

Passei esse tempo todo sentindo pena de mim mesmo, esperando que alguém agite uma varinha de condão e torne minha vida melhor. Mas se tem uma coisa que o Dean me ensinou é que é preciso consertar as suas merdas sozinho. Eu sou o único responsável pelos erros que cometi, e está na hora de começar a corrigir alguns deles.

CAPÍTULO DEZESSETE

— Estava me perguntando quando você ia aparecer. Tem sorte por eu não bater essa porta na sua cara.

Darius está absolutamente furioso. Neste momento, acho que a única coisa que o impede de torcer meu pescoço feito uma rolha de vinho é o fato de que peguei uma baita chuva enquanto vinha para cá e pareço um rato afogado. Acho que isso me vale um grãozinho de compaixão.

— Eu sei — admito. — E eu mereceria, mas quero acertar as coisas.

Darius dá uma longa olhada em mim, analisando, me avaliando, tentando decidir se eu valho um momento que seja a mais do tempo da filha dele.

— Eu gostaria de te dizer para sumir, mas você fez a coisa certa na outra noite quando me ligou — concede ele, por fim. — Poucas pessoas fariam o mesmo.

— Era o correto — constato.

Ele não reage; seu rosto permanece severo, armado.

— Pode subir e bater à porta. — A contragosto, ele pisa para o lado. — Mas acho que ela não vai deixar você entrar. Ela me contou o que você fez, Max.

— Obrigado, sr. Williams — agradeço, saindo da chuva.

— Devo dizer que eu podia esperar isso de você, mas não do Ollie. Agir pelas costas dela desse jeito...

Balanço a cabeça.

— Não foi culpa dele — declaro.

— Eu sei *exatamente* de quem foi a culpa. — Darius me olha de cima a baixo. — Cinco minutos. E pronto.

Subo as escadas antes que ele mude de ideia e bato na porta do quarto de Alicia, no sótão. Ouço uma movimentação por um instante, e então ela abre só uma fresta da porta.

— Você passou pelo meu cão de guarda, então — observa, inexpressiva. — Nunca pensei que ele te deixaria entrar.

— Também achei que ele não deixaria. Talvez ele tenha um lado mais emotivo, no fim das contas.

A expressão dela não se suaviza.

— Aqui. — Ela desaparece por um momento e então me entrega um blusão de moletom enorme que pegou do guarda-roupa. — É seu mesmo.

— Obrigado — agradeço, tirando minha polo molhada e vestindo o suéter quentinho. — Eu lamento muito, de verdade. Por o que aconteceu antes. Por tudo.

— Não quero suas desculpas, Max — interrompe ela, suspirando. — Eu só quero que você seja honesto comigo. Do que é que se trata isso tudo, na real?

— Na real? — repito, hesitando. — Ainda estou tentando descobrir. O que sei é que eu lamento muito. Por ter feito você passar por tudo isso.

Ela abre a porta um pouco mais.

— Sempre houve sinais. Eu deveria ter percebido no segundo em que você me pediu para pintar as suas unhas. Em que mundo eu estava?

— Caras hétero também podem usar esmalte — comento. — Você estava agindo como uma boa amiga. Uma namorada encorajadora. Não tem *nada* de errado nisso.

— Mas você não é, né? Um cara hétero, digo.

Não respondo. Eu não sei nem *como* responder.

— Acho que talvez uma parte de mim sempre soube — continua ela. — Como se eu estivesse mentindo para mim mesma esse tempo todo, acreditando no que eu queria acreditar. E andei pensando que talvez eu tenha te empatado esse tempo todo, sabe? Talvez eu devesse ter aberto mão de você muito tempo atrás, deixado você se entender sem distrações.

— Não — digo, com firmeza. — *Eu* é que fui uma distração para você. Você é uma das pessoas mais talentosas que eu conheço. Você é uma artista, Alicia! Olha só como você é talentosa! — Pego o celular e abro no Instagram dela, rolando de volta até os trabalhos que ela costumava postar. — É nisso que você deveria estar focada. Não em garotos. Certamente, não em mim.

— Bom, agora você está começando a soar como o meu pai — reclama. — Sei lá. Talvez você tenha razão, Max. Eu só queria muito que a gente desse certo.

— Eu sei — assinto. — E lamento muito. De verdade.

— Eu vou ficar bem — tranquiliza ela, oferecendo um sorriso um pouco mais caloroso.

— E quero falar com você sobre o Oliver — continuo. — Não foi culpa dele, sabe? De verdade. Eu nunca deveria tê-lo arrastado para isso.

— Você está certo — ela concorda. — Não deveria mesmo. Isso realmente não foi justo, Max.

— Vou pedir desculpas para ele e acertar as coisas. Mas caso você o veja primeiro, pode dizer para ele como estou arrependido?

— Por que você não diz isso pessoalmente? — Ela abre a porta para revelar Oliver sentado na cama.

— Oliver! — exclamo, e ele me dá um sorriso breve e sofrido. Seus olhos estão vermelhos e inchados de chorar, o olho roxo ainda maior agora. Eu me sento ao lado dele. — Mil desculpas, Oliver. Eu não sei o que posso fazer para consertar as coisas. Mas eu vou consertar.

— Eu pensei mesmo que você gostava de mim, Max — confessa Oliver, debilmente. — Sabia que você estava com a Alicia, e não deveria ter te beijado, mas achei mesmo que você gostava de mim.

— Eu sei — concordo. — E eu pensei que talvez gostasse mesmo, mas as coisas não são tão simples assim. Eu deveria simplesmente ter resolvido isso por minha conta. Não deveria ter arrastado nenhum de vocês dois comigo.

— Bom, é aí que você se engana — Alicia observa, sentando-se do outro lado de Oliver. — Você não tem que passar por nada sozinho. Somos amigos, certo? Deveríamos resolver as coisas juntos.

— Quer dizer que ainda somos? Amigos, digo?

— Bom, acho que aí depende do Ollie.

Oliver hesita por um instante, e então passa os braços em torno de nós dois.

— Claro — confirma. — Nem preciso dizer isso, preciso? É claro que ainda somos amigos. Sempre fomos. Sempre seremos.

Mamãe e papai estão na cozinha quando chego em casa. As coisas ainda estão meio delicadas com Oliver e Alicia, mas acho que vai ficar tudo bem. Está tarde e a gritaria que normalmente enche a casa já parou. Mamãe e papai estão sentados em silêncio, uma garrafa de vinho pela metade entre eles.

— Max? — chama mamãe. — É você? Você tem uns minutinhos?

A voz dela soa calma e gentil. Penso em me retirar para meu quarto, mas sei que está na hora de encará-los de frente. Não posso explicar tudo, mas tenho que contar a eles a minha verdade de um jeito que compreendam.

— Oi, mãe — respondo, me demorando à porta da cozinha. — Pai...

Ambos se viram para mim e é como se toda a dor à qual vinham se agarrando se dissipasse. Seja lá qual for a mágoa que estejam sentindo, não parece mais importar, porque, neste momento, estão unificados pela preocupação mútua com o filho.

— Gostaríamos de conversar com você sobre uma coisa — diz papai, indicando o lugar vazio à mesa. — Andamos pensando sobre o que você disse ontem, Max. Sobre tudo o que você disse. E você tinha razão. Está na hora de começarmos a ser honestos uns com os outros.

— Tá bem... — assinto, me sentando.

Sei exatamente qual o rumo dessa conversa. Ela é tão familiar que parece que eles estão lendo um roteiro. Como se estivéssemos num curso predestinado e, não importa o que eu diga ou faça, só existe um final. Porém, eu sei que é melhor assim, e por isso respiro fundo e me preparo para ouvir.

— Acho que você sabe que seu pai e eu estamos infelizes já há um tempo — começa mamãe. — Viemos tentando fazer a coisa dar certo, tentamos muito... Mas agora está claro que não está funcionando, e achamos que não é justo continuar fazendo você passar por isso.

— E, obviamente, isso não tem nada a ver com você — declara papai. — Na verdade, você era o que vinha mantendo essa família unida. Mas acho que está na hora de aceitar que algo precisa mudar.

— Então... — mamãe continua. — Seu pai e eu estamos pensando em nos afastar um do outro. Sempre seremos uma família, isso nunca vai mudar, mas achamos que talvez uma separação temporária pode ser o melhor para todo mundo.

Eles fazem uma pausa e me encaram, buscando permissão para dar esse próximo passo. Não lidei com este momento tão bem da primeira vez, mas agora já vi as consequências de permanecerem juntos assim como as coisas poderiam ser muito melhores caso seguissem o próprio rumo.

— Eu sei que vocês não estão felizes — confesso. — E concordo que isso não tem sido bom para nenhum de nós. Então acho que deveriam fazer o que sentem ser o melhor.

Papai me dá um sorrisinho triste.

— Tem certeza?

— Tenho — confirmo. — Só quero que vocês dois sejam felizes.

— Tá bem — diz papai. — Vamos resolver isso juntos, tá bom? Concordo com a cabeça.

— Estou aqui para o que precisarem.

— Como foi que nós criamos um rapazinho tão sensato? — elogia mamãe, com uma risada breve. — Obrigada por entender, Max.

DE REPENTE HÉTERO

— Tudo bem — respondo, e sei que a minha hora é agora. — Eu também queria dizer algo, na verdade.

Minha voz já está tremendo.

— Ah, é? O que é, Max? — pergunta papai.

É como se eu tivesse doze anos de novo, me preparando para me assumir para eles. Só que dessa vez eu não sei o que quero dizer, como colocar em palavras tudo o que vivenciei. Como, apesar de todos esses sentimentos de alguém hétero, eu ainda me sinto gay, lá no fundo da alma. Eu não quero mais mentir para eles, mas estou preso num ponto em que qualquer coisa que eu diga não passa de uma meia verdade.

— Eu sou... — começo a falar, mas as palavras ficam entaladas. Como se algo estivesse me impedindo de dizê-las em voz alta. — Eu...

— Tudo bem, Max — interrompe mamãe, como se lesse meus pensamentos. — Você não precisa dizer nada.

Ela se aproxima e passa os braços ao meu redor, e desta forma sinto, lenta mas inexoravelmente, o peso começar a se aliviar. O peso de dois mundos que havia sobre mim, o peso de fingir e tentar me encaixar, o peso de tentar entender tantas coisas de que, lá no fundo, sei que não sou capaz.

Sinto a mão de papai no meu ombro então, apertando sem dizer nada, mas me avisando que ele me apoia de qualquer maneira. E é aí que me dou conta de que mamãe está certa. Eu não preciso contar nada a eles. Não preciso me rotular como gay ou hétero porque, seja lá o que eu diga, sei que eles estarão do meu lado.

O luar se derrama pela janela do meu quarto, iluminando os trechos expostos da parede de onde arranquei os pôsteres. Vou até o guarda-roupa e tiro de lá a jaqueta universitária amarela e azul. Com ela me sinto seguro, me sinto em casa. Fico na frente do espelho e, pela primeira em muito tempo, livre das expectativas de todos ao meu redor, eu me vejo de fato. Não o Max Gay nem o Max Hétero, apenas Max. A pessoa que eu sempre fui e a pessoa que sempre estive destinado a ser.

Abro a página oficial de Grove Hill no Instagram. A foto mais recente, postada há apenas duas horas, é de Dean e outros dois colegas de elenco. A legenda diz apenas "Apresentando os Plásticos", com um *emoji* de batom. Kayleigh Adams e Isabella Gutierrez foram marcadas, mas Dean, não. Suponho que sua aversão a redes sociais tenha se mantido neste mundo também.

Leio alguns dos comentários. Todos são positivos.

KedarMukiwao6 escreveu "OBCECADO" com uma dúzia de *emojis* de foguinho. É o comentário no topo, com mais de cem curtidas. Acrescento o meu também. Alguém escreveu embaixo um "#casalperfeito", e curto este comentário também.

Quero escrever algo, mas tudo em que consigo pensar parece pessoal demais para um perfil público, então procuro pelo endereço de e-mail de Grove Hill do aluno Dean Kellar.

De: Max Baker <Max.Baker@woodside.ac.uk>
Data: 27 de outubro de 2023, 23h11
Para: Dean Kellar <Dean.Kellar@grovehill.edu>
Assunto: Um garoto destinado a uma carreira nos palcos...

Dean,

Espero que você não se lembre de mim, mas eu só queria dizer como você estava incrível esta noite. No ensino fundamental, eu e meus amigos praticamos *bullying* com você, e eu tenho que te dizer quanto me arrependo disso — nós jamais deveríamos ter tentado diminuir o seu brilho. Você merece conquistar o mundo, Dean, e se eu tivesse apenas um desejo, seria que você fosse feliz.

Por favor, não sinta que precisa responder. Só queria que você soubesse que você é extraordinário.

Desejando merda pra você, sempre,
Maxwell Timothy Baker

Aperto o botão de enviar e guardo o celular, tornando a deitar na cama, a jaqueta universitária ainda me envolvendo de pertinho. Penso em Dean, envolvendo o punho exposto enquanto imagino ficar de leseira neste quarto com ele, fofocando sobre tudo e sobre nada. Penso nele até meus olhos pesarem e, enquanto meus dois mundos convergem e se separam, estou de volta na Brimsby Road, jogando videogames como se os últimos dias nunca tivessem acontecido. E, por algumas horas, sou feliz, contente em minha incapacidade de distinguir entre a realidade e um sonho.

CAPÍTULO DEZOITO

cordo ao som de papai assoviando alegremente enquanto faz café da manhã. Mas hoje não são suas famosas panquecas, porque o alarme de incêndio está apitando e o cheiro de mirtilos frescos e xarope de bordo foi substituído pelo cheiro amargo de torrada queimada. É quase como se ele não estivesse mais tentando compensar as coisas me subornando com petiscos doces.

Eu o escuto chamar mamãe pelo nome nesse momento, e é aí que me dou conta e corro escada abaixo, apenas de cueca. Quando irrompo na cozinha, vejo mamãe junto da pia e outra pessoa na mesinha do café.

Papai não queima torradas.

— Chris!

Praticamente arranco o braço dele ao puxá-lo para um abraço. Provavelmente ele acha meio esquisito ser abraçado pelo filho seminu da namorada, mas eu não ligo, porque, por mais irritante que ele seja, senti saudades dele e, se ele está de volta, então, com sorte, tudo o mais também voltou ao normal.

— Quem é o meu melhor amigo? — pergunto com ansiedade.

— Hã... Eu? — ele hesita, com um sorriso confuso, quando o solto.

— Não, seu idiota, meu melhor amigo de verdade, tipo, na escola?

— Dean?

— Dean! — exclamo. — E você está namorando a mamãe!

— Sim...? — confirma ele, com uma risada. — Está se sentindo bem, Max?

— Mais do que bem! Estou ótimo — exclamo. — Você não tem trabalhado num empreendimento secreto que vai acabar com a Brimsby Road, né?

— Não que eu saiba. *Acho que seu filho está usando drogas* — ele fala para mamãe num cochicho falso.

Sorrio.

— A única coisa me dando barato é a vida.

Mamãe solta uma fungada.

— Aquele garoto de quem você gosta te beijou ou algo assim?

— Algo assim — repito. — Dê um jeito de segurar esse aqui, mamãe; esse é pra casar.

Eu a beijo na bochecha e voo de volta para o andar de cima e confiro a data de hoje no meu celular. Aparentemente é terça-feira, o que significa que, pelo jeito, o tempo parou enquanto estive às voltas pelo Mundo Hétero. Isso quer dizer que a noite passada foi a noite da discussão, a noite em que criei toda a bagunça. Não há nenhuma mensagem de Dean nem de Alicia, mas não estou surpreso. Depois do que aconteceu, eu também não gostaria de falar comigo. Mas eu posso dar um jeito nisso — posso dar um jeito nisso tudo. Só preciso dar um passo de cada vez.

Mando uma mensagem para o papai.

> Oi, papai! Como está o trabalho?

— Está ótimo! — ele responde quase imediatamente. — Quer ver minha gravata nova?

Ele manda a foto sem esperar pela resposta. São coalas com sombreiros. Quase uma ofensa cultural, se fizesse algum sentido.

— Adorei!, respondo, e estou sendo sincero. Pode ser brega, mas é a cara do papai. Se ele curte, eu também curto.

> Bora tomar um café antes da aula?

> Isso é só porque você quer café fresquinho?

> Eu confesso. Está com tempo?

> Tenho que verificar com o chefe...
> Ah, espera, sou eu.

> Você é muito tonto. Te vejo no Starbucks?

> Não, espera aí, eu vou te buscar.

Eu me deito na cama e me esparramo feito uma estrela-do-mar. Não sei como explicar, mas o ar parece mais leve; a cama, mais macia; tudo está simplesmente *melhor*. Olho ao redor e vejo que K. J. Apa está de volta à minha porta e... É oficial, eu sou *gay*, com G maiúsculo! Como é que pude ser tão estúpido a ponto de desejar acabar com qualquer parte *disso*?

— **P**ois não, qual é o seu pedido?

— Um espresso duplo — papai diz ao barista (que está com uma camiseta bem justinha *destacando muito* o peitoral). — E um *mocha* branco...

Ele olha para mim, impotente. Nunca consegue se lembrar.

— Um *mocha* branco gelado desnatado tamanho *venti* — completo. — E sem chantilly. Tenho que entrar num corpete esse fim de semana.

— Um corpete? — indaga papai.

Dou risada.

— Não preocupe a sua cabecinha com isso.

O barista parece achar graça nessa conversa.

— Nome? — pergunta ele.

— Bryan Cranston — responde papai.

DE REPENTE HÉTERO

— Como é? — questiono.

— É o ator principal de *Breaking Bad*.

— A brincadeira não é assim — comento. O barista parece muito confuso. — Peço desculpas por ele. É *Max*. Pode colocar só *Max*.

— Tá bem, Max — diz ele com uma piscadela, e papai aproxima o celular para pagar.

— Por que está errado?

— Porque sim — respondo, enquanto esperamos as bebidas. — Mas, enfim, tem algo que eu queria te perguntar.

— Ah, é?

— Sei que você largou seu antigo emprego e abriu seu próprio negócio, mas por quê? O que te motivou?

É a única coisa que eu ainda não entendo sobre minha visitinha ao Mundo Hétero. Por que ele nunca largou o emprego antigo lá?

— Você não sabe mesmo? — Papai sorri, incrédulo. — Não acredito que nunca te contei. Foi você, Max. Eu queria ser mais como você.

— O quê?

Balanço a cabeça. Isso não faz nenhum sentido.

— Eu estava muito pressionado no trabalho, mas não queria que você nem sua mãe soubessem. Eu odiava aquele emprego. Detestava. E daí, cheguei em casa numa sexta-feira e você saiu do armário fazendo barulho. Tinha doze anos, e estava pronto para enfrentar o mundo todo. Você não se importava com as pessoas que talvez fossem te atormentar nem com as coisas que talvez fossem dificultar a sua vida. No dia seguinte, você pintou as unhas e mudou todo o seu guarda-roupa. Não ficou esperando permissão; você simplesmente foi lá e fez, e pronto.

— Mas o que isso tem a ver com o seu pedido de demissão?

Papai ri.

— Não é óbvio? Eu senti tanto orgulho de você, Max. Não podia acreditar que meu filho de doze anos tinha mais culhões do que eu. E assim, na segunda-feira, pedi demissão ao chegar no escritório. Se o meu filho podia fazer o que tinha vontade, então eu com certeza também podia.

— Que história ótima — comento, quando nossas bebidas aparecem no balcão. Uma para Max e outra para, embaraçosamente, Bryan Cranston. — Mas não pode ser verdade de jeito nenhum.

— Mas é — retruca ele, bebericando. — Pergunte para a sua mãe. Eu juro pela sua vida.

— Você jura pela *minha* vida? — Eu rio. — Acho que não é bem assim que funciona.

— É como funciona quando se tem filhos, Max.

— Bem, de nada — digo, enquanto nos dirigimos para fora. — Você tem sorte de ter um filho gay.

— Só não tenho tanta sorte por você ter um gosto tão refinado... Falando nisso, decidiu o que quer fazer esse fim de semana?

— Decidi, sim. Pensei que talvez pudéssemos ir a uma partida de futebol, para variar? Ao que parece, Chris *conhece um cara* que pode nos arranjar entradas baratas.

— Tá, quem é você e o que você fez com meu filho? — Papai ri. — O que aconteceu com "gays não gostam de futebol"?

— Bom, eu gosto de garotos de shorts, então todos nós vamos aproveitar. Além do mais, estou começando a achar que futebol nem é um esporte tão hétero assim, no fim das contas.

Então penso em Oliver e Kedar e em todas as pessoas queer que talvez não se encaixem nos mesmos estereótipos que eu. Talvez até existam gays por aí que — o horror! — prefiram tomar café quente! E sabe do que mais? Eu apoio o direito deles de tomarem café na temperatura que quiserem.

— Bem, se você tiver certeza disso... — diz papai.

— Tenho — confirmo. — Mas você vai ter que me comprar um cachorro-quente.

— Com duas salsichas, delícia — ele fala, sem nem um traço de maldade. Francamente, esses héteros... — Quer uma carona?

— Nem, posso ir andando daqui — respondo. E então faço algo que não fazia há muito tempo e dou um abraço nele. — Eu te amo, pai.

— Eu também te amo, Max — ele retribui. — Eu também te amo.

DE REPENTE HÉTERO

O que mais quero neste mundo é ver Dean, mas algo me diz que um pedido de desculpas por mensagem de texto não é o bastante, então formulo um plano e, no lugar, mando uma mensagem para Alicia.

Mil desculpas por ontem à noite, digito enquanto caminho até a escola. Eu estava totalmente errado. Pode me encontrar depois da primeira aula?

Vejo os dois tiques aparecerem, confirmando que ela leu a mensagem, e então ela me tortura, me deixando no vácuo por cinco minutos agoniantes. Eu mereço. Fico genuinamente surpreso por ela responder.

> Você foi tão cuzão, Max. Deveria estar pedindo desculpas para o Dean, não para mim.

> Eu sei. Mas quero acertar as coisas com ele, você poderia se encontrar comigo, por favor?

> Tá bem. Te vejo depois da aula, então.

Ponto-final. Sem *emoji*. Sem beijinho. Brutal.

É tão bom voltar a vestir minhas próprias roupas! Tirando o fato de ter uma parte essencial da minha identidade adormecida, o pior do Mundo Hétero era não ter as minhas coisas do mundo real. Estou usando um *cropped* branco e minha jaqueta universitária preferida, vermelha, com as lindas mangas cor de creme, e a sensação é *maravilhosa*. Caminho com passos céleres, e os jeans deixam minha bunda empinada. Seria impossível estar mais feliz na minha própria pele. Mas preciso ajeitar as minhas unhas — esse visual natural *não está funcionando* —, mas tem apenas uma pessoa que pode corrigir isso.

Eu me dirijo ao corredor principal, e é aí que tudo volta. Aquela sensação de perder o controle enquanto minhas emoções afloram. Só que, desta vez, não parece algo ruim no instante em que Oliver dobra a esquina na minha frente.

É impossível desviar os olhos dele. Seu cabelo bagunçado, as covinhas nas bochechas, a pele impecável e radiante, os olhos sem hematoma. De súbito, a existência de um mundo em que eu não sinta algo por Oliver Cheng parece inconcebível. Ele é tão atraente que parece fazer todo o ar a sua volta vibrar.

— Max! — chama ao me ver.

E eu travo por completo quando me lembro de que eu não sou o melhor amigo deste Oliver. *Este* Oliver ignorou minha mensagem no Insta ontem à noite — o *ontem* de verdade —, então por que ele estaria falando comigo agora? Não é assim que se faz um *ghosting*. Ele deveria virar na direção contrária, sem jeito, ou subitamente estar muito ocupado mexendo no telefone, de modo a fingir que não me viu. Se ele não vai tocar no assunto óbvio, suponho que eu mesmo terei de fazer isso.

— Oliver, oi! — cumprimento. — Olha, me desculpe por ontem à noite. Eu sei que você só estava querendo um amigo, e eu não deveria...

— Ai, Deus, não! Eu é que deveria pedir desculpas — interrompe ele. — Comecei a escrever, mas meus pais confiscaram meu telefone literalmente no meio da resposta.

— Não é possível — comento. — Você tá de brincadeira!

— Não — responde, virando os bolsos do avesso para mostrar que eles estão, de fato, vazios.

— Bom, sei como é. O que você fez para merecer este castigo cruel e incomum?

— Tempo demais colado nas telas, pelo jeito — explica, e então, fazendo graça, faz uma mímica de masturbação, e minha mente vai parar em todo tipo de lugar que não deveria visitar. — Eles disseram que eu estava evidentemente viciado, porque estava te mandando mensagens quando *deveria* estar ouvindo as regras idiotas que eles fizeram para quando estiverem viajando.

— Nada de bebida, nada de festas...

— E nada de garotos na minha cama — ele completa. — O fato de que eles obviamente não confiam em mim só me dá mais vontade de quebrar as regras. Especialmente essa última.

— Ah, minha nossa, bem… — falo, pigarreando.

Oliver apenas sorri, claramente achando graça por ter me deixado nervoso.

— Gostei mesmo de passar um tempo com você ontem — afirma ele. — *Muito divertido* — provoca, me lembrando do conteúdo constrangedor da minha mensagem.

— Então você vai simplesmente caçoar de mim na minha cara agora?

— Foi fofinho — emenda, as bochechas formando covinhas.

Cala a boca. Não creio que ele me chamou de fofinho. Sei que Oliver estava a fim de mim no Mundo Hétero, mas isso não quer dizer que ele goste de mim aqui também, né? Tipo, e se ele só gostava do Max Hétero? E se o Max Gay não fizer o tipo dele? Estou corando agora, e não sei o que dizer. Mas, que estranho, parece que ele também está corando um pouquinho…

— Então, eu estava pensando… — ele começa, vacilando. — Se, talvez, você quisesse ir ao baile comigo?

— Ao baile…? — Engulo em seco. — Com… você?

— É — confirma ele. — Digo, se você não tiver um acompanhante.

— Eu adoraria — respondo, de um fôlego só, mas daí penso em Dean e em como ele estava empolgado para irmos com Alicia. — Mas é o nosso último ano, e faz anos que vou com meus amigos… Virou uma tradição nossa. Eu não queria quebrá-la agora.

— Ah — diz Oliver. Ele parece um pouco chateado. — Bom, tá bem, sem problemas. Mas talvez a gente pudesse passar um tempo juntos, alguma hora dessas?

— Bem… Que tal agora? — pergunto. — Estou indo para a biblioteca pegar alguns livros. Quer ir comigo?

O rosto dele se ilumina com um sorriso enorme e bobo.

— Pensei que você não gostasse de livros. Você disse que não era muito de ler, não disse?

— E não era — respondo. — Mas aí um novo amigo me convenceu.

— Desde ontem?

— Você ficaria surpreso. Além do mais, o bibliotecário é uma gracinha.

— Immy? — Ele ri. — Não vai me dizer que você tem um *crush* no Immy?!

— Não vá ficar com ciúmes — provoco. — Eu não sou sua propriedade, Oliver. A gente nem teve um *date* ainda.

— E você quer, então? Ter um *date*, digo?

— Claro.

A confiança simples com que digo isso me surpreende. Via de regra, estaria sendo incapaz de pensar a essa altura, mas estou de fato começando a me sentir à vontade perto de Oliver. Tem algo no sorriso fácil dele que diz que tudo bem se eu simplesmente for como sou. Não sinto mais que preciso impressioná-lo.

— Podemos experimentar a pizzaria nova, que tal?

— Bem, aí depende — diz ele. — Qual é a sua opinião sobre pizza havaiana? Porque eu sou da firme crença de que é divina, e não vou tolerar maledicências contra o abacaxi.

Eu rio.

— Por mim, tudo bem. Até onde me diz respeito, não existe pizza ruim, desde que não seja vegetariana. Eu amo uma calabresa ali no meio.

— Bom saber que você ama uma calabresa no meio. — Oliver me encara, mantendo a cara séria.

— Não, não é isso… Eu não quis dizer… — gaguejo. — Não estou dizendo que eu quero… Digo, eu nunca… Ainda não resolvi essa parte.

— Ai, meu Deus. — Oliver ri. — Vá com calma aí, Max. Vamos esperar até depois do primeiro encontro, tá? Que tal quinta à noite?

— Tá bom — concordo. — Quinta à noite está ótimo.

— É melhor que isso seja bom — diz Alicia, sentando ao meu lado no barranco junto ao campo de futebol.

A grama ainda está levemente orvalhada e uma névoa gentil paira sobre o campo. É bom ver Alicia com meus próprios olhos de novo. É como se os óculos de lente cor-de-rosa da heterossexualidade tivessem sido removidos e, de alguma forma, isso só me faz gostar mais dela. De uma forma estritamente homossexual e desinteressada, claro. Fico contente por meus sentimentos heterossexuais estarem agora firmemente relegados ao passado.

— Obrigado por ter vindo — começo. — Estou muito arrependido por ontem à noite. Às vezes fico tão perdido em meus próprios sentimentos que meio que me esqueço de todo mundo. Mas isso não é uma desculpa. Sei que não deveria ter dito nada do que disse. Mas eu não estava falando a sério.

— Estava falando *um pouquinho* a sério, né? — responde ela. — Aquele negócio sobre você estar perdendo as experiências do ensino médio. Nunca tinha pensado desse jeito. Tudo bem você se abrir sobre essas coisas, sabe? Senão acaba guardando esses sentimentos e depois explode em cima dos amigos. Eu não sabia que você estava sofrendo, Max. Pensei que você estivesse feliz. Orgulhoso, até.

— Eu estou — confirmo. — Acho que só fiquei tão obcecado pelas coisas que eu não tinha que me esqueci de apreciar as que tenho. Woodside não é tão ruim, especialmente com você e Dean aqui. Não sei o que eu faria sem vocês.

— Tá, bem, não vá ficar piegas agora para cima de mim — pede Alicia, com um sorriso. — Poupe essa energia para o Dean. Quem precisa ouvir isso é ele.

— Ele tá bem?

— Você realmente mexeu com ele, Max — relata. — Tipo, *de verdade.*

— Eu vou dar um jeito nisso. Prometo. Mas queria saber se talvez você podia me ajudar…

— Ajudar? — ela pergunta. — Tipo… Claro. Do que você precisa?

— Aqui — respondo, pegando um exemplar do *História da moda andrógina* na minha mochila. — Preciso da sua ajuda com isso.

Dean tem uma aula vaga esta tarde e sei exatamente onde encontrá-lo. Bato duas vezes na porta do departamento de teatro antes de entrar.

— Oi, Max — A sra. A levanta a cabeça da pilha de dever de casa que está corrigindo. — Dean está lá nos fundos.

Ela gesticula para a porta que leva para a gruta assombrada.

— Valeu, sra. A. Ah, e professora?

— Sim, Max?

— Eu queria agradecer. Por tudo o que a senhora faz por nós, por todos os alunos queer. É legal saber que sempre podemos contar com a senhora.

— Ah — diz, sorrindo gentilmente. — Bem, sobre isso, eu não sei não. Cuidar dos alunos é parte do trabalho de ensinar.

— A senhora deveria contar isso para o sr. Johnson — comento.

A sra. A franze o cenho.

— Estava me referindo a todo o trabalho a mais que a senhora faz. Pela apresentação. Por nós. Queria que a senhora soubesse que não passa despercebido.

— Bem, eu não faço as coisas pela metade, Max. E vocês são uma turma bacana. Apesar do fato de estarem me deixando de cabelo branco. — Ela puxa um cachinho e eu sorrio.

— Desculpe por isso, professora — digo. — Sei que sou responsável por metade deles.

— E Dean Jackson, pela outra metade — responde ela. — Vá lá atrás dele.

— Ele disse alguma coisa sobre o que aconteceu?

— Ele chegou aqui de camiseta e calça de moletom, sem esmalte, querendo saber se deveria ser mais discreto.

— Caralho — lamento. — É culpa minha.

— Olha a boca!

— Desculpe, professora. Mas a senhora não está zangada comigo?

— Max, eu sou como a Suíça: perpetuamente neutra. Estou velha demais para me envolver em dramas adolescentes. Vá em frente e esclareça as coisas com ele.

— Farei isso, obrigado — agradeço. — Ah, e professora? Tem mais um negócio...

— Ai, Deus, o que foi agora? — A sra. A tira os óculos.

— Eu estava pensando na peça do ano que vem. Sei que não estarei aqui, mas tenho uma sugestão...

— Nós já falamos disso, Max. Eu não vou mandar ninguém tirar a camisa. Não me importa se você acha que isso "deixaria a peça mais autêntica". Isso aqui é uma escola, não um clube de *striptease*. Honestamente, é como se você *quisesse* que eu seja demitida.

Dou risada.

— Não é isso — respondo. — Embora eu ainda não entenda como é possível fazer um *Rocky Horror* sem *alguém* de shortinho dourado...

— Max — diz ela, com firmeza —, você ainda vai me matar. Mas prossiga, vamos ouvir do que se trata. Qual é a sugestão?

— Bem... — começo. — Tem um musical... Eu não sei se a senhora conhece, mas alguns dos alunos do penúltimo ano o adoram.

— Não é o *Meninas malvadas*, né? — Ela parece exausta só de pensar. — E deixe-me adivinhar, você quer um Aaron Samuels descamisado e Regina George interpretada em drag?

— A senhora conhece *Meninas malvadas?!*

— *Meninas malvadas* é da *minha* época, não da sua. Quantos anos você acha que eu tenho?

— Bom, não é o *Meninas malvadas* — confirmo. — Embora fosse ficar muito bacana dessa forma. A peça se chama *Hadestown*...

— Ah — solta a sra. A, surpresa. — Bem, sim... Na verdade, já ouvi falar dessa. — Ela se esforça para esconder o sorriso. — Não é uma má ideia.

— Então a senhora vai fazer a montagem? Talvez Dean e eu possamos voltar para assistir.

— São os alunos que escolhem a peça. Você sabe disso, Max. Mas talvez eu possa adicioná-la como sugestão.

— Valeu, professora, a senhora é ponta firme — agradeço.

— Eu sei, Max. Você também é... Uma ponta firme que sempre me cutuca. Agora vá lá e faça as pazes com Dean.

Dean está sentado no chão no cantinho da gruta assombrada, roteiro em mãos, lendo em silêncio. Quero correr até lá e puxá-lo para um abraço — eu pensei mesmo que o tivesse perdido —, mas posso ver que algo não está certo. Ele parece diferente, menor, de alguma forma, como se seu brilho tivesse sido apagado.

Não está usando nenhuma maquiagem; veste roupas simples e sem cores ofuscantes nas unhas. Nunca o vi sem as unhas pintadas, a não ser no breve período de transição em que ele tira uma cor para substituí-la por outra.

— Você se incomoda se eu entrar? — pergunto, tímido, da porta.

Dean levanta a cabeça brevemente antes de tornar a olhar para o roteiro.

Ele dá de ombros.

— Faz o que você quiser.

Ele pode *não querer* me ver, mas eu tenho que consertar as coisas.

— Olha, eu estava errado — admito. — A respeito de tudo, tudinho. Eu nunca deveria ter dito nada daquilo. Estava fora de mim. Estava sendo um cuzão.

Dean não diz nada; apenas fica ali, sentado. Ainda está virando as páginas do roteiro, mas posso perceber que agora está só fingindo ler. Vou até lá e me sento diante dele.

— Dean, me desculpa — falo. — Estou muito arrependido, de verdade mesmo. Sei que não posso retirar o que disse, mas você precisa saber que não era de verdade. Eu te amo exatamente como você é. Você me ensinou a amar essas coisas em mim mesmo também.

Paro por um instante, dando a ele uma chance de falar.

— É para o meu teste estúpido — ele diz, por fim.

— Oi? — indago, e ele mostra o roteiro.

— Andei pensando — prossegue. — E se você estivesse certo ontem à noite? Talvez eu devesse baixar um pouco a bola. E se eles não gostarem do Dean Jackson espalhafatoso e exagerado? Essas faculdades são sérias, Max, não uma espécie de clube ou cabaré. Elas querem classe, elegância, não um aspirante a drag queen.

Ele está pensando assim por minha culpa. Dean me disse para nunca duvidar de mim mesmo, mas agora, por minha causa, é exatamente isso o que ele está fazendo. Não posso acreditar que fiz isso. Não posso acreditar que eu aceitei me transformar em tudo que mais odeio.

— Eu fiz cena durante toda a minha vida — continua ele. — Tudo exagerado, tudo extravagante. Mas e se for tudo uma fachada? Algo que uso para me esconder, porque sei que não sou bom o bastante e que nunca serei.

Ele joga o roteiro de lado, e é aí que ele realmente desaba. Dean Jackson, feroz, inquebrável. Não o vejo chorar desde que éramos pequenos.

— Mas isso não é verdade — afirmo. — Você não está fazendo cena; você não está fingindo nada disso. Eu te conheço, Dean, e você sempre foi assim. Sempre foi destinado a ser assim. Você desfilava por aí de saltos altos desde antes de conseguir amarrar os cadarços! Você vai para a faculdade de artes cênicas, Dean, não apesar de ser quem você é, mas sim *por causa disso*. E se eles não te aceitarem, então eles que se fodam. Você não deveria mudar por ninguém. Não por eles, e certamente não por mim.

— Você está falando sério mesmo? — pergunta, fazendo contato visual comigo pela primeira vez.

— É claro — confirmo. — Eu não tenho certeza de muita coisa, mas disso eu tenho. Eu estaria completamente perdido sem você, Dean Jackson. Você me ensinou tudo que eu sei. Como ser corajoso. Como ser um bom aliado. A única coisa que você não me ensinou é como fazer minhas unhas. Não faço ideia do que vou fazer com elas quando você for para a sua faculdade chique de artes cênicas. Terei que te visitar só para pintá-las.

Dean solta uma risada baixinha, abafada pelas lágrimas.

— Falando nisso — continuo, estendendo a mão para segurar as unhas não pintadas dele —, o que diabos você vai fazer com essas unhas aqui?

— Não sei o que eu estava pensando — exclama, com um pouco de seu atrevimento antigo. — Arrume um esmalte para esse queer, *imediatamente*! Estou prestes a ter uma crise de abstinência! Estou a cinco minutos de cheirar direto do vidrinho, só para sentir alguma coisa!

— Aqui — ofereço um vidrinho de esmalte roxo com glitter.

— *Apocalipse, mas com unicórnios?* — Ele espreme os olhos enquanto lê o rótulo.

— Alicia tinha esse na bolsa. Talvez você pudesse pintar as minhas também...

Dean franze os lábios.

— Só se você prometer que não vai dar outro piti. Não vou perder meu tempo só para você tirar o esmalte logo em seguida.

— Eu prometo — assinto, depois tiro a mochila das costas. — Tem uma coisa que eu quero te mostrar, algo com que gostaria que você me ajudasse.

— *Dois* favores? — Ele revira os olhos. — Você não deveria estar pedindo desculpas?

— Espere só um pouquinho — peço. — Aqui.

Entrego a ele uma pasta de arte grande.

— Ah... — diz ele, abrindo a pasta e olhando o conteúdo. — Max, não sei o que dizer. Foi você mesmo que fez isso aqui?

— Tive uma ajuda da Alicia — confesso. — E eles precisam ser melhorados, mas é, fui eu...

Dean olha fixamente para a colagem de três figurinos elaborados. Foram feitos a partir de recortes de várias revistas de moda e são uma celebração da expressão de gênero e da androginia. Estão meio em estado bruto ainda, porque os fizemos com pressa, mas estou muito feliz com o resultado.

— Max… São estonteantes — ele comenta. — Mas para o que são? Digo… O que é isso?

— Bem — digo —, você sempre me disse que um dia eu descobriria minha paixão. Além de garotos. E eu acho que talvez seja isso aqui.

— Então, tipo, um designer? — pergunta. — É isso que você quer ser?

— Acho que está mais para um estilista — corrijo. — Não sei, ainda não decidi, mas acho que nunca tinha me dado conta de como as roupas são importantes para mim: montar um *look*, testar os limites, tudo isso…

— Bem, isso está incrível, Max. Eu ficaria um arraso *nisso aqui* — diz, apontando para um dos figurinos.

— Bom, ainda bem, porque esse aí é o seu — indico. — É o que nós três vamos vestir no Baile dos Formandos no ano que vem. Se você topar, claro. Eu teria que encontrar as peças, mas já tenho algumas ideias e…

— Max, eu adoraria.

— Sei que não tenho sido um amigo muito bom para vocês dois — lamento, um pouco mais sério agora. — Vocês dois fazem tanto por mim, e acho que agora percebi que nunca correspondi à altura. Eu vou fazer um milhão de lanternas de papel, vou bater as falas com você até o fim dos tempos se for necessário.

— Nós já batemos falas de sobra — admite ele. — E você percebeu que Alicia não precisava de fato que você fizesse aquelas lanternas, né? Não é isso que precisamos que você faça, Max.

— Não?

— Acho que às vezes parece que você não ouve o que eu estou dizendo de fato. Sei que você tem boas intenções quando diz que eu não preciso me preocupar com os testes, mas eu preciso, sim. Eu preciso me preocupar porque não sou branco. Alicia entende, porque ela também tem que pensar nisso. Quando ela diz que eu já estou com a entrada garantida, está falando com a compreensão de que o jogo é de cartas marcadas. Mas quando você diz isso, Max... Francamente, meio que soa como se você não estivesse me ouvindo de fato.

— Mas você já está com a entrada garantida! Você é tão bom no que você faz... Vocês dois são!

— Porque temos que ser. Você entende isso, né? Temos que ser melhores, porque não estamos disputando a mesma corrida que todos vocês.

— Acho que nunca pensei por esse ângulo — admito. — Como é que você nunca disse nada disso antes?

— Bem... Você perguntou?

— Suponho que não — digo. — Estou te ouvindo. Desculpe. Eu vou melhorar.

— Olha — Dean continua, um pouco mais alegre agora. — Você tem que lidar com os seus próprios problemas. Você é um garoto gay afeminado que gosta de usar *cropped*. A vida nem sempre vai ser fácil. Mas isso não quer dizer que pode se esquecer das outras pessoas.

— Como é que eu poderia me esquecer de você? — questiono, agora sorrindo.

— O que o fez ter essa epifania enorme, afinal? Tipo, de onde veio isso tudo?

— Você acreditaria em mim se eu dissesse que entrei num universo paralelo onde eu era hétero? Tipo, totalmente hétero? E que eu *ainda assim* era obcecado com moda?

— Hã! — Dean ri. — Max, se houvesse *um milhão* de universos paralelos, você ainda seria um garoto muito gay em todos eles.

— Pois sinto em lhe informar que eu era muito hétero!

— Jogador de futebol? — pergunta ele, arqueando a sobrancelha.

— Bom, na verdade, não. Eu ainda era bem ruim em esportes... — admito, e ele ri.

— E, falando em ser um garoto muito gay, Oliver te respondeu? Desculpe por ficar te provocando por conta disso antes. Eu sei que você gosta muito dele...

— Tudo bem — comento, dando de ombros. — Alicia tinha razão. Ele é só um garoto estúpido... Um garoto estúpido que vai me levar para um *date*!

Dean solta um gritinho.

— Você está de brincadeira comigo!

— Vai, sim! — confirmo. — Ele chegou em mim hoje cedo e me convidou para sair como se não fosse nada. Oliver Cheng *me convidou* para sair! Pode imaginar uma coisa dessas?

— Fico feliz por você, Max.

— Para você é Maxine — corrijo, e ele abre um sorriso imenso.

O sorriso de Dean me lembra de como ele parecia feliz depois da apresentação de *Meninas malvadas* e eu sei que preciso perguntar uma coisa.

— Dean...? — começo. — Você acha que tomou a decisão certa? Vindo para cá, para Woodside?

— Como assim?

— Você podia ter ido para Grove Hill. Você acha que estaria melhor por lá?

— Não — ele responde. — Eu dei uma olhada naquele teatro chique deles e soube que não era para mim. Aquele lugar é desprovido de alma.

— Você acha mesmo? — questiono.

— Claro — ele responde com desprezo. — Os cenários são impressionantes, mas tudo é contratado. Eles não têm aquela sensação de família que temos em Woodside. Os cenários da Alicia fizeram toda a diferença em *Legalmente loira* e *A pequena loja*. Isso não tem preço, Max. Além disso, um cenário profissional não teria desabado ao meu redor, não é? É por isso que Woodside é especial. Porque nós, de algum jeito, *captamos a ideia*, mesmo quando as coisas dão errado.

— Então você tem certeza de que prefere aqui?

— Eu não teria ficado se não achasse que era o lugar certo.

— Então você não veio para cá só por minha causa?

Dean solta uma fungada.

— Eu sei que você pensa que o mundo inteiro gira ao seu redor, Maxine, mas estou aqui para lhe informar que não é o caso. Nem mesmo num mundo em que você perdeu sua carteirinha de gay. Agora me diga: nós ainda éramos amigos nesse mundo onde você era um garoto hétero machão feroz?

— Ah — digo. — Quero dizer... O que você acha?

Ele sorri.

— Sabia. Nem a heterossexualidade conseguiria te manter longe de mim. Amigos? — Ele estende a mão.

— *Melhores* amigos — reforço, dando um tapa na mão dele e puxando-o para um abraço.

CAPÍTULO DEZENOVE

— **P**or que *Rick?* — pergunta Oliver, lendo o nome no meu copo quando entrego a ele seu café *latte* gelado de baunilha.

A espera foi insuportável, mas finalmente está acontecendo. É quinta-feira, a noite do nosso *date*, e acho que posso acabar explodindo de verdade. O sol está começando a se pôr, o que confere ao mundo aquele brilho cálido de outono enquanto Oliver me conduz pelo campo de futebol. Entretanto, não sei para onde estamos indo. A pizzaria fica *na outra* direção.

— Leia o seu — peço. — É piegas, eu sei, mas eu estava tentando ser romântico.

— Romântico? — Ele soa confuso ao ler que em seu copo está escrito "Morty".

— Bem, eles são um casal gay, certo?

Oliver ri.

— Acho que talvez você tenha se confundido um pouco. Você nunca assistiu a *Rick e Morty,* né? Rick é *o avô* do Morty. Eles não são um casal, Maxxie.

— Não são? — ofego. — Espera, em quem eu estava pensando?

— Não tenho a menor ideia... Mas nota dez pelo esforço.

Estou um tanto envergonhado, mas ao menos ele está rindo. Ao menos ele já parece estar se divertindo. Isso é melhor do que o silêncio constrangedor o qual temi que pudesse rolar.

— Aonde estamos indo, afinal? — pergunto quando fazemos uma curva e começamos a nos dirigir para os fundos da escola.

— Espera só — diz ele, me guiando por uma das portas e por uma escadaria antiga e empoeirada.

Nunca estive nesta parte da escola antes e, pelo visto, mais ninguém.

— Vamos lá, vô — provoca ele, subindo os degraus aos saltos, dois de cada vez, enquanto sigo atrás dele.

— O que está havendo? — pergunto, já sem fôlego. Nós subimos apenas dois lances, mas parece que restam outros oito antes de chegarmos ao topo.

— Confie em mim — pede, olhando para trás com um sorriso que me dá novo ânimo.

Mas eu realmente não sei por que estamos de volta à escola. Imaginei meu primeiro *date* umas mil vezes — restaurantes, atividades, idas ao cinema com um buraco no fundo do balde de pipoca — e repassei cada um desses cenários. Nunca imaginei *isto*, no entanto.

— Você vai pelo menos me dizer o que tem na cesta?

— Não! — exclama, a cesta de vime que carrega balançando a seu lado enquanto ele sobe mais um lance de escadas sem esforço algum.

Ele ri.

— Vamos — fala, notando minha dificuldade. — É o último lance.

Ele me oferece a mão e me arrasta para cima.

— Tcharããããã!

À nossa frente há uma porta de aço muito velha e enferrujada com um cadeado imenso.

— Oliver, isso bem que poderia ser o começo de um filme de terror, você percebe? — ironizo. — O que estamos fazendo aqui em cima?

Ele enfia a mão no bolso e tira de lá uma chave pequena.

— Veja por si mesmo.

— Esta é a parte em que os espectadores gritam para eu não ser tão burro. — Pego a chave e abro o cadeado. — Por favor, não me mate, Oliver Cheng.

Esse poderia ser o título do filme. Não é algo que já tivesse passado pela minha mente, e, no entanto, ora veja. O cadeado se abre, eu solto a corrente e a porta range revelando um guarda-volumes extremamente escuro. Não há nada lá dentro além de bolas de futebol murchas, uma rede de tênis dobrada e equipamentos de ginástica bem velhos.

— Tá, isso foi um pouco presunçoso — brinco, com um sorriso.
— Eu não vou transar com você no guarda-volumes, Oliver.

— Não? — fala ele, reproduzindo um olhar pidão de brincadeira.
— Mas eu trouxe camisinhas. E uma cesta cheia de lubrificante. Você não pode me desapontar depois de subirmos até aqui.

— Muito engraçadinho — retruco. — Mas se não é por sexo, e se não vai me matar, então o que é que estamos fazendo aqui, na real? Você não espera que eu vá praticar algum tipo de esporte, né?

— Vai me dizer que não gosta de esportes? — Ele faz uma expressão de horror. —Mas você se veste num estilo *tão* esportivo!

— Sou praticamente um atleta. Eu sei, todo mundo se surpreende.

— Bem — diz ele —, também não é isso. Olha.

Ele entra no guarda-volumes e afasta alguns dos equipamentos esportivos, abrindo caminho para uma segunda porta no fundo. Ele a abre e o brilho do pôr do sol entra, vindo lá de fora.

— Pensei que podíamos simplesmente ficar no guarda-volumes e fazer sexo, se você quiser... — acrescenta ele, mordendo o lábio.

Sei que ele está só brincando, mas será que podemos?

— Como é que você tem uma chave desse lugar, afinal?

— O sr. Johnson me mandou vir aqui em cima para pegar umas bolas a mais faz algumas semanas e esqueceu de me pedir de volta. — Ele encolhe os ombros. — Achado não é roubado, né?

— Não é bem assim que funciona — aviso. — Você não pode simplesmente roubar um banco e gritar "achado não é roubado" enquanto entra no carro para fugir.

Ele sorri.

— Claro que posso. Vem.

Ele me guia pela porta externa até o terraço. O céu lilás está pontilhado de rosa e alaranjado, e dá para ver toda a cidade. Posso ter passado toda a minha vida aqui, mas nunca *a vi de verdade*, não desta forma, pelo menos — desde a floresta que deu nome à cidade, perto da minha casa, até a Brimsby Road, lá embaixo. Dá até para ver Grove Hill lá longe.

— Não acredito que essa vista esteve aqui esse tempo todo — confesso, baixinho. — Tipo, por que eles nunca nos mostram isso? Deveria fazer parte do tour do primeiro dia!

— Acho que eles não querem que o pessoal mais novo fique passando tempo no terraço, Max. Além do mais, acho que metade dos professores nem sabe que esse lugar existe. — Oliver toma um gole longo de seu café. — É melhor que seja um segredo mesmo, não acha?

— Eu não sou muito bom com segredos — respondo. — Vamos, me conte o que tem na cesta! Tem comida, né? Não apenas camisinhas?

— Paciência! — pede ele, rindo, mas eu não aguento mais. Tomo a cesta e a mantenho fora do alcance dele.

— Você pode me contar — declaro — ou vou descobrir sozinho.

Oliver espreme os olhos para mim.

— Você não ousaria.

— Não, é? — Levanto um pouquinho a tampa.

— Não — repete ele. — De fato…

Ele toma a cesta de volta.

— Esqueça a cesta, nós não precisamos dela mesmo.

Ele a segura além do parapeito e a vira de cabeça para baixo. A tampa se abre e… Não cai absolutamente nada lá de dentro.

— Está vazia? — pergunto, confuso, quando ele a devolve para mim.

Procuro por um compartimento secreto, por *alguma coisa*, mas não tem literalmente nada dentro dela.

— Não entendi.

— Eu te disse — diz ele. — É uma surpresa.

Ele tira o telefone do bolso e dá uma olhadinha.

— Agora não falta muito, de qualquer forma.

— Você recuperou seu telefone? — pergunto, enquanto ele o guarda de volta no bolso.

— Falei pros meus pais que eu tinha um *date*, meu primeiro *date*...

— E colou?

— Acho que, lá no fundo, todo mundo é romântico — ele pontua. — E falando nisso, acho que estamos a dois minutos da magia.

— Magia? — repito.

Já tive magia o bastante pela última semana, mas, de algum modo, isso não parece ser um problema quando ela é um oferecimento de Oliver. Ficamos lado a lado, olhando para o campo de futebol lá embaixo. Há uma raposa se esgueirando pela grama, mas, tirando isso, tudo está perfeitamente quieto. Não se ouve som algum a não ser a gentil brisa noturna.

— Olha — ele fala, quando o sol começa a desaparecer na linha do horizonte e, um por um, os refletores estalam conforme ganham vida. O campo se ilumina e tudo o mais some na sombra aveludada.

— Bonito — diz Oliver, enquanto me atento aos detalhes, porém, quando me viro para ele, percebo que ele não estava olhando para a paisagem. — Maxwell Timothy Baker — continua, numa voz suave.

— Você sabe meu nome completo?

— Max T. Baker? — diz ele, acrescentando o gesto com a mão. — *Todo mundo* em Woodside sabe seu nome completo.

— Por que vocês todos têm a mente suja?

— Algo me diz que a sua também não é lá muito limpinha. — Oliver dá risada e seu telefone começa a vibrar no bolso. — Ele chegou.

— Quem chegou? — pergunto. Quem diabos ele convidou para o *nosso date*?

— Olha. — Ele aponta, e vejo alguém atravessando o campo de futebol de bicicleta, os refletores batendo em suas faixas reflexivas. A pessoa para no meio do campo e olha ao redor, como se estivesse confusa. É aí que me dou conta de que se trata do entregador de pizza.

— Aqui em cima! — Oliver grita, tão alto que me faz dar um pulo. — Só um segundinho! — acrescenta, desaparecendo por um momento para pegar uma das cordas enormes que deveriam ser usadas na aula de educação física. Ele amarra a corda em torno da alça da cesta e então, com cuidado, abaixa-a pela lateral do edifício.

— Isso é ridículo — constato, ajudando-o. — Isso é absolutamente ridículo.

Ele sorri.

— Você diz ridículo, eu digo *romântico*.

— Ele definitivamente vai te dar só uma estrela por forçá-lo a fazer isso.

— Ou cinco, por deixar seu trabalho um pouco mais divertido.

É difícil de dizer daqui de cima, mas parece mesmo que o entregador está rindo sozinho enquanto coloca duas caixas de pizza grandes dentro da cesta. Elas não cabem direito, mas o suficiente para puxarmos lentamente a cesta para cima.

— Obrigado! — grita Oliver enquanto o entregador dá um aceno rápido e um joinha para ele antes de montar de novo na bicicleta. — Definitivamente, cinco estrelas — diz, com um sorriso radiante.

— Certifique-se de dar uma boa gorjeta para ele — recomendo, dando um cutucão nele, mas acho que exagero na força, porque isso o desconcentra e a cesta bate a parede.

— Lá se vai a sua calabresa! — ofega Oliver quando uma das caixas vira e cai da cesta, lançando pedaços de presunto e calabresa para todo lado.

— Caralho — xingo. — Desculpa!

— Tudo bem. Só espero que você goste muito de pizza havaiana...

— Mas é claro — confirmo. — Quem não gosta de abacaxi na pizza?

— Exato. — Passamos o que sobrou da pizza por cima do parapeito. — Sucesso! — exclama Oliver, abrindo a caixa e me oferecendo uma fatia.

O cheiro está incrível. A massa é do tipo artesanal, a cobertura é generosa, queijo e molho se misturando numa bagunça pegajosa e deliciosa.

— Valeu todo o segredo? — Oliver pergunta, servindo-se de uma fatia enquanto dou uma mordida na minha.

Respondo assentindo com entusiasmo enquanto o molho escorre pelo meu queixo. Não é bem um *look* sexy para um primeiro *date*, mas quando a pizza é boa assim, eu não ligo. Até Oliver Cheng vai ter que aguardar na fila porque, apesar de todo seu charme, a pizza ainda é o meu primeiro amor.

Enquanto comemos, Oliver me conta sobre os livros que está lendo, sobre a vida na casa dele e seus amigos de Londres. Fico ali sentado, feliz e ouvindo, molhando a borda da pizza no molho de alho até não restar nada além de migalhas na caixa. O *date* perfeito. Nada poderia ser melhor do que isso.

— Espera — diz Oliver, de súbito, interrompendo uma frase no meio. — Você ouviu isso?

— Oi? Ouvi o quê?

— Tem alguém vindo. — Ele levanta num pulo, e, quando apuro os ouvidos, posso distinguir o leve som de passos ecoando na escadaria.

— Rápido — Oliver ordena, forçando a caixa de pizza para dentro da cesta e empurrando-a para minhas mãos.

Ele se levanta e joga a corda de volta no guarda-volumes, depois me agarra e me puxa para o vão logo atrás da porta. Minhas costas estão pressionadas contra o peito dele, e posso sentir o calor de seu hálito no meu pescoço.

— Olá? — chama uma voz, que eu reconheço logo de cara como o professor menos querido dentre todos. — Tem alguém aqui em cima? — grita o sr. Johnson.

— Caralho, caralho, caralho — murmuro, mas aí as mãos de Oliver encontram meus braços e, enquanto ele me segura gentilmente, sinto meu corpo relaxar devagarinho.

— Psiu — cochicha, enquanto ouvimos o sr. Johnson abrir caminho pelo guarda-volumes aos empurrões. Travamos quando ele aparece no nosso campo de visão. Se ele olhar atrás da porta, estamos mortos.

— Tem alguém aqui em cima? — ele chama de novo.

Posso ouvir tanto meu coração quanto o de Oliver estrondando em meus tímpanos.

— Adolescentes idiotas — resmunga consigo mesmo, voltando lá para dentro e fechando a porta ao passar.

— Ufa — digo, largando a cesta quando tenho certeza de que ele está longe o bastante para não ouvir.

Eu me viro de frente para Oliver, nossos olhos se encontram e ambos ficamos em silêncio. Ele relanceia para meus lábios antes de voltar a olhar nos meus olhos, e sei que essa é a hora. O momento. Vamos finalmente nos beijar. Puxa a manga da minha jaqueta, como se me convidando a agir, e então, bem quando me inclino para a frente, ouvimos um ruído que faz os olhos de Oliver se arregalarem, horrorizados.

O sr. Johnson acaba de trancar o cadeado.

— Caralho! — Oliver xinga, passando apressado por mim para empurrar a porta externa, mas é inútil. Ele volta coçando a nuca timidamente. — Acho que a gente está preso.

— Ai, meu Deus! — exclamo, mas só fico preocupado por meio segundo, e então simplesmente começo a rir. — Bom, pelo menos isso vai dar uma boa história, né?

Preso num terraço com Oliver Cheng. Ainda é possível sonhar!

— A gente podia chamar o entregador — sugere ele, sacando o celular de novo. — Pedimos mais pizza e jogamos a chave?

— Você já dificultou bastante o trabalho daquele homem — comento, rindo.

— *Não tenho dúvida* de que ele me deu cinco estrelas.

— Deixe-me tentar falar com a Alicia — sugiro, pegando o celular para ligar para ela. — Acho que ela ainda está no teatro, preparando as coisas para o Baile dos Monstros.

— Max! — Ela atende depois de apenas um toque. — Por que você está *ligando* pra mim? Mande uma mensagem de texto ou de voz, como uma pessoa normal.

— Oi — começo, colocando o telefone no viva-voz. — Você ainda está no teatro?

— Tô, por quê? — ela pergunta. — E, ai meu Deus, como foi o seu *date*? Você contou pra ele sobre aquele negócio do vestiário?

— Ele ainda está aqui, e você tá no viva-voz — conto, ficando vermelho como um pimentão.

— Ah... — diz ela. — Oi, Ollie.

— Oi — ele responde, rindo. — Que negócio é esse do vestiário?

— Bom — começa ela —, Max tem um sonho recorrente em que você e ele estão no vestiário e daí...

— NÃO É POR ISSO QUE ESTAMOS LIGANDO! — interrompo-a. Ouço algumas risadas do outro lado do telefone. — Espera, você não está sozinha?

— Ah, é só a Rachel e mais algumas...

— Tá tudo bem, Max — diz uma voz que eu não reconheço. — Eu também fantasio sobre o vestiário dos meninos!

— Ai, meu Deus — lamento. Oliver está rindo ainda mais agora. — Bom, mas enfim — prossigo —, o que você diria se eu te contasse que conseguimos nos meter numa pequena enrascada...?

— Pai do céu, o que foi que você fez agora, Max?

— Nada — respondo. — Mas estamos meio... presos.

— Por favor, me diga que vocês não confundiram o lubrificante com supercola — ironiza ela. — Porque se for isso, podem se virar sozinhos...

— Alicia! — exclamo, rindo. — Pare de tagarelar! Apenas escute! Sabe aquele bloco antigo perto do campo de futebol? Aquele onde literalmente ninguém vai?

— Sei...

— Bom, se eu te jogar uma chave, quanto tempo você acha que leva para chegar aqui?

— Ai, meu Deus, Max — diz ela. — Você é um idiota!

— A culpa é minha, na verdade — confessa Oliver. — O treinador nos trancou aqui no terraço.

— Então vocês são um par de idiotas — Alicia conclui. — São o casal perfeito, de fato. Não sei por que não começaram a namorar antes. Estarei aí em cinco minutos, então, por favor, vistam-se, tá?

— Não prometo nada — provoca Oliver. — Ai, Max! — geme. — Não com a Alicia no telefone ainda! Ai, Max! Para!

E, mesmo sabendo que ele só está brincando, isso ainda me deixa meia-bomba.

CAPÍTULO VINTE

— E vocês definitivamente não transaram nos colchonetes? — pergunta Dean, arqueando a sobrancelha enquanto se recosta no armário ao final do dia seguinte.

Agora o corredor principal está decorado para o Dia das Bruxas — nada muito vistoso, só algumas abóboras e fantasmas de papel, mas ainda assim o clima festivo no ar é evidente, e todo mundo está animado.

— Não! — Eu rio. — Estou te dizendo, a gente nem se beijou!

Estamos terminando nossos cafés gelados, goles lentos e gentis porque precisam durar a tarde toda. O copo dele diz "Beto" e no meu está escrito "Ênio".

— Bem, e por que não? — indaga. — Você literalmente *só* falou nisso durante todo o ano, e agora ele está sacudindo a oportunidade bem no seu nariz, e você não a agarrou com unhas e dentes?

— Ah, acredite, se ele estivesse *sacudindo* bem no meu nariz, eu definitivamente agarraria com unhas e dentes — declaro, com um sorriso malicioso, e Dean se afasta, agarrando um colar de pérolas imaginárias. — Além do mais, não rolou no momento.

— Ah, deixa disso, Maxine! Eu juro por Deus, se você não o beijar no baile de hoje, eu vou lá segurar os dois pela cabeça e grudar o rosto de vocês à força.

— Por favor, faça isso. Ainda não consigo acreditar que tivemos um *date*. Eu e Oliver Cheng. Um encontro de verdade, como heterossexuais da vida real!

— Você é fofo demais, Max — Dean comenta, enquanto abro meu armário e um bilhetinho dobrado cai lá de dentro. — Uma mensagem do seu namoradinho?

— "Feliz Baile dos Monstros! Mal posso esperar para ver como você vai estar gato hoje à noite" — leio em voz alta com um sorriso estampado no rosto. — "Espero que você também goste da minha fantasia…"

— Oliver? — pergunta Dean.

No entanto, quando olho para a assinatura, tenho um sobressalto. Agitação, mas do tipo ruim. Ai, meu Deus, não isso de novo!

— "Amor, Pepê. Beijinhos"

Dean ofega.

— Pepê? Não pode ser… — Ele toma o bilhete da minha mão e lê com os próprios olhos. — Ai, meu Deus, Max, a Poppy Palmer é a sua admiradora secreta!

— Ai, meu Deus, não faça isso — peço, com um grunhido. — Com certeza ela sabe que eu sou gay, né?

Dean ri.

— Todo mundo sabe que você é gay, Max. Talvez ela esteja só desejando o que não pode ter. Isso acontece, né?

— Aff. Sei lá. Só não queria lidar com isso no momento.

— Então não lide — Dean aconselha, rasgando o bilhete. — Você é livre para ignorar o recado, Max. Não tem que dar importância a isso.

— Mas e se ela tentar dar em cima de mim?

— Daí você simplesmente diz para ela que está namorando o Oliver. Ela é uma menina grandinha; ela aguenta o tranco. Você não deve nada a ela, sabe? É o básico do consentimento.

— É? — questiono. — Tem certeza mesmo que vai ser simples assim?

— Tenho, Max. Só tente deixar isso pra lá. Não vamos nem falar disso…

— Oi, gente — diz Rachel, aproximando-se. — Vocês viram o Simon?

— Não depois do terceiro período — respondo. — Por quê?

DE REPENTE HÉTERO

— Ele pediu para me encontrar com ele aqui... — diz, e justo quando ela fala, ouvimos uma música começar a tocar no alto-falante. É o "Monster Mash".

— Ai, meu Deus — digo. — Isso, não. Dean, temos que sair daqui *agora mesmo.*

— Por quê? — pergunta ele. — O que está havendo?

— Só confie em mim — respondo. — Ou ficaremos traumatizados para sempre.

— O "Monster Mash"? — indaga Alicia. — Isso nem faz sentido, literalmente. E por que a necessidade de um pedido especial? Tipo, é óbvio que eles iam juntos. Eles são um casal há *meses.*

— Obrigado! Foi isso o que eu disse! — Nunca me senti tão justificado.

Está um pouco mais tarde e estamos no quarto de Alicia, fazendo os últimos retoques em nossas roupas. Dean ajuda Alicia a fechar o zíper nas costas de seu vestido preto longo e fluido.

— Bom, falando em casais, Max tem alguém que o admira em segredo! — insinua, depois gargalha bem alto. Ele literalmente tomou uma bebida só, poxa. — E é uma garota! Poppy Palmer!

— Ai, meu Deus! — exclamo, ajustando as asas de plumas pretas que combinam perfeitamente com meu colete alongado de redinha. Os dois concordaram em me deixar coordenar nossos visuais para o Baile dos Monstros, então nos transformei em anjos caídos. — O que aconteceu com o combinado de não tocar mais nesse assunto? O que aconteceu com não dar importância a isso?

— Mas não podemos esconder isso da Alicia! — argumenta Dean.

Ele está vestindo uma saia longa com uma fenda até a coxa e um corpete bem apertado na cintura, o peitoral está exposto e, com um contorno caprichado, nós o deixamos parecendo ainda mais musculoso do que ele já é. Um pouco masculino, um pouco feminino, Dean Jackson sem tirar nem por.

— Ele tem razão — Alicia concorda. — Não podem mesmo! O que houve? Podem abrir o bico!

— Não foi nada — desconverso, suspirando. — Eu só encontrei um bilhetinho romântico no meu armário. Eu te mostraria, mas o Dean rasgou.

— Da Poppy? — Alicia pergunta. — Você deve estar enganado! Ela teria me contado se estivesse gostando de você. E *com certeza* ela sabe que você é gay, né? Digo, *todo mundo* sabe que você é gay, Max...

— Foi o que eu falei! — exclamo. — Mas estava assinado como Pepê.

Alicia chacoalha a cabeça.

— Deus do céu, quando você acha que conhece a pessoa...

— Acho que eu realmente sou irresistível, né?

Ela ri.

— Tá, tenho *certeza* de que é isso! Veja, o que você acha?

Alicia dá uma voltinha demorada para eu poder ter a visão completa de seu *look*. Ela se maquiou para fazer a pele parecer rachada e partida, com veias pretas retorcidas e espalhadas. Suas mãos estão enluvadas, a cintura ajustada, as tranças arrumadas no alto, as asas farfalhando no ar enquanto ela rodopia.

— Ariana, Lana e Miley não chegam aos seus pés! — declaro. — Você está incrível.

— Você também está ótimo — retribui. — Vai deixar o Ollie animado só de ver.

— Tem certeza de que não está demais? — Dou uma conferida no espelho, um tanto encabulado. — Não estou meio... Putinha demais?

— Não, Max — responde ela, alisando minhas plumas. — E o que foi que eu disse sobre usar essa palavra?

— Eu estou ressignificando essa palavra!

— Não dá para ressignificar para si uma palavra arraigada em misoginia — ela bronqueia, mas então volta a parecer tranquila e me dá um sorrisinho. — Mas não se preocupe, você está perfeito.

— Quase perfeito — interpõe Dean. — Só está faltando uma coisinha. Sei que não combina com o resto do visual, mas pensei que talvez você quisesse usar isso aqui...

Ele vai até a cômoda e tira de lá a pulseira da amizade que eu arranquei na noite da discussão. Eu não fazia ideia de que ele a havia guardado.

— Dean... — começo, sentindo a voz falhar. — Isso não vai... Combinar com absolutamente nada. Mas eu não sairia de casa sem ela. — Estendo o punho. — Aqui, pode colocar.

— Sabe que supostamente todos os seus desejos se realizam quando se arrebenta uma dessas? — comenta Alicia. — Ainda bem que você não desejou nada estúpido, Max.

— É — respondo. — *Ainda bem.*

— Tudo bem, faça um pedido, então — Dean sugere, apertando a pulseira.

— Quer saber? Acho que prefiro não fazer nenhum pedido. Talvez você tivesse razão: as coisas estão ótimas do jeitinho que estão. Eu não as trocaria por nada no mundo.

— Tá bom, polícia antidiversão — diz Alicia, revirando os olhos.

— Não diga a palavra com P! — arfa Dean, e os dois riem.

— Bem, eu acho que você está desperdiçando um desejo muito bom — Alicia pontua. — Sabe o que eu desejaria? Eu desejaria que...

— Eu não aguento mais esperar! Posso entrar, por favor? — Darius está batendo à porta. — Por favor, me deixem ver!

Alicia ri.

— Tá bom, pode entrar.

Ele praticamente irrompe quarto adentro.

— Uau! — exclama ele. — Uau, uau, uau.

As unhas dele estão pintadas agora — obra do Dean, é claro — e combinam demais com ele. Duas camadas de esmalte preto brilhante para ficarem iguais às nossas.

— Nosso quarto anjo honorário — declaro. — E você *tem certeza* que não vai tirar esse esmalte para ir para a academia amanhã? Promete?

— Está brincando? — promete Darius. — Eu nem sonharia com isso.

— O que seus clientes vão dizer?

— Você acha mesmo que eles ousariam dizer alguma coisa? — ele pergunta, com um sorriso malicioso. — Se vocês, garotos, podem andar por aí exibindo as unhas com orgulho, eu também posso.

— Estou orgulhosa de você, papaizinho — Alicia declara.

— E eu de você, meu bebê — responde ele. — E agora... Sua carruagem a aguarda.

Ele finge agitar uma varinha de condão.

— Vocês irão para o baile!

— Calma lá — interrompe a mãe de Alicia em seu cálido sotaque estadunidense, entrando no quarto atrás de Darius. Eu não a vejo com muita frequência, mas a Alicia realmente é a cara dela. — Eu pensei em levá-los, na verdade.

— E o trabalho? — pergunta Alicia. — Sei que você está ocupada com os clientes e...

— Os clientes podem esperar — ela responde. — Nunca estou ocupada demais pra você.

— Acho que não tenho tempo suficiente para pintar as suas unhas também — Dean comenta. — Por mais que fosse adorar fazer isso.

— Já pintei. — Ela dá uma piscadinha e mostra as unhas pretas.

— Bom, você pode dirigir, Shonda, mas eu vou no banco do carona — diz Darius. — Se vocês três não se incomodarem em irem apertados no banco traseiro...

— Apertadinho no meio desses dois? — falo. — Não consigo imaginar nada pior.

— Tá bom, tá bom. — Alicia revira os olhos, brincalhona. — Mas nada de pernas escancaradas. E eu não vou no meio, falei primeiro.

DE REPENTE HÉTERO

— **É** isso, então? — diz Alicia, quando nos encontramos parados do lado de fora do auditório, eu e Dean de braços dados com ela. — Nosso último Baile dos Monstros.

— É melhor fazermos valer a pena — destaco, acenando para os pais dela, que se recusam a ir embora. Esses dois de coração mole querem ver a garotinha deles entrar no salão.

Alicia sorri.

— Definitivamente. Estão prontos, então? — pergunta, abrindo as portas duplas e revelando a obra-prima que é a decoração.

A música é a primeira coisa a nos atingir, os hinos incomparáveis de Halloween de Kim Petras explodindo pelo sistema de som. A entrada está cheia de árvores realistas feitas de papelão, com os galhos retorcidos para dar a aparência de uma floresta assombrada. As lanternas em que eu e Oliver trabalhamos pendem entre os galhos, luzinhas nos conduzindo para o brilho quente da pista de dança. Abóboras esculpidas com esmero encontram-se espalhadas pelo salão e as palavras *FUJAM DAQUI!* e *VÃO EMBORA!* foram pintadas em letras vermelho-sangue em alguns galhos. É o equilíbrio perfeito entre bonitinho e assustador.

A sra. A se aproxima para nos saudar. Está vestida de Winifred Sanderson. A semelhança é aterradora.

— *Sinto cheiro de crianças!* — ela projeta a voz. — *Na noite de Todos os Santos, quando a lua estiver cheia, alguém virgem nos invocará do submundo!*

— Hã… Por que a senhora olhou para mim quando disse "virgem", professora? — questiono.

— E por que a senhora está vestida de Barbra Streisand? — acrescenta Dean, brincalhão.

— Vocês dois têm que estragar tudo, não é? É uma habilidade especial que vocês desenvolveram.

— Ignore-os, professora — intervém Alicia. — Eu acho que a senhora está ótima.

— Bem, obrigada, Alicia. — Sorri. — Você também. Todos vocês. Adorei a atenção aos detalhes. Agora, podem me prometer que não têm nada alcoólico escondido nessas fantasias? Ou terei que revistar vocês?

— Ah, nós já escondemos as bebidas alcoólicas na gruta assombrada, professora — brinco, com uma piscadinha marota. — Tem uma garrafa de rum dentro do pufe.

— Isso é uma piada, né? — Ela aperta a ponte do nariz. — Por favor, me diga que é piada, Max...

— Nós mentiríamos para a senhora, professora? — Sorrio, cheio de inocência.

— Bem, não. Mas acho que essa é exatamente a questão, não...?

— Ele está brincando, juro — promete Alicia, os dedos cruzados às costas.

Gabi e Shannia aparecem atrás da sra. A. Estão fantasiadas como as outras duas irmãs Sanderson, e suas fantasias estão absolutamente impecáveis.

— Ai, meu Deus! — ofega Dean. — As lésbicas combinaram as fantasias!

— Quem você acha que a convenceu a fazer isso? — diz Gabi, orgulhosa.

— E estamos viralizando! — acrescenta Shannia, mostrando o TikTok das três no celular. Não faz mais de uma hora que gravaram esse vídeo. — Estamos até no LADbible — diz, feliz, lendo o título do artigo. — "Casal lésbico convence a professora lésbica a se fantasiar com elas para o Halloween."

— Está brincando! — exclamo, tomando o telefone da mão dela. — Isso é icônico! As lésbicas realmente viralizaram!

Alicia ri.

— Podem parar de ficar dizendo "lésbicas"?

— *Lésbicas* — repito. — Lésbicas, lésbicas, lésbicas. Venha, repita comigo, não seja homofóbica — provoco, e ela tenta me dar um tapa.

— Tem mais gente chegando! — conta Gabi. — Vamos?

— Vamos lá então. — A sra. A sorri. — Comportem-se, crianças, e feliz Baile dos Monstros — acrescenta, conforme vão saudar o próximo grupo de alunos.

— *Na noite de Todos os Santos, quando a lua estiver cheia, alguém virgem nos invocará do submundo!*

Dean solta uma risada.

— O que foi que aconteceu? Literalmente, o que acaba de acontecer aqui?

— Só em Woodside — Alicia pontua, rindo também. — Tudo bem, vocês conhecem o esquema. Max, pegue um pouco de ponche e encontre com a gente na gruta assombrada.

— Você é quem manda — assinto, batendo continência enquanto parto na direção da tigela de ponche.

A mesa está decorada com teias falsas e aranhas de plástico, tigelas de minhocas de gelatina, ratinhos de açúcar e um porta-bolos de quatro andares carregado de crânios de chocolate. Há uma abóbora escavada com os dizeres BAILE DOS MONSTROS 2023 e dois caldeirões cheios de ponche cintilante verde e roxo.

— Oi, Max — diz alguém atrás de mim, enquanto mordo um dos ratinhos doces.

Dou de cara com Thomas Mulbridge quando me viro. Ele está vestido de espantalho. A roupa cheia de palha que deve ser para lá de desconfortável.

— Ah... Oi...

Ele é a última pessoa com quem quero conversar. Ainda não o perdoei por ter tirado o Dean da escola com seu *bullying* no Mundo Hétero. Sei que ele não é *exatamente* a mesma pessoa, e talvez eu não devesse culpá-lo por algo que ele *tecnicamente* não fez, mas o Thomas do mundo real não é lá muito melhor, então não sinto mal por continuar a classificá-lo como um babaca.

— Bela fantasia — elogia ele, tentando pegar nas minhas plumas.

— Não toque nas asas! — advirto, me esquivando dele.

— Ah, desculpa — fala, recolhendo a mão. — Como você está? Ouvi dizer que você e Oliver finalmente tiveram um *date*.

— Foi — confirmo, chupando uma minhoca de gelatina. — Por que, ele disse alguma coisa?

— Só que se divertiu — responde, e não consigo conter um sorriso. É difícil odiar até o Thomas quando ele está me dando uma notícia tão boa. — É fofo, vocês dois — acrescenta, e parece estar sendo sincero.

— Bem, foi só um *date* — digo. — Não é como se fôssemos namorados nem nada.

— É, eu sei. Só acho que vocês combinam, apenas isso.

— Você disse o mesmo sobre Dean — relembro, enchendo três copos com ponche.

— É, bem, dessa vez estou falando sério.

— Bem… Obrigado. Eu também acho. Só não conte a ele que eu disse isso.

— Não vou contar, não se preocupe — promete, sorrindo. — Mas enfim, eu estava pensando que talvez, com vocês dois namorando, eu e você finalmente possamos ser amigos, que tal?

— Amigos? — indago, surpreso. — Sabe, você nem sempre foi bacana assim comigo.

— Ah… — Ele soa um tanto surpreso. — Quando éramos pequenos, você diz? Eu era meio cuzão naquela época, mas você sabe que eu me arrependi daquilo tudo.

— Como é que eu saberia disso se você nunca se desculpou?

— Não? — indaga ele, se remexendo, sem graça. — Bem, me desculpe. Digo, é claro que eu me arrependi. Claro que sim.

— Tá, mas você está apenas uns quatro mil anos atrasado.

— Eu sei, mas não sei muito bem o que mais posso dizer.

— Deixa pra lá — desdenho, apanhando os copos com a bebida e voltando para a festa. — Tenha uma boa noite — acrescento, sem muito entusiasmo, e o deixo de pé ali junto da tigela de ponche.

Posso ver que ele ficou um pouco fulo com a minha resposta, mas não cabe a mim fazer com que ele se sinta melhor. Se ele se sente culpado, ele que lide com isso. Estou aqui para me divertir, não para reviver traumas da infância, e me relembro disso quando deixo que a Rainha Petras coloque um gingado nos meus quadris enquanto caminho até a gruta assombrada.

Vejo o sr. Johnson de pé no canto e desvio deliberadamente na direção dele. Ele está vestido da cabeça aos pés como professor de educação física, sem ironia alguma.

— O que o senhor achou da minha fantasia, professor? — pergunto, chacoalhando minhas asas na direção dele, com mais pele à mostra do que pode ser considerado apropriado. Coletes de redinha definitivamente não fazem parte do código de vestimenta da escola.

— Não é do meu gosto — ele responde, brusco, os braços cruzados.

— Talvez o senhor não tenha lá muito gosto, professor — retruco, rebolando o traseiro um pouco quando me afasto dele.

Posso praticamente sentir os olhos dele queimando minha nuca. Foi um escândalo de mesquinho e provavelmente uma ideia não muito boa cutucar a onça com vara curta, mas foi gostoso. Bem gostoso, na verdade. Sinto como se fosse vitorioso.

— Oi, Max…

— Poppy! — exclamo, praticamente colidindo com ela.

Ela está de mulher das cavernas, e uma toga bastante reveladora com estampa de oncinha envolvendo precariamente seu corpo. Ai, Deus, a Pepê mal está cobrindo os *tetês*. Eu me lembro do bilhete. "Espero que você também goste da minha fantasia…"

Mas ela não é a única com pele à mostra. Pelo menos temos isso em comum.

— Bela fantasia — diz, estendendo a mão para minhas plumas. Por que todo mundo quer tocar nas minhas plumas?

— Obrigado. Estou contente de ter trombado com você, na verdade. Estava querendo falar com você…

— Ah, é? — Ela mexe em seu cabelo desalinhado.

— É só que… Bem… Olha, eu fico lisonjeado, mas você não é bem o meu tipo, sabe? Talvez em outro mundo, se as coisas fossem diferentes…

Poppy franze o cenho.

— Max, do que é que você está falando?

— Eu vi seu bilhete — explico. — No meu armário. E foi muito meigo, de verdade. Tipo, romântico demais. Quem não gostaria de ter um admirador secreto? Mas eu simplesmente não posso ocupar esse papel. Desculpe.

— Que bilhete? Max, eu não escrevi bilhete nenhum.

— Não precisa ficar com vergonha — tranquilizo. — Tá tudo bem.

— Não, sério, não fui eu — ela soa um pouco ofendida agora. — Posso ver esse bilhete?

— O Dean rasgou.

— Conveniente... — Ela revira os olhos. — Olha, Max, eu não sei do que se trata, mas não estou interessada, tá? Aliás, você não é gay? Há boatos de que já chupou metade do time de futebol.

— O quê? Metade do time de futebol?! É só um jogador! No singular! E a gente nem se beijou ainda!

— Bem, enfim. Não quero fazer parte desse joguinho. Te vejo mais tarde, tá? — desconversa, esbarrando ao passar por mim.

Uau, que grossa! Talvez Dean tivesse razão em me mandar apenas ignorar, mas pelo menos coloquei tudo em pratos limpos.

— Pegou o ponche? — Dean pergunta, quando chego na gruta. Mostro os copos.

Simon Pike e Rachel Kwan se juntaram a nós. Depois do *flash mob* bem-sucedido, eles vieram juntos vestindo o que posso apenas presumir como fantasias de Bonnie e Clyde. Estão largados num pufe, descabelados. Parece que eu perturbei uma sessão de amassos um tanto intensa.

— Posso abrir aqui, só um minutinho? — diz Alicia, constrangida, ajoelhando e tentando abrir o zíper do pufe em que eles estão, sem graça.

— Eu estava me perguntando o que é que estava me cutucando nas costas. — Simon ri, enquanto Alicia retira a garrafa grande de rum que jurou à sra. A ser somente fictícia.

— Eu ofereceria um pouco, mas não tenho mais copos — comento, pegando o rum de Alicia e completando nossos copos.

— Não se preocupe com isso — Rachel responde, levantando um frasquinho prateado minúsculo. — Nós trouxemos o nosso.

Amadores, penso. *Isso não vai durar nem cinco minutos...*

— Vamos deixar os pombinhos à vontade? — sugere Dean, enfiando a garrafa de rum de volta debaixo deles.

— Isso, vejo vocês depois — diz Alicia, conduzindo-nos de volta para a festa.

Ficamos no palco, assistindo à pista de dança se encher de alunos empolgados.

Suspiro.

— Não posso acreditar que isso tudo está chegando ao fim...

— Que drama! — Alicia brada. — Nós ainda temos quase um ano inteiro. Poupe suas lágrimas para o Baile dos Formandos, Max!

Dean ri e comenta:

— Mas é meio doido pensar que a essa altura do ano que vem estaremos em outro lugar. Vocês acham que continuaremos sendo amigos?

— Como ousa sugerir que não?! — indigna-se Alicia. — É claro que vamos. A menos que você nos abandone assim que virar um superrastro do West End... — Ela arqueia a sobrancelha. — Embora seja melhor não fazer isso, porque Max ainda precisa de você para pintar as unhas dele. Sabemos que ele não consegue fazer isso sozinho.

— Estarei na entrada dos artistas toda noite, segurando um vidrinho de esmalte!

— *Entrada dos artistas?* — gagueja Alicia. — Eu espero um par de ingressos para a primeira fila!

— Três ingressos, faça o favor! — corrijo. — Vamos precisar de um para o Oliver...

— Uau, você conseguiu passar cinco minutos todinhos sem mencionar ele — Alicia deboche. — Falando nisso, contou para ele que tem uma quedinha pelo Homem-Aranha?

— Oi? Talvez eu tenha mencionado o Tom Holland uma ou duas vezes. Por quê?

— Olha ali — indica ela. — Na entrada.

E lá está ele, o garoto que alugou um tríplex nas minhas fantasias: Oliver Cheng num traje justinho de Homem-Aranha que não deixa *nada* para a imaginação. Mas ele não está de máscara, e seu cabelo jogado e suas covinhas estão plenamente visíveis quando ele entra no salão, o rosto se iluminando em meio às lanternas de papel enquanto se encanta com o trabalho de Alicia.

— Meu Deus — suspiro. — Eu realmente devo estar sonhando...

— Com ele disparando teias sobre você todinho? — Dean sorri.

— Na verdade, estava pensando mais na linha de um beijo de cabeça para baixo, superromântico.

Alicia funga.

— Você realmente é uma menina de treze anos, sabia, Max?

— O quê? — Sorrio, inocente. — Só estou sendo honesto.

Dean ri.

— Vamos — chama, me agarrando pelo braço. — Vamos dar um oi antes que o Max tenha um ataque do coração ou algo assim.

— Oi, Max — Oliver cumprimenta quando nos aproximamos. — Oi, Dean, oi, Alicia. Vocês estão incríveis — elogia, estendendo a mão para minhas asas.

Eu não o afasto com um tapa. Thomas e Poppy podem guardar suas mãozinhas para si, mas Oliver pode tocar onde quiser.

— Você também está ótimo. — Abro um sorriso tonto, o resto do mundo parece deixar de existir.

— Você recebeu meu bilhete? — pergunta ele, com um sorriso radiante.

— Oi? — indago. — Como assim, *seu bilhete*?

— O que estava no seu armário.

— O quê?!? — exclamo. — Mas você assinou como Pepê!

— Sim — responde, gesticulando para sua roupa. — De Peter Parker.

Ai, meu DEUS.

Dean está gargalhando abertamente agora.

— Max pensou que fosse da Poppy! Poppy Palmer!

— O quê? — Oliver ri. — Acho que você não faz o tipo dela, Max... Ela não está saindo com um dos garotos de Grove Hill? Um cara chamado Chad? Ou era Garrett?

— Ai, meu Deus — digo, em voz alta agora. — Ai, meu Deus. Ai, meu Deus. Ai, meu Deus...

— Qual é o problema? — pergunta Alicia. — Você não falou nada, né?

— *Talvez* tenha tentado rejeitá-la com jeitinho — confesso. Todos eles estão rindo agora. — Provavelmente eu devia pedir desculpa, certo?

— Deixe pra lá — aconselha Dean. — Francamente, Max, antes que você acabe tornando as coisas piores.

— Então o bilhete era seu? — pergunto, encontrando os olhos de Oliver.

— Era — ele responde, corando de leve. — Dean me contou que você sempre quis que um cara colocasse bilhetinhos no seu armário. Eu provavelmente deveria ter assinado com meu nome, mas pensei que seria fofinho insinuar como eu viria fantasiado...

— E realmente foi fofinho — admito. — E você está ótimo.

— Obrigado. E, minha nossa, esse lugar está inacreditável, Alicia. Não creio que você fez tudo isso mesmo. Numa semana só?

— Bom, eu não teria conseguido sem vocês — declara. — Obrigada pela ajuda.

Oliver balança a cabeça.

— Eu fiz três lanternas, talvez? Acho que aquela ali no alto, meio torta, é uma das minhas.

— Foi um esforço em equipe — Alicia reforça, modesta.

— Obrigado de novo por nos resgatar na outra noite, aliás — agradece Oliver.

— Sempre que precisar. Francamente, se o sr. Johnson tivesse pegado vocês...

— Ainda teria valido a pena — interrompo.

— Tenho certeza que sim. Certo, vamos lá, Dean; bora repor os drinques!

— Ah, mas o meu ainda está pela metade...

— Não tá, não. — Alicia tira o copo da mão dele e toma tudo. — Vejo vocês mais tarde, meninos.

Ela nos dá um tchauzinho e praticamente arrasta Dean para longe.

— Desculpe por eles — digo, com as bochechas ardendo de vergonha. — Eles parecem pensar que ainda precisam bancar o cupido.

— Eu acho legal — comenta. — Thomas é igualzinho.

— Como assim?

— É uma bobagem, na verdade — diz ele, corando. — Eu queria te convidar pra sair há tempos. Ficava nervoso demais para aparecer no Clube Queer, mas Thomas me convenceu a ir. Disse que iria comigo, para que eu tivesse uma chance de conversar com você... Mas aí o sr. Johnson chegou e...

— E empatou pro seu lado!

Ele ri.

— Exatamente! E daí, logo antes da apresentação de *A pequena loja*, Thomas insistiu que eu fosse falar com você, mas eu entrei em pânico e acabei tropeçando.

— Eu pensei que tinha sido eu que trombei com você!

— Acho que nós dois somos meio atrapalhados...

— Só um pouquinho — concordo, sorrindo. — Mas espera aí... Então Thomas sempre esteve tentando nos unir? Mas ele pensava que eu e Dean éramos um casal...

— Ah — diz Oliver. — Na verdade, isso foi pra *mim*. Não tinha certeza se vocês eram amigos, ou mais do que amigos, então pedi ao Thomas para descobrir...

— E eu o chamei de homofóbico por perguntar. — Bato a palma da mão no rosto.

— É, ele me contou isso — relata Oliver. — Mas tá tudo bem, não se preocupe.

— Eu realmente não fazia ideia…

Vasculho o salão procurando por Thomas. Ele ainda está de pé sozinho junto à tigela de ponche, bebericando, incomodado. Penso em todas as vezes em que fui rude com ele. *Uma vez homofóbico, sempre homofóbico…* Na época, achei que ele merecia ser tratado assim, mas talvez realmente tenha mudado. Talvez ele mereça, sim, uma segunda chance.

— Então… Quer dar uma olhada na gruta assombrada? — Oliver pergunta.

— A sala da pegação, você quer dizer? — Levanto a sobrancelha.

— Não sei do que você tá falando — finge ele, todo inocente.

— Eu adoraria — respondo, rindo. — Mas Simon e Rachel estão lá, e eles parecem meio… *ocupados.* Então talvez pudéssemos ir dar um oi pro Thomas antes, que tal?

— Claro — diz Oliver, e sinto faíscas voando pelo ar quando ele pega na minha mão.

Parece que o mundo fica em câmera lenta quando abrimos caminho pelo salão. Noto alguns alunos reparando nas nossas mãos dadas e cochichando entre si. Sei que é bobagem, mas meio que amo isso.

— Oi, gente — cumprimenta Thomas, quando nos aproximamos.

— Tudo indo bem, então?

Ele sorri, indicando nossas mãos com o queixo. A mão de Oliver está quente e grudenta, mas não quero soltá-la nunca mais.

— Gosto de pensar que sim — comenta Oliver. — Legal sua fantasia — acrescenta ele, ajustando um pouco da palha que se soltou do chapéu imenso de Thomas. — Não é desconfortável?

— Coça MUITO — admite Thomas. — Isso, definitivamente, foi um erro.

— Você pode se trocar lá em casa depois se quiser — oferece Oliver. — Você ainda vai para a festinha que vou dar depois, né?

— Digo, se vocês quiserem que eu vá… — fala, olhando para mim.

— Claro — respondo, e estou sendo sincero. — Creio que temos muito papo a pôr em dia.

Ele sorri, e vejo que me agradece com o olhar.

— Isso me lembra de uma coisa — digo para Oliver. — Cabem mais duas ou três pessoas?

— Bom, eu já convidei metade da escola — pontua. — Mais alguns não vão fazer diferença. Por quê? Em quem está pensando?

CAPÍTULO VINTE E UM

— Eu nunca... Me masturbei na escola.

Sorrio, olhando diretamente para Oliver. Não sei se ele cometeu as mesmas façanhas aqui que no Mundo Hétero, mas estou *morrendo de vontade* de descobrir. Estamos amontoados na sala de estar dele e, francamente, parece que a escola toda está aqui.

— Ai, meu Deus... — Ele ri, ficando vermelho como um pimentão enquanto toma um gole de seu drinque. — Como é que você sabia disso? Eu não contei pra ninguém...

— Só um palpite — respondo, mas aí Simon também toma um gole. E Rachel. E Alicia.

— Todos vocês?! — exclamo, incrédulo. — Não é possível que eu seja a única pessoa que não bateu uma na escola. Desde quando vocês todos são tarados assim?

— Somos adolescentes — Alicia argumenta, dando de ombros. — Na verdade, muito me surpreende que você não tenha batido uma, Max. Punhetas em lugares indevidos costuma ser o seu *modus operandi*.

— O que você quer dizer com isso?

— Aquele campo cheio de vacas?

— Tá, mas isso foi uma vez só e...

— A casa da sua avó.

— Tá, mas...

— Aquela vez na minha casa, quando você pensou que eu e Dean estávamos dormindo.

—Tá, já entendi! — Como foi que eles conseguiram virar o jogo contra mim? — Mas *todos vocês?* Na escola? Onde? Quando? Tenho tantas perguntas.

— A gruta assombrada — Simon e Rachel respondem em uníssono.

— Deus do céu, espero que tenham lavado as mãos — reclamo. Simon está segurando a xícara do *Toy Story* de Oliver. Aquele pobre Porquinho… — E você, Alicia?

— A sala de materiais nos fundos da sala de artes — confessa, um pouco orgulhosa demais. — Ninguém entra lá.

— E nós aqui pensando que você ficava lá até mais tarde porque estava trabalhando.

— Nós estávamos trabalhando. Zach e eu *dando duro*.

— Ah, que nojo — digo. — Vocês são todos uns pervertidos. Não acredito que pensei que o depravado era *eu*.

— Isso não demonstra uma sexualidade positiva de sua parte, Maxwell — provoca Rachel. — Mas não está se esquecendo de alguém? Vamos lá, Ollie, onde foi? Conte tudo.

Por favor, diga que foi no vestiário masculino. Por favor…

— Tá, então, tem um lugar… — começa, devagar. — Um lugar secreto, que ninguém conhece…

Ele olha para mim e dá uma piscadinha, *real oficial.*

— O terraço! — dispara Alicia, batendo nas coxas, toda feliz. — Foi para onde ele levou o Max no *date* deles!

— E eu aqui achando que aquela foi a noite mais romântica do mundo, quando você simplesmente me levou para o salão reservado para punhetas?

— Você achou romântico mesmo? — Oliver sorri.

— Bom… Sim… Eu tinha achado. Mas isso não vem ao caso…

— Aaaaawwwwnn — diz ele, abrindo um sorriso ainda maior. — Fico feliz por você ter se divertido.

— No salão reservado para punhetas — acrescenta Alicia. — Só para deixar bem claro.

É aí que a campainha toca.

— Um minutinho — diz Oliver, abrindo a porta para uma garota que eu reconheço no mesmo instante: Laci.

É como se ela tivesse lido meus pensamentos, porque ela realmente parece a Gwen Stacy, e aproveitou isso para se vestir como Mulher-Aranha para combinar com a fantasia delícia do Oliver. Acho que eu, Dean e Alicia não fomos os únicos a coordenar as fantasias de Halloween. É o Natal dos queers, afinal de contas.

— Estou tão feliz por você ter vindo! — grita Oliver, levantando-a no ar e rodopiando-a, os pés dela arremessam minha bebida longe. A mistura de vodca e suco de *cranberry* respinga em toda a mobília. Mas ninguém viu, então, se alguém perguntar, não fui eu. — Senti tanta saudade!

— Eu também estava com saudade de você — retribui ela. — Desculpe o atraso. Peguei detenção de novo, e daí o trem levou uma eternidade. Onde fica Woodside, afinal? Tipo, literalmente, em que parte do país? Estamos no norte? Sul? Tenho quase certeza que nunca vi essa cidade num mapa...

— Ah, deixa isso pra lá — diz Oliver. — Você está aqui agora, e é isso que importa.

— Isso aqui é um belo avanço — Laci comenta, olhando para a sala. — Eu sabia que seus pais tinham *dinheiro*, mas isso aqui é outro nível. Vai me levar num tour pela casa? Onde está esse tal namorado sobre o qual não para de falar?

— Ah, não somos namorados. — Ele cora, postando-se de lado para me apresentar. — Mas sim, esse aqui é o Max — diz. — Max, esta é a Laci.

— Ouvi falar muito de você — comento, me aproximando para um abraço.

— E eu de você. Mas pensei que você seria um pouco mais bonito. Do jeito que o Oliver não para de falar de você, pensei que você seria no mínimo nota seis...

— Ah, hã, bem... — Eu não sei o que responder, de verdade.

— Estou zoando com a sua cara. — Ela ri. — Ah, vá lá, você deve saber que é muita areia pro caminhãozinho dele, né? Se quiser que eu seja aquela amiga facilitadora, posso te arranjar coisa melhor. Um desses garotos hétero deve ser *no mínimo* um pouco curioso. Que tal ele?

— Esse é o Thomas — Oliver apresenta. — Ele é o meu melhor amigo.

— Pensei que *eu* fosse sua melhor amiga! — ofega Laci. — Já me substituiu, foi, Ollie?

Ela sorri para Thomas. "Oi, Tom", ela diz só com os lábios, oferecendo um aceno sedutor e ele trava feito uma galinha hipnotizada.

— Tá bem, deixa eu te mostrar tudo — Oliver fala, guiando-a escada acima. Ele a abraça, orgulhoso de se exibir para sua melhor amiga.

Alicia e eu vamos para a cozinha procurar Dean.

— Pare de se mexer! — Dean ri, tentando tirar o último pedaço de palha da roupa de Thomas.

— Pare de fazer cócegas, então! — protesta Thomas, se remexendo. — Acho que eu definitivamente levo o prêmio de pior fantasia.

— Quem leva o de melhor? — pergunta Dean, endireitando o corpete.

— Meu voto vai para o Oliver — declaro.

— É óbvio — ironiza Alicia, revirando os olhos, brincalhona. — Desculpe, Max, se é para pensar com a cabeça de baixo, não vai poder votar.

— O quê? É uma fantasia legal!

— É um macacão de Homem-Aranha comprado na Amazon, Max — Dean argumenta. — Literalmente, só enfiando mais dinheiro nos bolsos do Jeff...

— *Jeff?* — indaga Alicia. — A gente já está se referindo ao Bezos apenas como "Jeff" agora? Como se ele fosse um carinha que trabalha ali no sacolão?

— Tá bom — Dean reconhece. — Ele está só enfiando dinheiro no bolso do *Jeffrey*, então.

— É um bom argumento — pontuo. — Realmente, é ruim gastar dinheiro assim. Agora me lembre, onde exatamente você comprou as nossas asas, mesmo?

— Ah, hã... De uma loja pequena, independente, bem ética... — Dean fala.

— Ahã. E como é que ela se chamava?

— Ah, hã... Era... Hã... É a campainha?

E a campainha *toca mesmo* neste instante, e Dean parece incrivelmente orgulhoso de si. Vejo Oliver abrindo a porta para Kedar e alguns dos amigos dele. Bem na hora.

Oliver percebe que estou olhando e dá uma piscadela na minha direção. Eu sorrio de volta. Dean Jackson não é único capaz de bancar o cupido...

Kedar cumprimenta Oliver com um toquinho enquanto seus amigos se enfileiram para entrar na casa e começam a se apresentar. De imediato, reconheço os dois que estiveram lá com ele em *Meninas malvadas*. Ambos estão vestindo lantejoulas e brilhos, um com uma blusinha onde se lê FODA-SE O CIS-TEMA em letras prateadas, e o outro num par de plataformas reluzentes com pelo menos vinte centímetros de altura.

— Mas a sério, Max — diz Alicia —, se você não pudesse votar no Oliver, em quem seria? Você é o cara da moda agora!

— Tá bom — cedo. — Eu votaria no Dean, então. Sei que fui eu quem o vesti, então estou meio que votando em mim mesmo, mas olha só pra ele!

— *Moi?* Sério? — Dean finge surpresa. — Nas minhas asas que definitivamente não foram compradas do Jeffrey?

— Sério — confirmo, rindo. — Você está arrasando. Inclusive acho que aquele cara ali estava te secando agorinha mesmo.

Indico Kedar com o queixo.

— Oi? — diz Dean, espiando.

— O cara de camisa branca? — pergunta Alicia. — Quem é aquele?

— Parece que ele joga futebol com o Oliver... — respondo, me fazendo de sonso. — Acho que o nome dele é Kedar.

— Ah, ele é uma *graaaaaça* — Alicia meio cantarola, olhando para ele da cabeça aos pés. Dean não diz nada; está apenas encarando, incapaz de falar pela primeira vez na vida.

— Ele está te secando de novo, olha lá — comento.

Dessa vez é verdade. Ele está mesmo. Os dois se olham, sem graça, e então desviam o olhar, tímidos.

— Você deveria ir lá falar com ele!

— De jeito nenhum! — exclama Dean. — Olha aqueles ombros! Ele é, tipo, nota quinze!

— Ah, como o jogo virou — digo, com um sorriso. — Você me fez ir falar com Oliver. Acho que está na hora de parar de ficar falando só da boca pra fora.

— Mas era diferente! — protesta Dean. — Oliver estava claramente a fim de você.

— E Kedar está claramente a fim de você! — disparo de volta. — Ele está literalmente te encarando *agora mesmo*.

— Tá, tá bom — concede. — Eu vou falar com ele. Mas, só para deixar registrado, eu te odeio.

— Eu também te amo — respondo.

Eu, Alicia e Thomas o observamos se aproximar para puxar papo. Dean Jackson, o feroz, reduzido a uma pilha de nervos. Nunca pensei que veria esse dia chegar.

— Como você sabia? — pergunta Alicia, me olhando desconfiada.

— Sabia o quê?

— Que ele ficaria a fim do Dean. Você planejou tudo isso, não foi?

— Não. — Sorrio inocente. — Claro que não. Como eu poderia ter planejado?

Alicia balança a cabeça.

— Bem quando acho que te saquei, Max, você ainda consegue me surpreender.

Eu sorrio.

— Tenho que te manter atenta.

Kedar e Dean estão rindo agora, e Dean foi ousado o bastante para tocar no braço dele, flertando descaradamente.

— Bem — diz ela —, nós claramente temos que te arranjar um arco e flecha para combinar com as asas.

— Assim eu posso disparar certinho no coração do Oliver?

— Ah, acho que isso aí já está resolvido. — Ela indica com a cabeça para Oliver, que sorri em nossa direção. — Ele está caidinho, Max.

— Você acha?

— Tenho certeza. Agora vá lá fazer alguns bebês ou seja lá o que for que as pessoas gays fazem quando estão apaixonadas.

— Vou te mandar alguns links para ver com seus próprios olhos — respondo. — Eu vi um vídeo em que um cara pegava o pé do outro cara e...

— Ai, meu Deus, Max! — Alicia engasga com a bebida. — E eu tentando convencer meu pai de que você é *tão meigo e inocente*.

— Mas eu sou as duas coisas — declaro, deixando-a com Thomas e me juntando a Laci e Oliver, que parece cada vez mais e mais preocupado com o número de pessoas em sua casa. — Já se arrependeu?

— Ah, não, é só...

— Não é bem como uma festa em Londres?

— Exato — concorda, meio triste. — Você tirou as palavras da minha boca. Mas é legal. Uma noite não vai fazer mal, né?

— É — respondo, bem quando ouço alguém que parece bêbado sugerir a brincadeira gato-mia na cozinha. — Mas talvez você devesse impedir aquilo...

Ele ri.

— Tudo bem. Não se preocupe.

— Oliver e eu estávamos dizendo — comenta Laci — que talvez fosse divertido se vocês dois viessem me visitar em Londres alguma hora dessas.

— Ah, é? — digo. — Quer dizer, é claro, eu adoraria.

— Poderíamos dar uma olhada na London College of Fashion enquanto estivermos por lá — Oliver sugere. — E eu poderia te mostrar aquela livraria de que te falei, o que acha?

— Mas vocês têm que me levar presentes — acrescenta Laci, seríssima.

— Presentes? Tipo o quê?

— Ah, sei lá. — Ela abre um sorriso malicioso. — Alguma coisa cara? Já posso ver que você tem bom gosto. — Ela gesticula para minha roupa. — Muito bem montado. Você quer ser estilista, certo? Consigo imaginar isso, totalmente.

— É, talvez, acho que sim — hesito. — Ainda estou decidindo.

— Talvez você possa dar algumas dicas para este aqui? — Ela bagunça o cabelo de Oliver.

— Eu não preciso de dicas! — protesta, se desvencilhando dela.

— Ahã, claro que não precisa — diz. — Bom, enfim, eu vou lá ver se esse pessoal de Woodside sabe como dar uma festa. Max, acho que Ollie queria te mostrar o quarto dele.

Ela dá uma piscadinha e aperta a mão dele enquanto se afasta.

— Seu quarto? — digo, engolindo em seco. Acho que o ouço fazer o mesmo.

— É, hã, isso, se você quiser…

— Estou morrendo de vontade de dar uma olhada, na verdade…

— Ah, é? — Ele levanta a sobrancelha sugestivamente. — Vamos lá, então, desde que você prometa que vai se comportar bem…

— Não vou prometer isso de jeito nenhum…

— Ah, bem… Melhor ainda. — Oliver dá um sorriso diabólico, levando-me para o andar de cima. — Eu não deixo muita gente entrar, sabe? — diz, hesitando na porta por um instante.

É exatamente como minha lembrança do Mundo Hétero — a estante organizada com as cores do arco-íris, as estatuetas de Dragon Ball, até o cobertor de dinossauro dobrado em cima da cadeira.

— É uma graça — elogio, sorrindo ao ver tudo.

— *Você* que é uma graça — responde, e então, num momento desajeitado, nós nos atrapalhamos e batemos as cabeças quando ele tenta me beijar.

— Desculpa — digo, mas ele não diz nada, só me encara como se me visse de verdade, e por um breve momento, a sensação é de que o mundo parou. Exatamente como naquele instante na biblioteca, as luzes parecem enfraquecer e piscar e o resto do mundo se distancia até não restar mais nada além de nós dois. Estou tão feliz por ter outra chance de fazer isto, e fazer do jeito certo, porque dessa vez não há magia e não há expectativas; não há nada além de nós.

As mãos dele sobem por meus braços e, então, sentindo o peso do corpo dele contra o meu, nós finalmente, *finalmente* nos beijamos.

Podemos ter feito isso em outro mundo, em outro momento, mas este é diferente, este é especial, porque eu nunca vivenciei *isto*. Não estou mais procurando faíscas na escuridão. Dessa vez, meu mundo todo pega fogo. Cinco *emojis* de babinha, dez pimentas e quantas berinjelas você puder imaginar. Beijar Oliver confirma que eu sou gay até o limite, e agora sei que aqui é exatamente o meu lugar. Cada um de meus botões queer está ativado e virado no máximo. Os lábios dele são ásperos e doces e viciantes, tudo ao mesmo tempo. É tão bom quanto sempre imaginei que poderia ser.

Deixo as mãos dele me puxarem mais para perto.

— Eu pensei que talvez… — ele começa, recuando um pouquinho antes de me beijar de novo.

— Sim? — digo. Sinto minha respiração pesada.

— Pensei que talvez você quisesse dormir aqui.

Franzo o cenho.

— Mas onde eu dormiria? No quarto dos seus pais?

— Laci vai dormir lá — responde, me puxando ainda mais perto.

— Eu poderia dormir no sofá, então?

— Na verdade, estava pensando em quebrar a última regra da casa. Nada de bebidas… Nada de festas… E nada de garotos na minha cama.

— *Ah* — digo.

Os dedos dele escorregam para dentro da minha cueca então, e tenho que me segurar para não soltar um gemido. Meu desejo enfim se realizando. Eu vou mesmo ter uma festinha do pijama com Oliver Cheng numa sexta-feira à noite.

— Mas... Eu não trouxe pijama.

— Você ainda usa pijama? — pergunta ele, rindo. — Fofo, mas... Acho que talvez você não vá precisar. Pode usar uma camiseta velha minha, se quiser.

— Bem, vejamos como a coisa anda.

— Tá bom — diz ele, me beijando de novo.

— Espera — peço.

— Você está bem?

— Estou. É só que... Eu sei que você sempre quis que isso fosse especial. Seu primeiro beijo. O meu também...

— Bem, tecnicamente, acho que estamos no terceiro beijo agora. — Ele me beija com mais delicadeza. — E esse foi o quarto... — Ele sorri, as bochechas formando as covinhas de que tanto gosto. — Além do mais, o que poderia ser mais especial do que isso?

— Não sei — respondo, subitamente nervoso outra vez. — Eu estava pensando que... Talvez a gente devesse ser...

— Namorados?

— É. — Sorrio. — É oficial, então?

— É oficial — ele assente gentilmente, e enquanto fito aqueles lindos olhos, é como se eu o estivesse vendo pela primeira vez. Porque, apesar de todo o tempo que passei fantasiando com ele, nunca o vi de verdade.

Mas eu o vejo agora, e percebo que ele não é um sonho perfeito e inalcançável. Nunca foi. De fato, ele é apenas o mesmo Oliver Cheng de sempre, comum e amigável. E, mesmo com todas as nossas falhas e defeitos, talvez, no fim das contas, sejamos mesmo só um par de adolescentes *normais*.

AGRADECIMENTOS

Eu me sentei diante de Ella Kahn, minha agente maravilhosa, no começo de 2020, e disse a ela que queria escrever ficção para jovens adultos LGBT+. Estava ansioso — tudo o que tinha ouvido dentro da indústria era que "livros queer não vendem" —, mas ela foi incrivelmente encorajadora desde o começo. Acreditou em mim e nas histórias que eu queria contar, e esse foi todo o incentivo de que eu precisava.

Eu já tinha um editor em mente — o maravilhoso Ben Horslen, da Penguin Random House do Reino Unido, um pioneiro no mundo da ficção infantil que trabalhou em alguns de meus livros LGBT+ preferidos de todos os tempos. Contudo, sabia que não seria fácil chamar a atenção dele para o meu trabalho, então, com o apoio de minha agente, passei quase um ano trabalhando num livro intitulado *Os jogos gay*.

Trabalhei duro e me entreguei de corpo e alma, esperando que este fosse o livro que conquistaria meu contrato dos sonhos. Não foi. Ele o recusou, dizendo que não acreditava que o livro estivesse totalmente acabado. Também disse, entretanto, que "havia um potencial enorme como autor de ficção LGBT+ em mim", e me perguntou se eu tinha outras ideias.

Eu não tinha — mas é claro que eu menti e disse que tinha, e foi enquanto eu vomitava meus pensamentos de modo frenético num documento de Word que a ideia para *o livro* surgiu, afinal. Poucos meses depois, eu tinha o primeiro rascunho e um contrato, e não conseguia acreditar na minha sorte. Ainda tenho que me beliscar de vez em quando, mesmo agora.

Sou inacreditavelmente grato a Ben e à equipe da Penguin por terem se arriscado a apostar em mim. E eles estavam absolutamente corretos: este livro é infinitamente melhor do que aquele que lhes apresentei de início, e sou muito agradecido por eles terem me ajudado a chegar a essa conclusão. Obrigado a Laura Dean, Shreeta Shah, Emily Smyth, Charlotte Winstone, James McParland, Alice Grigg e todo mundo que trabalhou para fazer deste livro o que ele é. Obrigado também a Simon Armstrong, que nunca chegou a trabalhar oficialmente na obra, mas que ficou o tempo todo sussurrando discretamente sugestões na minha orelha. Este livro é de todos eles, tanto quanto é meu. Estou muito orgulhoso do que criamos, e espero que eles também estejam.

Também tenho que dizer um muito obrigado imenso a todos os autores queer de ficção para jovens adultos que me inspiraram até aqui. Tive o prazer de trabalhar na adaptação cinematográfica do maravilhoso romance queer de Becky Albertalli, *Com Amor, Simon*, em 2018, e isso foi um divisor de águas para mim. Acredito que o sucesso do trabalho dela, assim como o de inúmeros outros autores LGBT+, realmente abriu portas para mim e me fez perceber meu desejo de tentar escrever meu próprio livro queer do gênero. Há algumas referências sutis a alguns desses autores escondidas ao longo do livro — não vou nomeá-los aqui, mas eles sabem quem são, e espero que compreendam como seu apoio foi importante para mim.

Também estou deliciado em dizer que este livro é o meu primeiro a ganhar uma edição simultânea nos Estados Unidos. Muito obrigado a Ardi Alspach e à equipe da Union Square por levar Max, Dean, Oliver e Alicia para o outro lado do oceano.

Obrigado a H. L. Gibby e Kevin Wada, os artistas queer que criaram as lindas capas das edições britânica e estadunidense, respectivamente. Ver meus personagens ganharem vida me traz mais alegria do que podem imaginar.

Obrigado a Helen Gould, Luxeria Celes e Jason Kwan por separarem um tempo para ler o livro e oferecer conselhos cruciais. As identidades representadas neste livro são muito mais autênticas do que teriam sido sem eles. Suas palavras e sabedoria foram incrivelmente valiosas; há um pedacinho de todos vocês nestas páginas.

Obrigado também a todos os professores queer que fazem parte da minha vida — Dan, Haley e Jon — e todos os outros maravilhosos professores LGBT+ por aí, criando os espaços de acolhimento de que as crianças tanto precisam. A sra. Ashford representa todos vocês; ela é a professora que eu queria ter tido e a professora que as crianças queer merecem. Quanto aos meus próprios professores... Obrigado por inspirarem o sr. Johnson. "Peixe grande, lago pequeno"? Fico deliciado em provar como estavam enganados.

Obrigado a meus leitores maravilhosos e leitoras maravilhosas, por continuarem a apoiar minha escrita e minha carreira. É graças a vocês que posso passar os dias com personagens que amo, e eu não poderia ser mais grato.

E, finalmente, obrigado a todas as pessoas que, sem dúvida, eu esqueci de agradecer — um livro LGBT+ não é criado por uma única pessoa; é criado por toda uma comunidade. Obrigado por estarem comigo a cada etapa — eu não teria conseguido fazer isso sem vocês. Obrigado, obrigado, obrigado.